KB046062

특급
길드에
서 오세요!

~사랑받는 마스코트 엘프는
모두의 마음을 치유한다~

5

지은이 **아이 리이아**

일러스트 **니모시**

Welcome to
the Special Guild

벨로니카

불고리사자 아인으로 몸집이 큰 남성.
대담하고 호쾌하지만 의외로 타인을 배려
할 줄 아는 상식인. 목소리도 커서 다른 사
람에게 겁을 주게 되곤 한다.

레키

오르투스 의료부문에 소속된 수습 간호사.
무지개늑대 아인으로 각도에 따라 색이 다르
게 보이는 아름다운 털을 지녔다.
솔직하지 않은 성격이지만 근본적으로는 착
하다.

유진

특급 길드 오르투스의 두목.
동료를 가족처럼 생각하며 길드를 집이라
고 부르는 괴짜. 도량이 넓은 장년 남성.

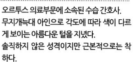

자하리아슈

마대륙에서 실질 최강이라 불리는 마왕.
마치 조각상처럼 아름다우며 위압감도 대단
하지만, 지나치게 솔직한 성격이다 보니 얼굴
값을 못하는 일면도 있다.

리히토

일본인처럼 생긴 소년.
인간이면서도 성장한 아인만큼 강한 마
력을 지녔다.
메구와 로니를 동생처럼 여기며, 두 사람
을 지키려고 하는 똑 부러진 성격.

로나우드

애칭은 로니. 드워프족 아이.
몸집은 작아도 힘이 좋고 무척 상냥한 소년.
다른 사람과 대화하는 걸 조금 어려워한다.

라비

리히토를 키운 부모이자 든든한 인간 여성 모험가.
남을 잘 챙기지만 의외로 스파르타적인 일면도.
책임감이 강하다.

고든

광산 근처 오두막에 사는 라비의 오랜 친구.
말투나 태도가 다소 거친 중년 남자.

메구

정신을 차리자 어린 엘프의 몸에 빙의해 있었다. 원래는 20대 후반의 일본인 여성. 사축. 긍정적인 성격과 사랑스러운 외모로 주위를 치유해준다. 노력가.

기르난디오

특급 길드 오르투스 내에서도 1, 2위를 다투는 실력자이자 그림자독수리 아인. 과묵하고 무표정. 임무 도중에 메구를 발견해서 보호했다. 팔불출 부모.

슈리엘레치노

온화하고 성실한 엘프 남성. 속이 시꺼먼 일면도. 메구에게 자연 마법을 가르쳐주는 스승. 그 미소로 수많은 사람을 매료시킨다.

사우라디테

오르투스의 총괄을 담당하는 털털한 소인족 여성. 존재감이 대단하다. 흉악한 함정 개발이 특기.

쥬마

전투밖에 모르는 바보. 뇌가 근육으로 된 오니족. 물리적으로도 정신적으로도 맷집이 튼튼하며 회복력도 오르투스 최강. 생각 없는 발언을 할 때가 많다.

케이

오르투스 최고의 미남이라 일컬어지는 여성. 꽃빛뱀 아인으로, 소리 없이 조용히 접근하는 습관이 있다. 자연스럽게 느끼한 언동을 한다.

캐릭터 소개

목차

Welcome to
the Special Guild

일러스트 : 니모시 Nimoshi   디자인 : 베이아 Veia

제 1 장 ✦ 목적지로

1 라비의 오랜 친구

셋이서 한 침대에서 잠든 날. 그건 평생 잊을 수 없을 것 같은 추억이 된 느낌이 든다. 근처에는 우리를 쫓는 기사단이 있고, 어딘가 상태가 불안해 보이는 라비 씨만 남겨두고 자다니⋯⋯. 불안을 주체할 수 없었다. 그런데도 리히토와 로니의 존재를 느끼며 눈을 감자 신기하게도 그런 불안도 날아가 버려서 그만 푹 잠들어 버리고 말았다. 분위기를 파악하지 못하는 어린이라 죄송합니다. 체력 회복이라는 의미에서는 푹 자는 게 좋은 거긴 하지만.

"설마 셋 다 늦잠을 자다니⋯⋯."

그렇다. 일찍 일어나 라비 씨와 교대로 망을 볼 생각이었는데, 우리가 일어난 건 조금 전. 창밖에서 해가 들어오는 시간대였다. 아니, 어쩌면 아직도 자고 있었을 가능성이 크다. 왜냐하면 이런 우리를 깨워준 사람이 다름 아닌 라비 씨이기 때문이다. 우리의 몸을 흔들면서 쿡쿡 웃으며 '너희 셋이서 같이 잔 거야?' 하고 깨웠을 때는 정말로 깜짝 놀랐다고! 방문도 노크했다고 하지만 그 소리조차 못 들었으니까. 어라라?

이미 기사단은 이동했으니까 자기도 잠시 침대에서 자야겠다는 말을 남기고 방에서 나가는 라비 씨의 등을 배웅하고 지금. 남은 우리 셋은 침대 위에서 상반신을 세우고 앉아 어안이 벙벙한 상태다. 그리고 그대로 반성회를 열었다.

"장난 아닌데. 셋이 모여 자는 거. 안심감이 어마어마해……!"

"정신을 차리니 아침이었어……."

"으윽, 라비 씨에게 미안해……."

땅으로 파고들 기세로 우울해지는 우리들. 하지만 언제까지고 이러고 있을 수도 없지! 바로 움직이기 시작하려고 침대에서 내려가려고 했으나, 옆에 앉은 로니를 넘지 못하고 악전고투했다. 결국 먼저 침대에서 내려간 로니가 나를 들어 침대에서 내려주었습니다. 아아, 민망해라.

"점심에 출발하는 거겠지? 먼저 우리 아침이랑 라비 씨가 일어났을 때 먹을 걸 준비하자!"

"그래. 어차피 당분간은 여기서 나가지 않는 게 좋을 것 같으니까. 여행 준비도 하고 계획도 세워야지."

"응. 광산에 도착한 뒤, 어떻게 할지도, 이야기하고 싶어. 뭘 조심해야 하는지, 같은 거."

그래. 해야 할 일이 많으니까 반성은 하면서도 우선은 움직여야지! 많이 자서 기운도 넘치니까! 이렇게 우리는 각자 옷을 갈아입은 뒤 1층으로 내려갔다.

자 그럼. 오늘의 아침 식사는 두툼하게 자른 토스트와 계란프라이에 굵은 소시지를 하나씩. 여기에 인스턴트 수프다. 샐러드는 채소가 얼마 남지 않았으니 이번에는 생략. 채소만이 아니라, 그렇게 많이 있던 식량도 슬슬 바닥을 보이기 시작했다. 매일 세 끼니씩 4인분을 먹었으니 그렇게 될 만도 하지. 이래 봬도 이따금 라비 씨가 마을에서 사온 걸 먹거나 작은 동물을 사냥해서 먹으며 절약한 거였는데. 어? 사냥도 손질도 전부 라비 씨가 했는데요? 저는 무서워서 구경조차 못하는 짐짝이었습니다만 뭐. ……아니, 정말로 면목이 없다. 이 정도는 익숙해져야 한다고 생각은 하는데. 그래도 아직 시간이 걸릴 것 같다. 피를 보기만 해도 현기증이 난단 말이야. 에구구.

"이제 곧 광산에 도착하잖아. 어쩐지 감개무량하네……."

아침을 먹으며 그런 대화를 나눴다. 곧이라고는 해도 아직 좀 더 가야 하지만, 역시 감회가 다르다.

"하지만 끝까지, 방심할 수 없어. 기사단도, 있으니까."

그렇다. 그렇다고 완전히 안심할 수는 없다. 실제로 어제는 조금 위험한 상황이었으니까. 하아, 별일 없이 기사단이 떠나가줘서 다행이다. 간이 텐트와 마도구에게 정말 큰 도움을 받았다.

"집에 도착할 때까지가 여행이니까!"

집에 도착할 때까지가 소풍입니다! 같은 말을 해봤다. 그러자 로니는 '그러게'라면서 웃었고 리히토는 웃음을 터트렸다.

"메구, 무슨 선생님처럼…… 앗."

"선생님?"

리히토는 중간에 말을 끊고 숨을 삼켰다. 로니는 고개를 갸웃거리는 걸 보면 무슨 뜻인지 이해하지 못한 모양이다. 그도 그렇겠지. 이게 통하는 건 일본인 정도일 테니까. 아, 반응하고 싶다. 나도 조금 더 그 분위기를 타고 싶다. 하지만 로니가 혼란스러울 테니까. 로니에게는 알려줘도 괜찮을지도 모른다는 느낌이 들기는 하는데, 이건 그냥 내 생각에 불과한데다 이 문제는 예민한 부분이니까 신중하게 다뤄야지.

"아무것도 아니야. 옛날에 신세 졌던 사람이 비슷한 말을 했던 게 떠올랐거든."

하지만 그렇게 말하는 리히토가 조금 쓸쓸하게 웃었기에, 빨리 밝혀서 동향 사람의 추억을 공유하고 싶다는 생각이 들었다.

잠시 후 눈을 뜬 라비 씨는 어제보다 개운한 얼굴이었다. 약간 정신 상태가 아슬아슬한 것 같아서 걱정했는데 안심이다. 물론 아직 피곤한 표정이긴 했지만, 적어도 지금은 푹 잤겠지.

"좀 너무 쉬었나? 미안해, 얘들아."

"무슨 소리야. 기사단과 마주치지 않기 위해서라도 시간을 크게 어긋나게 해야 하고, 라비도 푹 쉬게 해주고 싶었으니까 딱 좋았어."

옳소 옳소. 그러니까 라비 씨는 사과하지 않아도 된다며 나와 로니도 리히토의 말을 이어받았다. 아까 라비 씨에 대해서도 셋이서 대화를 나눴다. 여태까지 부담을 많이 줬을 테니까 조금이라도 상태가 이상하면 쉬면서 가자고. 그래도 라비 씨는 계속 가려고 할지도 모르니까, 그때는 내가 쉬고 싶다고 나서기로 했다. 내가 말하면 억지로 참게 하진 않으리라는 리히토의 아이디어다. 속이는 것 같아서 미안하지만 라비 씨를 위해서라면 수단을 가리지 않겠도다!

"그래? 뭐, 덕분에 오랜만에 푹 잤긴 해. 고마워."

우리의 기세에 살짝 눌린 라비 씨는 수줍게 웃으며 인사했다.

역시 잘 쉬는 건 중요하다니까! 어제와는 다르게 제대로 우리의 배려를 받아들이는 여유가 생긴 모양이다. 다행이야……!

"그럼 기력도 체력도 잘 회복했으니……. 갈까?"

"그래!"

"응!"

"네!"

라비 씨가 식사를 마치고 일어나면서 한 말에 우리도 힘차게 대답했다. 좋아, 앞으로 조금 더 힘내자!

그 후론 단련도 하지 않고 그저 목적지를 향해 걸었다. 대화는 적다. 언제 기사단과 마주칠지 알 수 없으니까. 근처에 있다면 바로 알아차릴 수 있도록 최대한 조용히 이동하기로 했다. 어제까지는 어딘가 긴장이 풀려 있었단 말이지. 이런 숲속 깊은 곳에는 아무도 오지 않을 거라면서. 불길한 예감은 들었지만 나도 착각일 거라면서 방심했다. 그래서 근처까지 왔는데도 눈치채지 못했다고 반성했다. 그런 반성을 살려 정신적 부담이 살짝 늘어나긴 하지만 더 신중하게 가기로 다 함께 결정했다!

"응? 라비 씨. 왜 그래?"

한 가지 마음에 걸리는 게 있었다. 걷는 도중 라비 씨가 자꾸만 목적지와는 다른 방향에 시선을 주는 점이다. 그때마다 왠지 침착하지 못하다고 해야 하나, 조마조마해 하는 것 같달까, 뭔가 신경 쓰이는 거라도 있는 듯한 기색을 보여서 결국 참지 못하고 물어보았다. 그렇게 생각했던 건 나만이 아니었던 건지 리히토도 허리에 손을 짚고 입을 열었다.

"그래. 아까부터 저쪽을 계속 신경 쓴단 말이지. 뭐 마음에 걸리는 기척이라도 느껴진 거야?"

"어? 앗, 아니, 그런 건 아니야."

당황한 듯 부정하는 그 모습은 역시 이상했다. 평소의 라비 씨가 아니다. 필요 이상으로 주변을 경계하는 건지도 모르지만, 그것과도 뭔가 다른 느낌이 들었다. 아직 피로가 남아있는 걸까. 그야 남겠지……. 빨리 안심시켜 주고 싶은데.

"미안해. 아무것도 아니야. 자, 가자!"

"앗, 잠깐, 라비."

대답할 마음은 없는 모양이다. 으음, 말하기 어려운 이야기인가. 궁금하네. 하지만 억지로 캐묻는 건 안 좋지. 하지만 최대한 부담을 줄이자고 결심하자마자 일어난 일이라 너무 신경 쓰인다. 아아, 답답해. 결국 라비 씨가 말해줄 때까지 기다릴 수밖에 없는 걸까. 리히토, 로니와 얼굴을 마주 보며 우리는 나란히 작은 한숨을 쉬었다. 다음 휴식 때 또 떠보겠다는 리히토의 말에 동의한 우리는 다시 발을 움직이기 시작했다.

별일 없이 저녁까지 쭉 걸은 우리. 하지만 광산과 가까워지고 있다는 건 인간이 모여있는 마을에도 가까워지고 있다는 뜻이다. 최대한 사람이 지나간 흔적이 없는 길을 고르고 있다고는 해도 한계는 있다. 그래서 인기척을 느끼기 시작하자 예의 스프레이를 뿌린 뒤 모험가로 보이는 사람들이 다가오면 숨을 죽이는 긴장감 넘치는 길이 되었다. 변장은 했어도 안 보이는 게 최선이니까. 덕분에 스프레이는 벌써 다 써버렸다. 다음에 들키면 제대로 숨거나 도망가거나 해야 한다. 흐어어, 스릴 만점.

"열심히 했어, 얘들아. 이제 곧 광산 입구에 도착해! 뭐, 앞으로 꼬박 하루는 걸리지만."

오늘 밤은 여기서 멈추기로 한 뒤 여느 때처럼 간이 텐트에서 쉬었다. 중간에 라비 씨가 잡아 온 토끼 비슷한 동물의 고기가 들어간 수프로 간단한 저녁을 마치자 라비 씨가 그렇게 말을 꺼냈다. 어느새 이렇게 라비 씨가 하루가 끝날 때 말해주는 게 일과가 되었다. 정말로 용케 무사히 여기까지 도착했단 말이지. 절절하게 곱씹자 감개무량해서 눈물이 나올 것 같았다.

"정말 다들 우는 소리도 없이 잘 따라와 줬어. 나는 중간에 나가 떨어질 줄 알았거든."

"우리는 그렇다 쳐도 메구가 아주 노력했지! 마지막엔 로니에게 업히지 않아도 혼자 끝까지 걸을 수 있게 되었잖아!"

"응. 학습 능력도 좋으니까, 체력이 붙으면, 더 강해질 거야."

다들 입을 모아 나를 칭찬해줬다. 그, 그런가? 다들 칭찬이 과한 거 아니야? 그래도 나는 액면 그대로 받아들이며 쑥스러움에 에헤헤 웃었다. 아직 다른 세 사람이 훨씬 대단하지만, 칭찬받는 건 순수하게 기쁘니까.

"겸손해 할지도 모르지만 진심이야. 메구. 이 단기간에 가장 성장한 건 틀림없는 메구니까 자신감 가져!"

"으, 응! 고마워! 앞으로도 힘낼게!"

이것도 다 라비 씨가 이해하기 쉽게 설명해 주고 절묘한 타이밍에 도와준 덕분이라고 본다. 게다가 계속 격려해 준 리히토와 로니 덕분이기도 하고! 다들 고생하고 있는데 나를 늘 배려해 주고 말이야……. 그래서 나도 끝까지 포기하지 않고 노력할 수 있었다. 내가 모두에게 그렇게 전하자 다들 조금 부끄러운 듯 웃어주었다. 왠지 가슴이 따뜻해졌다.

"자, 그럼 자기 전에 한 가지 중요한 이야기가 있는데……."

라비 씨가 자세를 고쳐 앉으며 진지한 얼굴로 그렇게 서두를 떼자, 우리도 마찬가지로 자세를 고쳐 반듯하게 앉았다. 어쩌면 오늘 하루 무언가 신경 쓰이는 게 있어 보이던 원인에 대해 이야기해주려나. 나도, 그리고 리히토와 로니도 얌전히 뒷말을 기다렸다.

"곧 광산에 도착하는데 정말 미안하지만……. 잠깐 들렀다 가고 싶은 곳이 있어."

"들렀다 가고 싶은 곳?"

리히토가 되묻자 라비 씨는 '그래' 하고 고개를 끄덕였다. 생각지도 못했던 내용에 우리 세 사람은 어리둥절해졌다.

"아는 사람이 이 근처, 산 중턱에 있는 오두막에 살거든……. 마지막으로 한 번 만나두려고."

라비 씨는 마지막으로 한 번이라고 했다. 그 말의 의미는 생각하지 않아도 알 수 있었다. 라비 씨는 지금 이 대륙에선 범죄자로 쫓기는 몸이다. 실제로는 범죄자가 아닌데! 그 오해는 어떻게든 풀고 싶지만……. 그리 쉽진 않을 테지. 분명 이젠 만날 수 없을지도 모른다며 각오한 거다. 그걸 알기에 가슴이 꽉 조여들었다. ……괜찮아. 만약 인간 대륙에서 살 수 없게 된다면 같이 마대륙에 데려갈 거니까. 모두에게 꼭 부탁할 거니까!

"인사 정도는, 해 두고 싶은데……."

눈썹꼬리를 아래로 축 내리며 말한 라비 씨가 거기서 말을 끊고 고개를 숙였다. 라비 씨의 마음을 온전히 이해할 수는 없지만, 정든 고향에서 떠나야만 한다는 괴로움은 막연하게나마 안다. 분명 사실은 아직 갈등하고 있겠지.

"여, 역시 됐어. 한시라도 빨리 가고 싶으니까! 이상한 소리 해서 미안!"

다시 고개를 든 라비 씨는 웃으며 그렇게 말했다. 부자연스럽게 밝은 목소리에다 억지로 웃고 말이야. 그 정도는 나도 안다고!

"쯧, 이상한 소리가 아니잖아!"

그런 미묘한 분위기를 가장 먼저 깨부순 건 리히토였다. 그렇지. 계속 같이 있었으니까. 리히토가 라비 씨가 무리하는 걸 눈치채지 못할 리가 없다.

"이상한 건 라비야! 쓸데없이 사양하지 마! 이제 와서 조금 정도 늦어진다고 해도 신경 안 써. 나는, 그렇다는 거지만……."

"나도, 괜찮아."

"나도! 라비 씨, 인사하러 가자."

리히토의 말에 이어 로니도 나도 바로 반응했다. 라비 씨가 '너희들……' 하며 작게 중얼거리는 게 들렸다.

"정말, 괜찮은 거야……?"

"물론이지!"

순간 라비 씨의 표정이 어두워졌다. 그게 조금 걸렸지만…….
미안한 걸까. 배려하지 않아도 괜찮은데. 여태까지 내내 도움을
받고 신세를 진 건 우리니까.

"그렇게 정해졌으면 바로 내일 아침 일찍 가자! 그 아는 사람
어디 있는데?"

"라비 씨와 아는 사람이라니, 만나는 게 기대된다!"

리히토가 불도저 같은 기세로 정하자 나도 편승했다. 이렇게
하면 라비 씨도 안 가겠다고는 말할 수 없겠지. 예상대로 라비
씨는 여전히 난감한 듯 눈썹을 휜 얼굴이었지만 후, 하고 한 번
숨을 내쉰 뒤 고개를 들고는 체념한 듯 어깨를 움츠렸다.

"……알았어. 나도 각오할게. 그렇다면 내일은 평소보다 일찍
일어나. 오늘은 이만 바로 취침!"

"네!"

망설임을 털어낸 듯한 라비 씨가 드디어 그렇게 말해주었기에
나는 힘차게 대답했다. 다들 훈훈한 눈빛으로 웃는 건 아마 착
각이겠지! 친구와 만나서 라비 씨의 마음이 조금이라도 가벼워
지면 좋겠다.

일찍 잔 덕분에 다음 날엔 아무도 늦잠 자는 일 없이 아직 어
두운 시각에 눈을 뜰 수 있었다. 바로 준비를 마치고 라비 씨의
뒤를 따라 묵묵히 걸어갔다. 참고로 머리카락과 눈동자의 색은
오늘 아침에 검은색으로 바꿨다. 인간의 머리카락 색은 그리 종
류가 다양하지 않으니 레퍼토리가 떨어진 것도 있고, 이제 곧

돌아갈 수 있으니 처음 여기에 왔을 때의 색으로 돌려놨다. 무사히 돌아갈 수 있길 기원하는 염원도 담았다. 광산으로 간다면 이대로 직진이라는 모양이지만, 라비 씨의 아는 사람을 만나러 가기 위해 왼쪽으로 꺾었다. 숲속을 가로지르듯 나아가는, 짐승 길이라고도 부를 수 없을 법한 길이다. 여태까지 수행하면서 이런 장소는 익숙해졌기 때문에 걷기 힘들지는 않았지만, 라비 씨의 지인은 사람이 싫은 걸까? 숲속 깊이 갈수록 사람과 만날 위험이 줄어드니까 안심이긴 한데.

"어……. 확실히 사람과 별로 엮이고 싶지 않아 해."

그 친구에 대한 소박한 질문을 라비 씨에게 직접 물어보자, 역시나 싫은 대답. 어쩌면 괴짜인 건지도 모른다. 라비 씨가 친구와 대화하는 동안 조금 떨어진 장소에서 기다리는 게 좋을지도. 그것도 일단 라비 씨에게 말해보았다.

"으음, 뭐 낯가리는 건 아니니까 괜찮아. 다만 말투가 불량해서 거칠어 보이니까 메구는 무서워할지도 모르겠네. 뭐, 내가 조심하라고 말해 둘게."

턱에 손을 짚은 라비 씨가 잠시 생각한 뒤에 그렇게 말했다. 오오, 말투가 거칠구나. 그런 사람은 길드에서도 많이 봤으니 괜찮을 거다. 그래도 상황을 지켜보면서 얌전히 있자.

도중에 점심을 먹고 휴식하면서 반나절을 걸었다. 우거진 나무들이 줄어들면서 군데군데 그루터기가 보이게 되었다. 아, 어쩌면 그 아는 사람은……. 거기까지 생각했을 때 '보인다'라는 라비 씨의 목소리에 의식을 되돌렸다.

"저 오두막? 혹시 나무꾼인가?"

내가 뭐라고 말하기 전에 리히토가 입을 열었다. 오두막 주변은 공터였는데, 아마도 벌채한 나무를 자르는 공간과 운반하기 위해서인 듯한 튼튼한 마차 화물칸이 놓여있는 걸 보고 나도 그렇게 생각했다. 안쪽에는 마구간인 듯한 건물도 보이니 틀림없겠지.

"그래. 이 시기는 대체로 이 오두막에 있어. 그래서 잠깐 들렀다 가려고……. 의외로 여기까지 오는데 시간이 걸렸지만."

그렇구나. 마침 좋은 타이밍이었다는 건가. 내가 홀로 고개를 주억거리고 있을 때 라비 씨가 바로 오두막의 문을 두드렸다. 노크라는 얌전한 동작이 아니다. 마치 빚을 독촉하러 온 수금업자처럼 쾅쾅 두드려댔다. 와, 와일드해라……!

"고든! 있어?! 나야, 라비!"

몇 번 그렇게 부르면서 문을 두드리자 오두막 안에서 '시끄러워!'라는 고함이 들렸다. 상당히 큰 목소리다. 히익, 이 목소리로 말투도 거칠다니, 분명 박력이 넘쳐날 거야……! 지금 내 얼굴은 성대하게 굳었겠지.

"라비 너……. 언제 봐도 거칠다니까. 뭐야! 더 우아하게 노크할 수는 없는 거냐?"

"흥, 당신도 나이가 나이잖아? 가는 귀가 먹었을 것 같아서."

안에서 거칠게 열린 문. 그리고는 즉각 위협적인 목소리로 그렇게 말하는 집주인을 향해 라비 씨는 태연히 팔짱을 끼며 대꾸했다. 라비 씨, 멋있어……!

"……뭐 하러 온 거냐?"

"……보면 몰라? 당신 만나러 왔어."

"호오?"

가볍게 툭툭 주고받는 두 사람은 말투는 거칠어도 사이는 좋아 보였다. 오래 알고 지낸 사이라는 분위기. 그러니까 거친 말투가 나온다는 느낌이다.

"도망쳤다 아니고? 유괴범이잖아?"

집주인은 씩 웃으며 그렇게 말했다. 그 말에 순간 숨을 삼켰지만, 아마 이 사람은 알면서 말하는 거겠지.

"이렇게까지 퍼지다니. 나도 참 유명해졌구나."

가볍게 어깨를 으쓱이며 대답한 라비 씨를 보고 악당 같은 얼굴로 피식 웃은 집주인은 우리를 힐끔 쳐다보고는 짧게 '들어와' 라고 했다. ……저, 정말 악당인 건 아니, 지……? 아니, 겉모습으로만 판단하면 안 돼! 라비 씨의 친구잖아! '이리 와'라는 라비 씨의 목소리에 우리 어린이 삼인조는 조금 긴장한 얼굴로 오두막에 발을 들여놓았다. 시, 실례합니다.

집주인 고든 씨는 외모는 그렇지만 나쁜 사람은 아닌 것 같았다. 아마도. 라비 씨의 말처럼 인간관계를 어려워하는 거겠지. 붙임성은 없어도 우리에게 뭔가를 캐묻거나 하지도 않고, 따로 목욕물도 받아주었다. 우리가 순서대로 목욕하고 나온 뒤에는 마실 것도 준비해 줬다. 이건 친절하게 환영해 주고 있다고 생각해도 되는 걸까. 아, 차 맛있다.

우리 어린이 셋이 의자에 앉아 차를 마시며 쉬는 동안 라비 씨와 고든 씨는 둘이서 무언가 비밀 이야기를 나눴다. 궁금하지만 그래도 뭐, 나는 어른이니까. 게다가 두 사람은 친구다. 오랜만에 만난 두 사람의 대화에 끼어들 만큼 무신경하진 않다. 쌓인 이야기도 있을 거라며 리히토와 로니도 신경 쓰지 않고 얌전히 기다렸다.

다만 좀, 라비 씨가 괴로워 보이는 표정인 게 걱정이었다. 괴로워 보인다고 해야 하나, 슬퍼 보인다고 해야 하나. 왠지 심각한 이야기를 하는 분위기. 우리 때문에 뭔가 문제가 생긴 걸까……. 고민이라면 들어주고 싶지만, 우리에게 원인이 있을지도 모를 가능성이 워낙 큰 만큼 나서지도 못한다. 으으윽, 답답해!

"아, 그런 표정 짓지 마. 미안해. 기다렸지?"

그런 내 생각조차 간파한 모양이다. 라비 씨에게는 정말 못 당하겠다니까! 이야기가 일단락된 건지 이쪽으로 걸어와 미안하다는 듯 내 머리를 쓰다듬어 주었다. 이쪽이야말로 미안하거든요?! 하지만 센스 있는 한마디도 못 하는 나 자신이 원통해……!

"그리고 미안한 거 하나 더. 오늘은 여기서 자고 갈 거야. 거절하는 것도 미안해서 마음대로 정해버렸어."

"그런 건 괜찮아! 모처럼 만났으니까. 적어도 오늘은 천천히 대화 나눠."

진심으로 면목이 없다는 듯 말하기에 나도 모르게 주먹을 불끈 쥐고 대답했다. 라비 씨도 참!

"그래, 라비. 사양하다니 안 어울리게."

"우리도, 내일까지, 몸을 푹, 쉬어둘 테니까."

"너희들……."

이어서 리히토도 로니도 같은 맥락의 대답을 하자 라비 씨의 말문이 막혔다. 어쩐지 눈이 촉촉한 느낌도 든다. 뭔가, 정말로 라비 씨답지 않다. 왜 그런 걸까. 고민이 있어서? 무심코 걱정이 되어 얼굴을 들여다보았다.

"……메구, 오랜만에 낮잠 자 둬. 조금만 자도 피로는 풀릴 테니까. 너는 특히 최근 내내 열심히 했잖아?"

라비 씨는 내 머리에 살며시 손을 올려놓고 그렇게 말했다. 아아, 분명 건드리길 거부하는 거야. 그렇게 판단한 나는 순순히 말을 따르기로 했다. 하지만 언젠가 이야기해 줬으면 좋겠다.

『나 때문이야……. 전부 내 잘못이야…….』

꿈이다. 그것도 예지몽. 요즘은 그걸 바로 알 수 있게 되었으니 확실하게 단언할 수 있다. 하지만 이건……!

『너희는 잘못한 거 없어……! 어떻게든, 도망쳐야…….』

어두운 방에서 리히토가 팔과 다리가 묶인 채 고개를 숙이고 있다. 잘 보니 나와 로니도 움직이지 못하는 모양이다. 우리 여기까지 와서 잡히는 거야?!

『리히토는, 잘못하지 않았어. ……아무도, 잘못하지 않았어.』

『그럴 리가 있냐! 애초에 내가……!』

리히토는 로니의 말을 가로막고 소리쳤다. 하지만 그 말은 끝까지 이어지지 못한 채 리히토는 목이 멘 듯했다.

『왜…… 어째서 이런…….』

왠지 그 모습이 너무도 아프고 슬퍼 보여서. 말을 걸어줘야 하는데 꿈속의 나도 로니도 건넬 말을 찾지 못한 건지 침묵했다.

안 돼. 뭔가, 무언가 말해야 해. 이대로는 리히토의 마음이 꺾여버릴 거야. 괜찮아, 괜찮아. 리히토. 무슨 일이 있었는지는 모르지만 리히토가 그렇게 책임을 느낄 필요 없어. 분명 어떻게든 될 거야. 그러니까 고개 들어. 자, 꿈속의 나! 말하라고——.

"메구, 메구! 왜 그래? 아마 그건 그냥 꿈이야!"

눈을 뜨자 그곳에는 자기 전과 같은 오두막의 방. 창문에서는 달빛이 들어와 어둑하게 실내를 비추고 있었다. 꿈속의 방과는 다르게 생겼고 우리도 잡히지 않았다. 거기까지 확인한 뒤에야 간신히 안도의 숨을 내쉬었다. 다행이다, 꿈이었구나. 멍하니 있었던 건지 나를 보고 리히토가 걱정된다는 듯 얼굴을 들여다보았다.

"아직 잠에서 덜 깼어? 꽤 길게 자던데……. 가위눌리길래 걱정했다고. 무슨 꿈이야?"

"어, 그…… 이, 잊어버렸어."

"뭐야. 뭐, 꿈이 그렇긴 하지."

리히토는 피식 웃으며 일어났다. 그리고는 슬슬 저녁 먹자며 손을 내밀었기에 그 손을 잡았다. ……따뜻해. 리히토는 아직 밝다. 그래, 그렇지. 아직 우리는 잡히지 않았다. 꿈속의 광경은 미래에 일어날 일이지만, 아직 일어나진 않았어. 어떤 상황에서 그런 사태가 되는 건지는 모르지만 마음의 준비도 대비도 할 수 있다. 어쩌면 회피할 수 있을지도 모른다. 무서워하고 있을 때가 아니야. 차마 예지몽에 대해서까지 말해줄 수는 없으니 여기선 내가 어떻게든 해야 돼! 그렇게 다짐한 나는 리히토의 손을 잡고 식탁으로 향했다.

식탁에 앉자 이미 다들 식사를 앞에 두고 앉아있었다. 내가 오는 걸 기다린 모양이다. 어째 죄송합니다……!

"죄, 죄송해요! 도와드리지도 못하고……."

"그런 건 필요 없어. 자, 빨리 먹어."

내가 머리를 숙이고 사과하자 고든 씨는 퉁명스럽게 대답한 뒤 자신의 식사를 시작했다. 태도는 쌀쌀맞지만 이러니저러니 해도 지금까지 기다려 준 걸 생각하면 아무렇지도 않았다. 라비 씨도 쓴웃음을 짓고 있으니 아마 다른 사람에게도 이런 식이라는 걸 알 수 있었다.

"하지만 굉장히 푹 자더라. ……밤에 잘 수 있으려나?"

식사하며 라비 씨가 조금 걱정이라는 얼굴로 물었다. 나 자신은 그렇지 않다고 생각했는데, 역시 피곤했던 모양이다. 그렇다면 아마 더 잘 수 있겠지. 어린아이고. 잘 체력도 많이 있습니다!

"잠이 안 오면 내가 대화 상대가 되어줄게!"

"나도."

빵과 수프를 먹으며 리히토가 놀리듯이 말하자 로니가 뒤를 이어받았다. 고맙긴 한데 그 히죽거리는 웃음은 치워줘! 하지만 지난번처럼 셋이 같이 침대에 누우면 순식간에 잠들지도 모른다. 그건 100% 숙면을 보장하는 안심감이 있으니까.

"너희들 자지 않으면 곤란하거든⋯⋯."

"왜. 나는 이제 곧 어른이니까 조금 정도는 안 자도 괜찮다고."

"아니, 그건 그럴지도 모르지만. 목적지를 코앞에 두고 쓰러진다?"

라비 씨가 눈썹을 찡그리며 리히토의 이마를 검지로 가볍게 튕겼다. 그도 그렇지. 조금만 더 가면 된다지만 무조건 무사히 도착할 수 있는 건 아니니까. 끝까지 방심하면 안 된다. 그러기 위해서도 밤에는 푹 쉬어야 한다.

하아. 그나저나 정말로 조금 남았구나. 상당히 긴 여행이었던 듯한 느낌이 든다. 지난 몇 달은 나에게 가혹하기도 하고 즐겁기도 한 여행이었다. 오르투스의 길드원들이 너무너무 보고 싶거든? 너무너무 외롭거든? 그래도 긍정적으로 계속 앞을 볼 수 있었던 건 리히토, 로니, 그리고 라비 씨가 있어 준 덕분이다. 세 사람 덕분에 나도 조금은 강해진 것 같지? 성장한 모습을 모두에게 보여주며 나는 괜찮았다고 빨리 알리고 싶다.

"이제 곧 모두를 만날 수 있어⋯⋯. 후후. 그럼 더욱 활기찬 모습을 보여줘야지! 나 밤에도 푹 잘게!"

왠지 가슴이 계속 콩닥거린다. 오르투스의 있는 모두의 얼굴이 차례차례 머릿속에 되살아났다. 처음에는 눈물이 날 것 같으니까 떠올리지 않으려고 했지만, 지금은 조금만 더 가면 만날 수 있다는 기대로 가슴이 벅차서 조금도 슬프지 않았다.

사우라 씨는 '메구우우!' 하고 이름을 부르며 달려와서는 꽉 안아주겠지. 쥬마 오빠는 용케 무사했다며 거칠게 머리를 쓰다듬을지도. 루드 선생님은 걱정하며 나를 진찰하고, 레키는 퉁명스럽게, 그러면서도 상냥하게 푹신푹신한 꼬리를 만지게 해줄지도 모른다. 슈리에 씨는 '열심히 했군요'라며 안아 들 것 같다. 그 좋은 냄새가 그립다. 케이 씨는 옷이 엉망이라며 새 옷을 마련해줄 것 같다. 출세해서 갚을 빚이 또 늘어나는구나. 아버지는 과보호를 발동해서 마왕성에 좀처럼 돌아가지 않다가 크론 씨에게 혼나려나.

그리고 아빠는 걱정했다고 화낼지도. 이제 헤어지지 않겠다고 약속했는데, 미안하다고 사과해야겠지. 그리고 기르 씨. 사실은 외로움을 타는 면이 있다는 걸 나는 안다. 지키지 못했다며 사과할지도 모른다. 그러니 괜찮다면서 껴안아 줘야지. 무섭게 해서 죄송하다고 나도 사과해야지.

좋아, 재회했을 때의 망상은 여기까지! 아까 봤던 예지몽 건도 있으니까. 마지막까지 방심하지 말자!

"메구……!"

"? 라비 씨?"

별안간 라비 씨가 나를 끌어안았다. 어라? 나 그렇게 넋을 빼놓고 있었나. 그렇게 생각하며 고개를 갸웃거렸는데……. 라비 씨가 떨고 있다는 걸 알고 퍼뜩 놀랐다. 왜 그러지. 역시 이상해! 리히토와 로니도 라비 씨의 갑작스러운 행동을 보고 걱정하는 얼굴이 되었다. 그러자 그런 우리를 보고 있던 고든 씨가 끼어들었다.

"흥, 정이라도 들었냐? 그리고 너희들, 안심해라. 잠을 못 잘

지도 모른다는 건 쓸데없는 걱정이니까. 어지간한 일로는 일어나지 못할 만큼 푹 잘 수 있을 거다."

그 말의 의미를 바로 이해하진 못했다. 게다가 왠지 고든 씨의 미소가 아무리 봐도 꺼림칙한 느낌이었다. 가슴이 술렁거리고 불길한 느낌이 든다. 무슨, 의미지……?

"왜 그런 말을, 하는…… 어, 라……?"

"리히토?!"

갑자기 리히토의 몸이 크게 기울었다. 그리고 그대로 바닥으로 쓰러졌다. 어? 뭐야?! 놀란 순간 라비 씨가 나를 떼어놓고 소리치며 리히토에게 달려갔다.

"리히토?! 무슨, 일……."

"로니!!"

그걸 보고 벌떡 일어난 로니도 휘청거리더니 마찬가지로 쓰러졌다. 리히토를 안아 들며 로니를 부르는 라비 씨의 목소리가 귀에 들어왔다. 나는 상황을 이해할 수 없어 목소리도 나오지 않았다. 어째서? 무슨 일이 일어난 거야……?!

"설마 고든…… 너!"

"……미안하다, 라비."

라비 씨가 안고 있던 리히토를 살며시 내려놓은 뒤 매섭게 일어났다. 그리고는 그대로 고든 씨의 멱살을 잡았다. 어? 어떻게 된 거지? 두 사람은 친구잖아? 그런데 왜 라비 씨가 저렇게 무서운 얼굴로…….

"고든! ──라고, ──잖아!"

"그냥 수면제──. 너를──……."

두 사람이 언쟁하는 걸 멍하니 쳐다볼 수밖에 없었던 나였지만, 급격히 목소리가 들리지 않게 되더니 의식이 아득해지는 걸 느꼈다. 어라? 뭐지, 이거. 이상하네. 아까까지 잤으니까 지금은 아직 졸리지 않은데. 고든 씨가 방금 수면제라고 했지? 그렇구나, 식사에 약을 넣은 거야. 그게, 이렇게 효과가 좋은, 가? 휘청. 몸이 기우는 감각이 나를 덮쳤다. 완전히 의식이 날아가기 직전, 서로 멱살을 잡고 고함치는 두 사람의 모습이 시야 구석에 잡힌 듯한 느낌이 들었다.

2 초조한 보호자들

【기르난디오】

"이 너머에 전이 마법진이 있다. 나도 함께 건너편으로 가지. 전원 올라가면 마력을 주입해. 단 상당한 마력이 필요하다."

철문 앞에서 드워프 족 족장 로드리고가 설명했다.

"마력이라면 얼마든지 주입해 주지. 아슈가."

"내가?! 뭐, 상관없다만."

문제없다는 듯 고개를 끄덕이며 대답한 사람은 두목이다. 마왕은 눈을 크게 뜨고 놀랐으나, 마왕의 마력량이라면 확실히 문제는 없을 것이다.

로드리고의 뒤를 따라 광산으로 들어왔는데, 내부는 상당히 복잡해서 아마 나라고 해도 중간에 길을 헤멜 듯한 구조였다. 한 번 지나간 길이 다음에도 맞다는 보장이 없기 때문이다. 드워프도 이렇게 그 몸과 광산, 그리고 전이 마법진을 지키고 있는 거겠지. 이건 안내가 꼭 필요하다. 교묘한 구조였다. 그렇게 도착한 장소는 중후한 문이 가로막고 있는 작은 방이었다. 바위와 광석투성이인 광산 내부에서 이렇게까지 존재감을 발휘하는 철문은 이상할 정도였다. 꽤 복잡한 마법이 걸려있는데……. 억지로 열려고 하면 입구로 되돌아가는 건가. 제법 흉악하다. 사우라의 함정을 방불케 하는군.

"좋아, 연다."

로드리고가 문에 달린 마석에 손을 올렸다. 검은색에 제법 커다란 마석이다. 드워프들의 마력을 감지하는 모양이다. 잠시 후 묵직한 소리를 내며 문이 열리기 시작했다.

"저 마법진 위에 올라가라. 아직 마력은 주입하지 말고."

시키는 대로 우리는 전이 마법진 중앙에 섰다. 전원이 마법진 중앙에 선 것을 확인한 로드리고가 고개를 끄덕였다. 그걸 본 마왕이 마주 끄덕였다.

"그럼 주입한다. 괜찮지?"

각각 눈짓으로 대답하자 그걸 확인한 마왕은 너무 강하지도 약하지도 않은 절묘한 균형을 유지하며 마법진에 마력을 주입하기 시작했다. 이게 처음이 아니라고는 하나 일절 낭비가 없는 작업에 내심 감탄했다. 마력을 감지한 마법진은 중앙에서부터 빼곡히 빛을 흩뿌리더니, 순식간에 구석구석까지 마력이 퍼지며 발동했다. 역시 마왕. 마력량은 물론이고 마력의 질도 차원이 다르군.

"음, 도착한 모양이군."

"……언제 봐도 마왕은 빠르군. 우리가 하면 두 배 이상 걸리는 데다 사흘에 한 번 발동시키는 게 고작이거늘."

전이 마법 특유의 마력이 달라붙는 감각과 빛이 잦아들자 마왕이 평온하게 입을 열었다. 그 말에 로드리고는 질린다는 듯이 중얼거렸다. 분명 처음 기동시켰을 때도 이렇게 낭비 하나 없이 깔끔하게 작동시켰겠지. 정말 대단한 사람이다.

"으음, 고맙다 로드리고. 욱해서 소리쳐서 미안하고."

두목이 다소 겸연쩍은 듯 콧등을 긁적였다. 그러자 로드리코는 팔짱을 끼고 코웃음 쳤다.

"흥, 그게 소리친 거였나. 어중간하긴."

"이, 꼴통 영감이……!"

흠. 근본적으로 두목은 로드리고와 성격이 안 맞는 모양이다. 두목은 열이 확 치솟은 것처럼 보였으나 어떻게든 분노를 누르고 가볍게 한숨을 쉬어 마음을 달랬다. 지금은 더 그럴 테지만, 애초에 두목은 성격이 급한 구석이 있으니까. 뭐, 됐고. 지금은 그게 중요한 게 아니다.

"로드리고, 아들의 특징을 자세히 가르쳐 줘. 단서가 필요하다."

나는 1초라도 빨리 메구를 데리고 돌아가고 싶다. 아마도 메구와 로드리고의 아들은 같이 있을 것이다. 하지만 그게 아들 본인이라고 확인할 필요가 있다. 따라서 최소한 이름이라도 알기 위해 로드리고에게 물었다.

"아들의 이름은 로나우드. 적갈색 머리카락을 나처럼 목 뒤에서 묶었지. 키는 나보다 조금 작은 정도다."

"그래. 고맙다."

그 소년이 메구와 함께 있다면 좋을 텐데……. 둘이 협력하고 있다면 더 안전할 테니까. 게다가 어쩌면 전이 마법진의 존재나 광산으로 오는 길도 알지도 모른다. 메구는 외모 때문에 주변에서 걱정하곤 하나 사실은 머리가 좋다. 나도 내가 걱정이 과하다는 자각은 있다. 영혼은 성인이었다고 하니, 아마 힘든 상황에서도 그저 흐름에 몸을 맡기려 하지 않고 다양하게 생각하며 행동하고 있기야 하겠지. 다만 주변이 자신을 어떻게 여기는지는 자각이 통 부족하다. 너무 싸고돌면서 키우는 바람에 일반 상식도 없는 모양이었다. ……반성은 하고 있다.

좋아, 침착하자. 우리가 생각하는 이상으로 메구는 어떻게든 잘하고 있을 거라 믿자. 하지만 만약 무슨 일이 있으면……. 아니, 지금 생각할 일은 아니지. 나는 가볍게 고개를 내저었다.

"그나저나 역시 마소가 적어."

"확실히 회복에 좀 시간이 걸릴 것 같군요……."

두목과 아돌의 대화가 귀에 들어왔다. 우리 마대륙 사람에게 마소는 영양분 같은 것이다. 그게 적은 이 대륙에서는 움직임에 상당한 제한이 걸린다. 여기에 있는 인원이라면 그래도 인간에게 당할 일은 없다고 보지만.

"무르군. 여기는 아직 광산 내부이니 주변에도 그나마 마소가 있는 편이지만, 광산에서 나가면 거의 없다. 원하는 대로 마법을 사용하려면 체내에 있는 마력을 사용할 수밖에 없지."

"내 말이. 마력 회복도 자력으로 해야 하니까 시간이 걸린다고. 마음 놓고 다치지도 못해."

그런가. 나도 이 대륙은 처음이니까. 제대로 명심해야겠군.

"그, 그럴 수가……. 지금도 조금 무거운 느낌인데, 메구 씨는 괜찮은 겁니까?"

아돌의 중얼거림에 나도 움찔했지만, 두목은 선뜻 '그건 괜찮을 거다'라고 대답했다.

"무거운 느낌은 전이 직후에만 느끼는 거니까 걱정하지 마. 메구는 아직 어리니까 어린아이의 뛰어난 적응력으로 순식간에 익숙해질걸. 다만 다치는 건 걱정인데……. 약을 만들 수 있는 물의 정령이 있으니 괜찮다면서 상처약 종류는 안 들고 다녔던 걸로 기억해. 그런데 이 대륙에선 좀처럼 만들 수 없고, 있다고 해도 큰 부상까진 치유할 수 없어. 마력 회복약은 그럭저럭 갖고 있겠지만 그것도 무제한은 아니고."

"끙, 걱정이군……. 유진, 빨리 수색을 개시하자."

다쳤다고 해도 약에 의지하기 어렵단 말인가. 그 점도 가벼운 상처라면 어린아이 특유의 회복력도 있으니 문제없겠지만……. 아니, 자잘한 상처라고 해도 메구가 다치는 건 용서할 수 없다. 돌아가면 루드에게 철저히 진료받도록 해야겠군.

"저, 저기. 죄송하지만 저는 당분간 아무런 도움도 안 될 것 같습니다……."

그때, 아돌이 면목 없다는 듯 그렇게 말을 꺼냈다. 이 남자는 무슨 소릴 하는 거지? 여기까지 오는 데 자신이 얼마나 큰 공적을 세웠는지 모른다는 말인가?

"그런 표정 짓지 마, 아돌. 괜찮아. 내가 제대로 데려가 줄 테니까. 우선 여기까지 온 건 네 덕분이잖아."

우리의 의견을 두목이 대변해 주었다. 마왕도 고개를 끄덕였다. 그걸 본 아돌은 부끄러운 듯 고개를 숙였다.

"몸을 푹 쉬어서 마력을 회복해 놔. 아마 중요한 일을 하나 더 부탁할지도 모르겠어."

"일, 이라고요……?"

두목은 입꼬리를 씩 끌어올리며 다시 입을 열었다.

"우리는 먼저 인간 대륙에서 가장 커다란 나라인 코르티가의 중앙 수도로 갈 거야."

마소가 적은데다 마대륙보다 훨씬 넓기 때문에 마법으로 수색하기 어려운 이 땅에서는 그저 몸을 움직여 찾을 수밖에 없다고 한다. 따라서 효율 좋게 정보를 얻기 위해 그 코르티가라는 나라의 중앙으로 향한다고 두목이 설명했다.

"거기에 가면 적어도 코르티가 국내의 정보는 입수할 수 있어. 메구는 좋은 의미로도 나쁜 의미로도 눈에 띄니까. 운이 좋다면 그 정보도 파악해 놨을지도 모르지."

두목의 말에 아돌이 고개를 끄덕였다.

"그 가능성은 크다고 봅니다. 이 인간 대륙에서 그 정도 수준의 전이 마법진을 사용했다면……. 상당한 인원이나 금전이 움직였을 테니까요. 그런 건 어지간히 큰 조직이 아니면 사용할 수 없습니다."

"그래. 그러니까 가는 거지. ……우리의 적이 **누구인가**, 거기서부터 알아보자고."

우리의 적. 그 말에 마왕과 나도 몸속에서 마력을 순환시켰다. 아무리 그래도 이 땅에서 밖으로 방출시키는 짓은 하지 않는다. 마력은 절약해야 하니까. 하지만 몸속에서 돌리는 것만으로도 공기가 찌르르 떨렸다. 아돌의 얼굴이 조금 딱딱해졌다.

"……가자. 황제를 만나러."

황제라. 코르티가라는 대국의 정점에 선 인물. 그 사람을 직접 만나러 간다는 말인가. 그곳에서 전부 알 수 있게 되는 건 아니겠지만, 뭐라도 단서를 잡으면 충분하다. 우리는 저마다 고개를 끄덕였다.

광산 앞에서 로드리고에게 작별 인사를 한 뒤 우리는 중앙 수도를 향해 나아갔다. 지도 같은 건 없으나 두목은 이 근방 지리를 잘 아는 건지 거침없는 발걸음이었다……만.

"하아아아아아."

"몇 번째 한숨인가, 유진. 뭐, 마음은 잘 안다만."

가는 도중 몇 번씩 이런 대화가 오가고 있다. 한숨을 쉬고 싶은 심정도, 몇 번째냐며 타박하고 싶은 심정도 잘 알기에 아무 말도 하지 않고 입을 다물었다.

"뭐, 이동 수단이라고는 마차 정도밖에 없으니 한숨이 나올 만도 하죠……."

"얼마나 마법에 의존하며 살았는지 알게 된다니까. 하아, 기르와 아슈를 마물형으로 바꿔서 타고 날고 싶어라."

"……음, 차라리 그렇게 할까?"

"안 됩니다! 이 대륙에서 그림자독수리나 용이 날면 큰 소란이 일어날 거예요. 자칫 잘못하면 전쟁 소동까지 퍼집니다! 아니, 애초에 이 대화도 몇 번째입니까?!"

아돌도 매번 꼬박꼬박 막는 점에서 고지식한 성격이다 싶다. 하지만 이게 없으면 정말로 날아갈 것 같으니 실제로 도움이 되고 있다. 그 정도로 답답해하는 건 이해할 수 있다만. 다만, 나 혼자뿐이긴 하나 이렇게 이동하는 것도 갈 때뿐이다. 여태까지 지나간 장소에 그림자새를 뒀기 때문이다. 늘 그림자가 지는 장소라면 한 마리씩 둘 수 있고, 두기만 하는 거라면 마력도 들지 않는다. 만들 때는 약간 소모하긴 하나, 그리 많은 양은 아니기에 문제없다. 즉 그림자새를 배치한 장소라면 앞으로는 순식간에 이동할 수 있게 된다. 거리에 따라 소모 마력도 늘어나지만, 그것도 딱히 많지 않다. 만에 하나 메구가 자력으로 광산에 도착했을 때를 대비해 당장에라도 달려갈 수 있도록. 더불어 그림자 새가 메구의 기척을 감지하면 바로 나에게 알려준다. 그렇다고는 해도 이 땅에서 마력을 사용한 수색은 이게 한계라는 게 아쉽다.

"기르는 좋겠다. 돌아갈 때는 쉽잖아. 나도 그림자 속을 지나갈 수 있다면 좋을 텐데……."

내가 그림자새를 배치하는 걸 보며 두목이 원한 어린 눈으로 나를 쳐다봤다. 그렇게 말해도 불가능한 건 불가능하다. 포기할 수밖에 없다.

"……내부는 그림자다. 정신이 망가져도 괜찮다면 데려가지."

"……포기할게."

"나도 하고 싶지 않다."

일단 그렇게 대답해주자 두목은 힘없이 고개를 도리질했다. 한번 고생해 봤기 때문이다. 무리도 아니다.

"음? 상당히 빠르게 포기하는군. 유진치고는 별일인데."

"한번 호기심에 들여다본 적이 있거든."

그렇다. 옛날에 두목은 같은 소릴 하면서 내 그림자에 멋대로 들어온 적이 있다. 정확하게는 머리를 집어넣은 정도지만. 고작 몇 초뿐이었으나 본인 왈, 며칠이나 그림자 속에서 빠져나오지 못하는 악몽이었다며 웬일로 얼굴이 창백해졌던 걸 기억한다.

"어떤 적이라도 그 그림자에 처박으면 순식간에 저세상일걸."

"나, 나라고 해도 말인가?! 무시무시한 남자군……."

"아니. 그림자에 타인을 들이는 것 자체가 내게도 상당한 대미지를 준다. 다시는 안 해."

머리만 넣었던 그때조차 나에게도 그때까지 느껴본 적이 없던 강한 현기증이 닥쳤다. 사람 한 명이 고스란히 들어온다면 어떻게 될지 생각하고 싶지도 않다. 그때는 나도 어떻게 될지 호기심이 있었기에 막지 않았을 뿐이니 이젠 시도할 마음이 없다. 다만 내가 인정한 '짝'이라면 함께 지나갈 수 있다고 들은 적은 있다. 하지만 그런 일을 겪은 뒤니까. 애초에 짝을 만날 수 있을 것 같지도 않다. 이미 오래 전에 포기했다.

"하아. 뭐, 궁시렁거려도 소용없나. 아돌, 너라면 마물형이 되어도 별 문제 없지? 잠깐 마물형이 되어봐."

"네? 괜찮긴 합니다만."

확실히 아돌이라면 마물형이 되어도 조금 큰 검은 새다. 특이하긴 하나 이런 새라고 주장하면 마물이라는 건 들키지 않을 것이다. 아돌이 시키는 대로 마물형이 되자 두목은 아돌을 옆구리에 꼈다.

"좋아. 얘들아, 달리자."

"오오, 그렇군. 오랜만에 시합이라도 할까? 유진."

"그거 좋은데! 이 앞에 있는 마을까지!"

조금 전까지 질린다는 듯한 표정에서 일변하여 두목은 어린아이처럼 해맑은 미소를 지었다. 제안을 들은 마왕도 마음에 드는 모양이다.

『잠깐, 기다려 주세요! 다음 마을까지 거리가 얼마나 떨어진 줄 아시는 겁니까……?! 게다가 누가 보면 큰일나거든요?!』

그래. 지친 아돌이 있으니 걸어서 이동했지만, 두목이 안고 간다면 문제없다. 당연히 달리는 게 더 빠르다. 아돌이 날개를 퍼덕이면서 항의했지만 아마도 소용없을 것이다.

"아돌, 걱정하지 마. 우리가 인간이 볼 수 있는 속도로 달릴 것 같아?"

"흐하하하! 요즘은 운동 부족이었으니 말이다! ……적을 쓸어 버리기 전에 준비 운동 정도는 해 둬야겠군."

해맑은 웃음이 흉악한 웃음으로 바뀌었다. 어지간히 스트레스가 쌓였던 모양이다.

『아, 아니, 확실히 보이지는 않겠지만요. 갑자기 지면이 파이거나 나무가 쓰러지거나 어마어마한 돌풍이 불면 아무리 인간이라고 해도 이변을 눈치챌 겁니다!』

그도 그렇군. 아무리 우리의 모습을 눈으로 볼 수 없다고 해도 흔적이 남으면 무슨 일이냐며 소란이 일어날지도 모른다. 흔적을 남기지 않고 이동하려면 마력을 써야 한다. 하지만 이곳에서는 마력을 최대한 절약해야 한다.

"아, 그건…… 자연재해잖아."

"음, 불행한 자연재해로군. 걱정 마라, 인적 피해는 내지 않을 테니."

그런 문제가 아니라며 아돌은 여전히 포기하지 않고 소리쳤지만, 솔직히 나는 찬성이다. 인적 피해만 내지 않는다면 해야지. 지금은 1초라도 아쉬우니까.

"기르도 괜찮지?"

"문제없다."

"훗, 든든하군. 자네는 우리를 따라올 수 있는가?"

마왕이 기대에 찬 눈으로 나를 바라보며 도발하는 말을 했다. 비아냥거리고 싶은 건지, 고무하고 싶은 건지 영 헷갈린다만.

"……마왕이야말로 뒤처지지 않도록 조심해라."

내가 그렇게 대답하자 두목이 기뻐하며 휘파람을 불었다.

"제법인데, 기르! 뭐 우리도 나이가 들었으니까. 젊은이를 못 따라갈지도 모르지."

"뭣?! 배짱이 두둑하군. 나중에 우는소리 해도 늦었다!"

마왕은 뭐라고 해야 하나, 어린아이 같은 구석이 있군. 두목의 말재간에 절묘하게 넘어가는 것처럼 보인다.

『아아, 기르 씨마저……. 이젠 포기할 수밖에 없겠군요. 하아.』

마침내 아돌도 포기한 모양이다. 그제야 우리는 한 번 눈짓을 주고받은 뒤 동시에 달리기 시작했다. 스타트 대시 때문인지 지금까지 있던 장소에는 커다란 구멍이 뚫렸지만 어쩔 수 없다.

그 외의 길은 최대한 파괴하지 않도록 조심해야겠군.

우리는 인간에겐 보이지 않을 속도로 달렸다. 마력은 사용하지 않으니 각자 신체 능력만으로 달리는 중이다. 이건 종족 특성에 의존하는 부분도 크다. 두목은 원래 평범한 인간이니 예외지만. 물론 달리는 게 느린 아이도 있다. 우연히 이 멤버는 아돌을 제외하면 달리기가 특기였을 뿐이다. ……정말로 인간인 두목의 몸은 대체 어떻게 되어있는 건지 신기하기 그지없다. 이런, 중간중간 그림자새를 두는 걸 잊지 말아야지.

이리하여 평범하게 갔다면 20일은 걸렸을 마을까지 밤새 멈추지 않고 달린 결과 6일 만에 도착했다. 마을이 조금 보이기 시작했을 때 점점 속도를 늦춰서 멈췄다. 바로 멈출 수도 있지만, 마법으로 보호하지 못하는 만큼 풍압이나 지면에 가는 영향도 고려해야 하기 때문이다. 인간 대륙은 귀찮은 일이 많아서 곤란할 지경이다.

"좋아, 저 마을에서 간단히 쉬는 김에 식사라도 하자. 아무리 그래도 6일이나 쉴 새 없이 달렸으니 잠깐 쉬어줘야지. 마을 사람에게 이야기도 들어보고."

마을에 들르는 건가. 그 말을 들은 나는 벗었던 후드와 마스크를 장착했다. 역시 어지간하면 남에게 얼굴을 보이고 싶지 않다.

"기르……. 끝내주게 눈에 띄는 아슈가 있으니까 괜찮지 않아?"

"이봐, 유진. 무슨 의미로 한 말이지?"

그런 나를 보고 두목이 어깨를 으쓱했다. 마왕은 숨길 마음이 없는 모양이니 확실히 시선을 끌 테지. 하지만.

"더 눈에 안 띄는 게 좋다."

"흐응, 기르는 참 철저하구나."

"그러니까 왜 내가 눈에 띈다는 말이야?!"

마왕의 질문에 두목은 힐끗 얼굴을 보고는 긴 한숨을 쉬기만 할 뿐 계속 무시했다. 본인은 별로 자각이 없어 보이지만, 마왕의 얼굴은 무서울 정도로 수려하다. 지나치게 잘생겨서 사람들이 피할 정도다. 그건 그거대로 사람이 접근하지 않으니까 좋다고 보는데……. 주목받는 건 틀림없다. 어째서 그런 상황에 태연할 수 있는지 이해하기 어렵다. 덕분에 딱 좋은 방패가 되어 줄 것 같으니 나야 고맙다만.

『그럼 저도 돌아가겠습니다. 두목, 옮겨주셔서 감사합니다.』

그렇게 말하더니 아돌도 인간형으로 돌아왔다. 안색이 좋아졌다. 상당히 회복한 모양이라 안심했다.

"그럼 갈까. ……그립구만. 마을 사람들은 잘 지내고 있으려나."

그런 아돌을 본 두목은 안도한 듯한 표정을 보인 뒤 두 팔을 뻗어 기지개를 켜고는 마을 쪽을 바라보며 눈을 가늘게 휘었다.

"음? 온 적이 있나?"

"비교적 최근에. 옌나를 찾을 때 말이야."

그렇군. 두목이 인간 대륙을 여행하는 건 두 번째다. 마왕의 의뢰로 오랫동안 메구의 어머니를 찾아다녔다. 상당히 길게 오르투스를 비웠는데, 인간 대륙에 있었다면 그것도 이해가 간다. 여기는 마에 속한 자는 무척 살기 힘든 환경이니까. 사람 찾기는 더욱 난이도가 높다. 이 대륙에서 두 번째 사람 찾기쯤 되면 요령도 있겠지. 당시에 만난 아는 사람이 있다면 이야기를 듣기도 쉬울 테니까. 역시 두목이다.

이렇게 우리는 인간 마을에 발을 들여놓았다.

"오오, 별로 안 변…… 한 줄 알았는데 상당히 살기 좋아졌는데!"

"어? 앗! 유진 씨?! 유진 씨잖아!"

마을에 도착한 순간 반가워하듯 두목이 말하자 그 목소리를 들은 마을 사람이 두목을 보고 크게 소리쳤다. 예상하지 못한 반응인 건지 두목은 기쁜 듯하면서도 부끄러운 듯한 복잡한 표정을 지었다. 목소리를 들은 마을 사람들이 우르르 몰려오자 나는 마스크를 고쳐 쓰고 후드를 한층 깊게 눌렀다.

"오랜만이잖아, 유진 씨. 잘 지냈어?"

"그래. 너도 여전한 것 같네."

"하하하, 그로부터 20년 넘게 지났으니까 많이 늙어버렸지만 말이야! 알맹이는 안 변했지. 유진 씨야말로 변한 게 없어서 놀랐어. 정말로 아인은 나이를 천천히 먹는구나……. 마을이 꽤 깨끗해졌지? 유진 씨의 조언을 따른 뒤로는 병에 걸리는 녀석도 거의 없어졌어! 정말 고마워. 당신은 이 마을의 구세주야!"

이 마을 사람들은 두목을 아인이라고 생각하는 모양이다. 인간이라는 걸 들으면 깜짝 놀랄지도 모르겠군. 그나저나 다들 환영하는 분위기라 조금 놀랐다. 여기서도 두목은 사람을 홀려놓은 모양이다. 아마 마을 환경 정비를 도와줘서 마을 사람들이 고마워하는 거겠지. 곤경에 처한 사람을 보면 내버려 두지 못하는 사람이다. 사정을 듣지 않아도 대충 상상이 간다.

"딱히 대단한 건 안 했잖아. 나에겐 자세한 전문지식이 있는 것도 아니니까, 치료도 못 해줬고. 손 씻고 양치하고 환기하고 배설물 처리를 조심한다는 정도의 기본적인 걸 조금 조언했을 뿐인데."

인간 대륙도 중심부로 가면 이러한 사항은 상식이고 하수도도 있지만, 변두리의 작은 마을에는 아무래도 시야 밖에 있는 만큼 그 부분의 발달이 상당히 느렸다고 한다. 지난번 조사 때 들렀던 마을 중 비슷한 환경인 곳은 모조리 그런 상식을 철저히 주입했다며 두목이 당시를 회상하듯 눈을 가늘게 뜨고 말했다. 인간 대륙에는 거의 올 일도 없는 데다 가르쳐 줄 의무도 없다. 하지만 당연하다는 듯 그렇게 하는 사람이 두목이다. 그리고 돌고 돌아 지금, 이렇게 환영받고 있다. 현지인이 우호적이면 메구 수색도 상당히 편해진다. 주로 정보제공 측면에서 고생을 덜 수 있다는 건 상당히 크다. 평소 두목이 말하던, 선행도 악행도 언젠가는 자신에게 돌아온다는 말은 이런 걸 가리키는 건가. 기왕 돌아올 거라면 좋은 게 돌아오는 게 좋지 않냐며 웃던 이유도 이제 와 처음으로 이해한 느낌이 든다.

"유진 씨, 찾는다던 사람은 찾았어?"

아무래도 이 마을 사람은 두목이 누군가를 찾았다는 걸 알고 있었던 모양이다. 그 질문에 애매모호하게 '어' 하고 대답하자 마을 사람들은 자기 일처럼 기뻐했다. 실제로 수색 대상이었던 메구의 어머니를 찾은 건 아니지만, 해결했다는 의미에서 대답했기 때문인지 살짝 쓴웃음을 짓고 있었다. 뭐, 자세한 사정을 이야기하면 길어지니까 이게 낫다고 생각한 거겠지.

"그나저나 이번에는 왜 또 이런 벽지에 왔어? 혼자 온 게 아닌 것 같은, 데……?!"

한차례 인사가 끝난 건지 마을 사람은 그제야 두목 뒤에 있는 우리에게 시선을 주었다. 그리고는 말문이 막혔다. 아마도 마왕의 외모가 원인일 것이다. 실컷 눈에 띈단 소릴 들은 뒤라 조금 신경 쓰였는지 마왕은 일단 후드를 착용했으나, 나처럼 마스크로 덮은 것도 아니기 때문에 그 외모는 아무튼 눈에 띄었다.

"음? 그 눈은 뭔가, 유진."

"……아니, 아슈는 이득 보는 얼굴인지 손해 보는 얼굴인지 잘 모르겠어서."

"묘하게 깎아내리는 것 같은 느낌이 드는데 내 착각인가?"

"안심해. 착각이 아니니까."

무슨 의미냐며 분개하는 마왕을 뒤로 두목은 얼굴값을 못한다는 자각이 전혀 없다며 질린다는 듯 투덜거렸다. 확실히 지나치게 솔직할 뿐 나쁜 사람은 아니지만, 조금은 성장하는 게 좋지 않을까.

"이번에도 또 사람을 찾고 있어. 그때와는 다른 일로. 그래서 중앙 수도까지 가려고 해. 그리고 이 녀석들은 내 동료야. 믿어도 돼."

"그, 그렇구나. 뭐, 유진 씨니까. 어떤 동료가 있어도 이상하진 않지."

"마대륙에서 온 동료라는 거잖아? 그럼 유진 씨처럼 마물도 주먹으로 한 방에 격파하겠지."

여기는 광산에서 비교적 가깝기도 하기에 약한 마물이 아주 가끔 나타난다며 두목이 우리에게 슬쩍 알려주었다. 흠, 인간에게 마물은 설령 약한 개체라고 해도 상당한 위협이라고 들었다. 그래도 여기에 마을을 만든 이상, 이 사람들은 인간 중에서도 제법 전투력이 있는 사람들이겠지. 그런데도 저렇게 말하는 걸 보면 인간들 사이에선 마물을 주먹으로 한 방에 쓰러트리는 건 비상식인 모양이다. 그런 와중에 두목이 마물을 주먹으로 쓰러트린 걸 보고 충격을 받았던 걸까. 아돌의 살짝 어이없다는 듯한 눈빛에 '그건 불가항력이야. 어쩔 수 없었어!'라고 변명하는 두목을 보아하니 대충 정답인 모양이다. 즉 그 탓에 마을 사람들은 두목을 아인이라고 생각하는 건가. 괜한 혼란을 초래하지 않기 위해서도 오해를 풀 생각은 없겠지. 현명한 판단이다.

"그래서 좀 물어보고 싶은데, 요즘 이 나라에서 특이한 일이나 조심해야 할 일 같은 거 있어?계속 이동해야 하니까 염두에 두려고."

그리고 자연스럽게 정보를 떠본다. 그 정도의 전이 마법진을 사용했으니, 무언가 소란이 일어났을 가능성이 있다. 마을 사람들은 저마다 얼굴을 쳐다보며 '딱히 없지?'라며 수군거렸다. 여기선 정보를 얻지 못할 것 같군. 그때, 한 남자가 '그러고 보니' 하고 입을 열었다.

"왕국 기사단이 뭘 찾아다닌다는 이야기는 들었어."

"아, 그러고 보니! 나와는 상관없는 일이라고 생각하고 흘려들었지만."

왕국 기사단이라. 그런 조직이 움직일 정도라면 어지간한 임무일 것이다. 그리고 상세한 내용은 극비일 가능성도 있다. 작은 마을에 자세한 정보가 퍼지지 않은 건 당연하다고 할 수 있다.

"중앙이랑 동쪽 기사단이 움직였던 걸로 알아. 남쪽도 움직이기 시작했지?"

"그것도 꽤 예전 이야기잖아. 해결되지 않았다면 지금은 북쪽과 서쪽도 다 움직이지 않았을까?"

음, 이건 우리가 원하는 정보인 것 같군. 설마 이렇게 바로 단서를 얻을 줄이야. 기쁜 오산이다.

"참 대대적인 수사잖아. 대체 나라에선 뭘 찾는 거야?"

"아니, 그건 모르겠어. 여긴 시골이니까."

"중앙과 더 가까운 마을에 가면 자세히 알겠지. 궁금하면 그쪽에서 물어봐! 미안해, 별로 힘이 되어주지 못해서."

"충분해. 고마워."

십중팔구 이 나라가 찾는 것, 혹은 사람은 메구와 관련이 있으리라. 메구를 포함해 이쪽으로 전이된 마력을 지닌 아이들을 찾는 건지, 아니면 전이 마법진을 발동시킨 누군가를 찾는 건지. 목적은 뭐지? 만약 나라에서 찾는 게 메구와 아이들이라면 너무 규모가 크지 않나. 얼마나 많은 아이가 전이되었는지에 따라 다르려나. 몇 명 정도라면 어떻게든 될 것 같지만, 그래도 아이들만 이동하고 있는 걸까? 믿을 수 있다고 확인하지 못했으니 보호되었다고 해도 불안하다. 아직 찾지 못했다면 그건 그거대로 다른 위험 가능성이 두드러지니, 어쨌거나 안심할 수 없다. 나쁜 조직이 하나뿐이라는 보장도 없으니까. 흠, 정보가 부족하군. 나쁜 가능성이 아직 남아있는 이상 멈춰있을 수는 없다.

"……정말로 여유 부릴 시간이 없는데."

"좋지 않은 자들에게 잡힐 가능성이 지극히 큽니다. 지금도 아직 무사하다면 좋겠는데요……."

"두목, 바로 가자."

두목의 중얼거림에 아돌도 반응을 돌려주었다. 다들 조급해하는 모습이다. 지금도 도망 중이라면 그나마 다행이지만, 만약 악한 자에게 잡혀버렸다면 그야말로 1초라도 낭비할 수 없다. 이러는 동안에도 메구가 다치고 괴로워하고 있을지도 모르니까. 상상만으로도 분노로 이성이 날아갈 것 같다. 게다가 내 안에서 조마조마하고 불길한 감각이 맴돌기 시작했다. 아직 누굴 믿을 수 있는지 모른다. 국가도 마찬가지다. 오르투스의 길드원은 다들 죽은 요리장 레오폴트에게 익히 들어왔다. 인간이란 방심할 수 없는 생물이라고. 메구도 그걸 알고 있을 터. 그 말을 떠올리고 명심하며 아무에게도 마음을 열지 말라고, 잡히지 말라고 그저 기도할 뿐이다. 심장이, 시끄럽다.

"다들 쉬지 않고 갈 수 있겠나? 아직 못 하겠다고 해도 나는 먼저 가겠다."

그렇게 생각하는 건 나만이 아니다. 마왕도 위압감을 뿌릴 듯 예민해져 있었다. 주위에서 상황을 살피던 마을 사람들이 떨기 시작하는 걸 보고 바로 억눌렀지만. 아슬아슬한 선에서 이성이 돌아가는 모양이다.

"아슈 너, 우리를 누구라고 생각하냐? 당연히 갈 수 있지! 아돌은? 괜찮겠어?"

"네. 두목이 옮겨주신 덕분에 상당히 회복했습니다. 하지만 제 속도는 느릴 겁니다. 발목을 잡게 되지 않을까요……."

아돌은 면목 없다는 듯 그렇게 말했으나 자신의 역량을 파악하고 솔직하게 저런 말을 한다는 건 상당히 어려운 일이다. 그걸 똑바로 전하는 아돌은 충분히 유능하다.

"뭐, 그렇겠지. 앞으로 팍팍 단련하기로 하고, 지금은 내가 또 들고 갈게."

"윽, 죄송합니다……."

"대신 돌아가면 열심히 수행해라?"

"물론입니다! 이제 다시는 이렇게 후회하고 싶지 않으니까요!"

좋은 대답이다. 오르투스의 규칙이기도 한 향상심으로 넘치는 자세는 참으로 바람직하다. 우리 길드는 솔직한 녀석이 많아서 기쁘다며 두목이 웃었다. ……뭐, 솔직하지 않은 사람도 있지만 그건 그거고.

"단련한다고 해도 이 자들을 따라갈 수 있게 되는 건 꽤 어렵다고 본다만."

그건 확실히 그럴지도 모르지만……. 마왕도 눈치가 없다. 두목이 반사적으로 마왕의 뒤통수에 주먹을 꽂았지만 그 마음을 이해한다. 무슨 짓이냐며 항의하는 목소리는 무시하는 모양이다.

"확실히 어려운 걸 넘어서 저는 평생을 들여도 도달할 수 없는 영역입니다."

거 보라며 두목이 마왕을 노려보았다. 아돌은 쓴웃음을 지으며 그 말을 받아들였다. 마왕도 미안하다고 생각한 건지 조금 당황한 듯했다.

"하지만 목표는 크게 잡는 게 빨리 향상된다고 봅니다. 저는 포기하지 않을 테니까요. 신경 쓰지 마세요."

"오, 그 사고방식 좋은데. 역시 아돌이야. 기대하마. 아슈, 넌 반성해."

"자, 잘못했다고는 생각한다!"

주먹을 쥐고 그렇게 선언하는 아돌의 얼굴은 조금 듬직해진 느낌이었다. 정신력도 강한 듯하니 다행이다. 아돌은 앞으로 더 강해질 수 있다.

"두목."

'대화 다 끝났지?' 하는 의미도 담아서 부르자 두목도 알고 있다는 양 가볍게 고개를 끄덕였다. 마을에서 오래 머무를 이유는 이제 없다. 앞으로 한 달 정도라면 쉬지 않고 이동할 수 있다. 영양 보급도 이동하면서 끝낼 수 있고.

"마을 녀석들에게 인사하고 올 테니까 먼저 북쪽으로 가. 바로 따라잡을게."

"따라올 수 있겠나? 유진."

"흥, 말해봐야 입만 아프지. 자, 빨리 가. 아돌은 나랑 오고."

쫓아내는 듯한 두목의 말에 나와 마왕은 아주 잠깐 눈짓으로 신호를 나눈 뒤 바로 발을 뗐다. 두목에게선 적어도 마을에서 나간 뒤에 달리라는 소릴 들을 것 같았지만 이미 그 자리에는 없었기에 말했는지 아닌지 불확실하다. 나에게는 지금 그리 여유가 없다. 묘하게 가슴이 술렁거려……! 기다려, 메구. 바로 데리러 갈 테니까.

3 황제

【유진】

아슈와 기르가 어마어마한 굉음과 크레이터를 남기고 사라지는 바람에 마을 사람들은 어안이 벙벙해진 얼굴로 멍하니 서 있었다. 너무 큰 소리가 나자 집 안에 있던 사람들마저 무슨 일이냐며 밖으로 나왔잖아. 나 참, 뒷수습은 누가 한다고 생각하는 거냐.

"……미안해. 좀 서두르고 있거든."

"아, 아니, 뭔가 심각한 상황인 것 같으니까."

우리가 진지한 얼굴로 대화했기 때문에 마을 사람들도 막연하게 짐작한 모양이었다. 괜찮으니까 가라고 말해주었다. 하지만 적어도 이 크레이터만이라도 어떻게든 해 줘야지. 그런 생각을 하며 그쪽으로 고개를 돌리자 이미 아돌이 그 구멍을 마법으로 메우고 있었다. 주위에 있던 사람들이 마법을 보고 환호성을 질렀다. 어이, 아돌. 마력 괜찮은 거냐?

"또 두목이 데려다주실 테니까요. 이 정도라면 괜찮습니다. 아무리 그래도 마을 한복판에 이런 걸 남기면 면목 없잖아요. 두목도 사양하지 말고 밟으시죠. 보조하겠습니다."

자기가 여기에서 마법을 쓰는 건 이럴 때 정도라고 대답한 뒤 아돌은 마물형으로 모습을 바꾸었다. 그 변신에 마을 사람들이 술렁거렸다. 뭐, 이 마을에서는 정체도 들켰으니까. 숨길 필요는 없고 지금은 빨리 그 녀석들을 따라잡는 게 먼저다.

"좋아, 그럼 부탁한다 아돌. 그렇게 됐어. 머무르다 가지 못해서 미안. 시끄러운 소식이 들릴지도 모르지만 폐는 끼치지 않도록 조심할게."

"뭐, 뭔가 세상이 시끄러워질 법한 일을 하려는 거구나, 하하. 으음, 조심해서 가. 우리는 뭐, 시골에서 변함없이 태평하게 살 테니까!"

에둘러 자신들은 아무것도 모른다는 걸로 하겠다는 의미다. 그 배려가 고마웠다. 그 마음을 담아 악수한 나는 잘 지내라는 인사를 남기고 자세를 숙였다. 아돌의 마법이 발동한 기척을 확인한 뒤 그대로 쿵 하는 굉음을 내며 달려갔다. 흙먼지는 일었지만 아돌 덕분에 먼지가 흩어진 뒤에도 크레이터가 남지 않았을 테니 용서해 달라고 마음속으로 사과했다.

이렇게 우리는 한 달 정도 계속 달렸다. 친구와 한 약속을 지키기 위해 죽으러 가고자 달리는 그 이야기가 생각나는군……. 일본에 있을 때 부녀가 함께 몇 번씩 읽곤 했다. 메구와 이런 이야기를 나누고 싶다. 아니, 지금은 그 이야기보다 훨씬 가혹한 여정이지만 이 몸은 아직 피로를 모른다는 게 무섭다. 사흘 뒤 저녁에는 아슈와 기르와도 합류했고. 내가 진심을 발휘하면 그렇게 된다. 분해 보이는 두 사람의 얼굴을 보는 건 제법 기분이 좋았다. 아, 일단 하루에 한 번씩 제대로 휴식도 취하며 갔다.

아무리 나라도 나이가 나이인 만큼 약간 피곤하긴 한데다 마을에서 정보 수집도 해야 하니까.

"내일이면 중앙 수도에 도착하겠는데."

"흠, 그렇다면 조만간 원흉을 숯덩이로……."

『마왕님? 바로 실력 행사로 넘어가려는 습관은 그만두세요.』

그날 저녁, 휴식 중에 내가 중얼거린 말에 기다리지 못하겠다는 양 아슈가 말했다. 아돌의 지적도 슬슬 지친 기색이 묻어난다. 참고로 이 피로는 결코 여독이 아니다. 그럼 뭐냐고? 당연하다. 아니, 혈기 왕성한 우리 세 사람을 용케 잡아주고 있다니까. 기르는 얼핏 침착해 보이지만 이 녀석은 조용히 분노의 불꽃을 태우는 타입이고, 언제 폭발할지 알 수 없다는 점이 골칫거리라 아돌의 정신적 피로가 위험수위다. 알고는 있었다만 나도 상당히 자제심이 약하다니까. 미안하다 아돌.

"정보도 상당히 모였어. 역시 큰 도시는 다르다니까. 여자들은 아슈가 물어보면 술술 다 불어주고."

"이해할 수 없군. 기르여도 괜찮았을 터인데."

"거절하지."

정보를 수집할 때 미남이 있으면 유리하다. 어디에 가도 눈에 띈다는 단점은 있지만, 물어보지도 않은 것까지 이야기해 주거나 식사할 때도 서비스를 주곤 하니까. 그 점에서 기르도 당연히 적임자지만 본인이 타인, 주로 여자를 꺼리니 말이야. 부모님 둘 다 미남미녀였지만 아버지가 일찍 죽고 마대륙에서는 상당히 드물게도 어머니에게 학대당하며 자랐으니 어쩔 수 없다.

그 후에 거둬준 아인들이 부모 대신 애정을 듬뿍 쏟아준 모양이지만……. 어릴 때 각인된 트라우마라는 건 그리 쉽게는 사라지지 않는 듯하다. 공포라기보다도 불쾌한 감정이 뿌리 깊게 남아 있는 거겠지.

"드디어 적이 보이기 시작했군."

마스크와 후드를 벗고 가볍게 목을 돌린 기르가 그렇게 중얼거렸다. 눈빛이 무섭다. 메구를 유괴한 녀석들에게 어마어마하게 빡친 모양이다. 물론 나도 같은 심정이지만.

『마음은 이해합니다만……. 아무튼 내일 황제와 대화하는 동안에는 얌전히 있어주세요. 애초에 연락도 없이 이 나라의 수장인 황제를 만날 수 있을지도 불명이고요…….』

아돌이 마물형인 채 검은 날개를 파닥거리며 호소했다. 그에 나는 '알았다고' 하며 손으로 제지했다.

"만날 수 있다. 아니, 반드시 만나게 할 테니 안심해라, 아돌. ……나는 마왕이지 않더냐."

흉흉한 위압감이 희미하게 흘러나왔다. 아돌은 그 자리에서 굳어버렸고 기르는 눈썹을 꿈틀거렸다. 나는 아슈와 한 쌍의 존재라 영향이 없지만, 이렇게 가까이서 위압감을 받은 아인이 이 정도에서 견딜 수 있다는 건 참으로 자랑스러운 일이다. 아슈도 평소에는 상당히 꼴값이지만 이럴 때면 이 녀석이 국가, 그리고 마대륙의 정점에 선 인물이라는 걸 실감한다.

"나도 남 말 할 처지는 아니지만 아슈. 인간 앞에서 그 위압감을 뿌리면 안 된다? 인간이 그걸 느끼면 졸도해서 대화가 불가능해진다고."

"안심해라. 명심하고 있으니."

이 위압감은 마력의 방출과는 조금 다르다. '기' 같은 것으로, 혈연관계쯤 되지 않으면 피할 수 없다. 그래도 인간은 아인에 비하면 영향을 덜 받을 테지만, 애초에 인간 자체가 약하다 보니 견디기 힘들겠지. 그래서 나는 방출하고 싶다면 차라리 마력을 방출하라고 덧붙였다. 몸속을 도는 마력이 흐트러지면 단련하지 않은 자는 타격을 입으나, 원래 마력이 없는 자는 흐트러질 마력도 거의 없어서 영향이 적으니 대부분 눈치채지 못한다. 그래서 이 대륙에서 마력을 방출하는 건 그냥 낭비다. 마소가 적으니 순식간에 허공에서 녹아 사라져 버리고. 영향을 받는 아돌이나 기르에게는 폐가 될 수 있으나 이 두 사람이라면 괜찮겠지. 그걸 이해한 상태에서 아슈는 자제하지 못할 때는 그렇게 하겠다는 대답을 돌려줬다.

"좋아. 라스트 스퍼트 가자고. 중앙 수도가 코앞이야. 이 페이스로 달리면 아침에는 도착하겠지."

각자 가볍게 다리와 팔을 돌리거나 접었다 폈다 하며 몸 상태를 확인했다. 힐끗 시선을 보내자 세 사람이 고개를 끄덕였다. 음, 다들 문제없어 보이는군. 내가 고개를 마주 끄덕이자 우리는 다시 달리기 시작했다.

"흠, 여기가 중앙 수도인가. 제법 웅장하군."

"마도구가 있다면 이런 커다란 문 같은 건 필요 없는데, 인간이란 불편하다니까."

"……자네도 인간이지 않나. 아니, 이젠 아닌가."

"하지 마. 그거 내가 제일 의문인 섬세한 문제라고."

중앙 수도에 가까워질수록 당연히 통행인도 많아졌다. 그런 곳에서 달릴 수는 없으니까 우리는 조금 떨어진 나무 뒤에서 한 번 멈춘 뒤 인파에 맞춰 걷기로 했다. 아돌도 인간형으로 돌아왔다.

"마도구가 있다면 인간 두 명 정도의 높이로 충분하니까요. 그 외엔 결계가 있고, 누군가가 상주하지 않아도 마력 감지로 자유롭게 드나들 수 있고요."

"상당히 높은 담장이군. 인간 열 명 정도인가……?"

도시를 에워싸듯 세워진 담장을 올려다보며 아돌과 기르가 각자 감상을 입에 담았다. 여기에 오는 건 두 번째지만, 변함없이 저 압박감에는 놀란단 말이지. 그만큼 높고 중후한 벽이 도시 전체를 감싸고 있으니까. 도시 자체도 워낙 넓으니까 벽도 끝없이 이어진 것처럼 보이고. 그나저나 이렇게 높을 필요가 있나?

"음, 저 행렬은 뭐지? 유진."

"아…… 저건 수도에 들어가기 위한 줄이야."

주위를 둘러보다 사람들이 줄을 선 것을 본 아슈가 고개를 돌려 물어보기에 대답해 줬다. 일단 이 도시에 마도구는 있지만, 성능이 좋지 않아 결국은 한 명 한 명 확인할 수밖에 없으니 저렇게 줄이 만들어진다. 지금은 마침 아침 중 가장 붐비는 시간대이기도 하다. 타지에서 온 행상인은 물론이고 어젯밤 통금 시각까지 돌아오지 못했던 자들이 일제히 귀가한 소위 피크 타임이니 더욱더. 도시 안에서도 일하러 나오는 자들이 많다. 그렇다고 출입구를 늘리거나 넓혔다간 보안이 허술해진다. 더 효율이 좋아지는 방법을 고안해야 할 텐데. 하지만 여기에 사는 자들에게 이건 이미 일상이다. 그리 신경 쓰지 않는 건지도 모른다.

"뭣? 저렇게 줄을 서야만 들어갈 수 있는 건가?!"

하지만 당연히 서두르는 중인 우리에게는 신물이 나는 광경이다. 눈썹을 찡그리며 놀라는 아슈에게 아돌이 설명해 주었다.

"이것만큼은 어쩔 수 없습니다. 신분이 높은 자라면 별도의 출입구로 바로 들어갈 수 있다고 어딘가의 책에서 읽었지만요. 특별문이라고 부르던가요."

"그렇다면 우리도 그곳으로 가지."

그런 전용 출입구 같은 게 있었나? 처음 들었다. 아돌은 아는 게 많군. 확실히 아슈는 신분이 높긴 하지. 마대륙에서 높은 거지만. 그걸 평범한 인간 문지기가 받아들일지가 문제인데.

"가 볼까. 시간도 아깝고."

"대륙의 대표자니까요. 기대는 할 수 있다고 봅니다. 거기서 성에 연락해 준다면 황제와도 바로 만날 수 있도록 전해질지도 모르죠."

일리 있군. 여차할 때는 비장의 수단도 있고. 그러면 바로 그 문으로 향할까. 단 한 가지 당부해 둬야 할 게 있다.

"……말이 안 통한다고 괜히 위압감 뿌리지 마라?"

기절하면 의미가 없다. 오히려 수상한 사람으로 체포당해서 귀찮아질 수도 있다. 우리가 인간 병사에게 잡혀서 움직임이 봉쇄되는 일이야 없지만, 메구 수색에 지장을 주는 건 피하고 싶다.

"물론 제대로 조절할 것이다. 말이 통하기 위해 다소는 어쩔 수 없을 테지만."

"······쓸 생각이구나?"

조절한다고 했으니 말이지. 방심할 수 없는 마왕이라니까. 뭐, 예상했던 대답이다. 이것도 다······.

"그렇다면 유진은 인간들이 우리의 말만 듣고 수긍하리라 생각하나?"

맞다. 아쉽게도 나도 바로 받아들일 거라 생각하지 않는다. 인간 귀족과 달리 신분증이 있는 것도 아니니까. 나는 한숨을 쉴 수밖에 없었다.

"어떻게든 되겠지. 아돌이 교섭해 줄 거잖아?"

"······전부 떠넘기시는 겁니까. 상관없지만요. 하지만 대화 난이도가 달라지니 위압감은 방출하지 않도록 정말로 조심해주세요!"

여러모로 불안하지만 이제 가야 한다. 우리는 주변 인간들에게서 호기심 어린 시선을 받으며 특별문 앞으로 이동했다. 하아.

"······네? 하, 한 번 더 말씀해 주시겠습니까?"

아니나 다를까, 특별히 연락도 넣지 않았던 우리는 문지기에게 설명하는 시점에서 발목이 잡혔다. 인간들 사이에선 유명한 귀족은 다들 얼굴을 알고 있는 것과 달리 우리는 처음 보는 얼굴. 그런데다 허가증도 증명서도 한눈에 보고 알 수 있는 문장

조차 없으니 경계하는 것도 당연하다. 그렇기에 우선은 이름을 밝혀야 한다며 아슈가 앞에 나섰는데.

"나는 마대륙을 통솔하는 마왕, 자하리아슈라고 했다. 이름조차 들어본 적이 없는 건가?"

"아, 아뇨, 그, 존함은 들어본 적이 있습니다만……."

예상했던 반응이다. 통행인들의 괴이쩍은 얼굴이며 시선이 따끔거린다.

"흠, 역시 믿을 수 없나 보군. 그렇다고 해도 마왕의 증표 같은 건 갖고 있지 않으니……. 역시 위압감인가? 유진."

내키지 않지만 귀찮기도 하고, 그것밖에 없겠다 생각하던 차에 아돌이 제지했다.

"마왕님, 반마형은 어떻습니까? 인간은 눈에 보이는 변화를 더 믿기 쉽다고 들었습니다. 무형의 위압감을 느끼게 하는 것보다 훨씬 효과적일 테죠."

"흠. 그렇군. 문지기여, 그러면 되겠는가?"

"네? 앗, 네, 네……?!"

그런가. 이 녀석들은 반마형이 있었지. 나는 없으니까 맹점이었다. 아슈는 문지기의 대답을 듣기 전에 바로 반마형으로 모습을 바꾸었다. 그 순간 문지기들은 물론이고 이쪽을 쳐다보던 사람들에게서도 비명과 술렁거림이 퍼졌다. 그러고 보면 아슈의 반마형은 나도 처음 보는데. 마력의 유출을 막기 위해 인간형으로 지낼 때가 많으니까. 마력을 지닌 주변 사람들은 반마형이라고 해도 아슈의 마력을 느끼면 위축되는 데다 마물형은 논외다.

완전히 밖으로 방출되는 마력을 봉인할 수 있는 게 인간 형태였기 때문에 완전히 잊고 있었다.

"음, 이 모습은 오랜만이라 위화감이 크군."

아슈는 자신의 모습을 내려다보며 눈썹을 찡그리고 있다. 스스로도 그렇게 생각하는 거냐.

"……보통은 마력을 억제하는 인간형이 더 답답하고 반마형이 편할 텐데요."

"적응이란 무시무시한 법이지. 나는 굳이 따지자면 언제 마력이 폭주할지 걱정되는군."

"잘 제어하라고, 아슈."

반마형의 아슈는 머리에 뿔이 돋아있고 얼굴과 팔 등 피부 일부가 비늘로 덮여있다. 굵고 긴 꼬리도 자라나 이따금 스르륵 스르륵 움직이는 게 조금 웃기다. 용형 아인과의 차이는 별로 없어 보였다. 아슈는 용이니까.

"으, 어, 진, 짜……?! 죄, 죄송합니다! 바로 성에 확인하러 가겠습니다!! 자, 잠시만 기다려 주십시오!!"

문지기는 당황한 듯 뒤집힌 목소리로 간신히 그렇게 말한 뒤 바로 문 안쪽으로 달려갔다. 여보세요, 우리를 방치해도 되는 거냐? 그리고 웅성거리는 주변 인간들은! 우리가 마음대로 들어가거나 난동을 부리기라도 하면 어쩌려고? 당연히 안 그럴 거고, 있든 없든 다를 건 없지만 그건 그거다. 남아있는 문지기도 무서워하면서 숨어서 훔쳐보기만 하지 말고 나오란 말이다! 그러고도 수도를 지키는 문지기냐 너희! 확실히 인간이 보면 반마형의 아슈는 보기만 해도 두려울지도 모르지만, 아무리 그래도 너무 한심하잖아.

"아인이라는 걸 알았을 뿐, 마왕이라는 증명까지는 못했지만 말이죠……."

"……마에 속한 자 자체가 신기한 거겠지. 그런 반응이었어."

아돌의 말에 기르가 중얼거렸다. 이 대륙에 아인이 오는 일은 거의 없으니까. 몇 없는 노예 아인도 부자나 권력자가 관리하고 있으니 애초에 일반적으로 아인을 볼 기회는 없다고 보면 된다.

"그래. 기르나 아돌이 반마형이 되었어도 저런 반응이었을지도 몰라."

"다소는 놀랄 테지만, 저렇게까지 무서워하는 건 마왕님이기 때문이겠죠."

그러고 보면 아돌은 본 적이 있지만 기르의 반마형은 본 적이 없네. 그런 생각을 하며 기르를 힐끗 쳐다봤다.

"거절한다. 의미가 없으니까."

"생각 읽지 말고……."

원래 비밀주의인 구석이 있는 남자다. 그렇게 나올 줄 알았지만!

그러는 사이에 아무래도 조금 전의 문지기가 돌아온 모양이었다. 살짝 호흡이 거친데, 운동 부족인가? 그리 멀지도 않은 주제에 그 정도로 헐떡이다니……. 아니, 나도 평범한 인간이라면 그랬을지도 모르지. 하지만 문지기잖아. 조금 더 단련하라고.

"우, 우선 여기는 지나가십시오. 하지만 저희 같은 말단에게는 짐이 너무 무거워서……. 문 너머로 들어가시면 거기서 기다리는 중앙 기사단의 단장과 기사단원들이 성까지 안내해드릴 겁니다. 그러니 단장에게 설명해 주시면……."

"음, 인간은 마법이나 마도구로 음성을 전달할 수 없군. 참으로 불편하구나."

일부러 몇 번씩 이 사람 저 사람에게 설명해야 한다는 것에 눈썹을 찡그리는 아슈. 확실히 귀찮지. 하지만 입에서 입으로 전달하게 두면 중간에 내용이 바뀔 우려도 있고, 여기서는 이곳의 규칙을 따를 수밖에 없다.

"그것만이 아니야. 인간이란 위에 선 자와 직접 대화하는 것 자체가 어렵거든. 마왕과 다르게 왕이 제일 강하다거나 하는 게 아니니까. 아무나 직접 대화하러 왔다가 공격받을 가능성도 있어."

"흠. 자객이라면 나도 일상다반사다만, 본인에게 대항할 수단이 없다면 확실히 위험하군."

"그래서 호위 기사단 같은 게 있지. 나라를 지키는 기사단이 있고, 왕족 전문 호위 기사단도 있었던 걸로 기억하는데. 맞지?"

내가 확인하기 위해 문지기에게 묻자 당황한 듯 '그렇습니다'라고 대답했다. 이 너머에서 기다리고 있다는 단장이 나라를 지키는 쪽의 기사단장이라는 모양이다. 중앙 기사단이라고 불린다고 했다. 맞아, 북쪽 왕성이네 남쪽 왕성이네 하면서 다섯 개로 나뉘어있었지.

"그럼 제 뒤를 따라와 주십시오. 아, 보이십니까? 저쪽 선두에 서 있는 사람이 기사단장 프리드입니다."

문이 열리고 바로 문지기 뒤를 따라가자 몇 걸음 걷기도 전에 문 안쪽 풍경이 눈에 들어왔다. 붉은색을 베이스로 갑옷을 입은 남자가 다섯 명 정도 있고, 그 앞에 가장 몸이 우람한 남자가 당당하게 서 있었다.

"프리드 단장님, 이분들이 마왕님과 그 휘하의 분들입니다."

"그래, 여기서부터는 내가 맡도록 하지. 업무로 돌아가라."

문지기가 기사단장에게 말을 걸자 기사단장의 낮은 목소리가 간단하게 지시를 내렸다. 그러자 문지기는 우리에게 살짝 머리를 숙인 뒤 재빨리 본래의 위치로 돌아갔다. 여기까지 안내하는 것만으로도 긴장한 모양이다. 부리나케 돌아가는 뒷모습을 보자 왠지 미안했다. 그나저나 휘하의 분들이라. 확실히 이름을 밝히지는 않았지만 아슈 밑에 있는 사람들이라는 뉘앙스가 좀 마음에 안 든다.

"기다리셨습니다. 먼저 한 번 더 이름을 말씀해주실 수 있겠습니까. 이것도 절차라서 말입니다."

기사단장은 가볍게 목례한 뒤 바로 형식적인 말을 이어갔다. 아슈와 기르는 참으로 신기해 하고 있었다. 마대륙에는 이런 습관이 거의 없으니까. 대체로 기운이나 마력으로 상대방을 알아볼 수 있고, 같은 소속 내에선 누군가에게 말하면 전원에게 바로 전해지기 때문이다.

"음, 잘 모르겠지만 절차라면 어쩔 수 없지. 나는 마대륙을 통솔하는 마왕 자하리아슈라고 한다. 이 나라의 황제에게 묻고 싶은 것이 있어 왔다."

"마왕님께서, 직접, 말씀입니까……."

대륙의 정점에 선 자가 직접 찾아온다는 건 인간에게는 믿기 어렵겠지. 호위처럼 보이기도 하는 우리 일행도 세 명뿐이고. 실제로는 호위가 아니지만. 기사단장의 눈동자에 의혹이 떠 있는 게 보였다. 그렇게 될 줄은 알았는데. 번거로워지기 전에 비장의 수단을 쓰기로 할까.

"나는 유진. 선대 황제와는 아는 사이인데, 들어본 적 없어? 내가 찾아오면 이야기를 들어달라고."

"! 유진, 님……! 화, 확인을 위해, 선황 폐하의 성함을……."

"에단이잖아?"

내 말에 프리드 단장은 눈을 부릅떴다. 알고 있는 모양이라 안심이다. 단장쯤 되면 알고 있어도 이상하지 않다고는 생각했었지만.

"……'코르티가는 어둠 속에서'?"

오, 심지어 수장밖에 모르는 암호도 알고 있었나. 이 녀석은 황제의 신뢰도 두터운 녀석이구나. 나는 씩 웃으며 암호의 답을 대답해주었다.

"'백성의 도표가 되는 빛이어라'지? 황제를 만나게 해줘."

"……확실하게 확인했습니다. 반드시 모셔다 드리겠습니다."

프리드는 그제야 가슴에 주먹을 올리고 머리를 숙였다. 뒤에 있던 단원들도 똑같이 머리를 숙였다. 참고로 내 등에는 사정을 설명하라는 세 개의 시선이 박혔다. 알았다고! 말해 줄게!

"그 뭐냐, 옛날에 조금…… 도와준 게 있거든. 나라가 너무 커서 힘들어 죽겠다길래."

"상당히 축약된 설명이지만, 그것만으로도 대충 뭘 했는지 알수 있겠다는 점이 두목이로군요⋯⋯."

시간도 없고 장소도 장소인 만큼 간단하게 선대 황제와 인연을 맺은 계기를 말하자 영 석연치 않은 반응이 돌아왔다. 야. 아슈도 기르도 이해했다는 듯 고개 끄덕이지 말라고. 나는 그걸로는 설명이 안 된다고 항의를 들을 줄 알았는데. 이해했다면 뭐 상관없지만? 어쩐지 기분이 묘하다.

"보나 마나 나라의 재건을 도와준 거겠지. 변경 마을에도 정보가 퍼지도록 연락망을 구축한다거나."

"보나 마나는 뭔데, 진짜."

"길드의 연락 시스템은 마도구라는 모양이니까요. 두목이 개발에 관여한 거겠죠. 그게 이 땅에서도 각지에서 마도구를 사용하는 이유로 가장 타당성이 있어 보입니다."

"퍼트린 건 사실이지만 조금 더 인간의 저력을 믿어줘도 되지 않냐? 마도구 구조 같은 건 인간의 아이디어거든?"

"⋯⋯역시 두목."

"⋯⋯야, 너희들. 사람이 말하면 들어."

이 녀석들 돌아가면서 신나게 말해대고⋯⋯. 심지어 경위가 대충 맞다는 점에서 괜히 더 억울하다. 내 행동은 그렇게 다 읽히나?

시시껄렁한 이야기를 나누는 사이에 우리는 성 안으로 들어왔다. 거리를 걸을 때 주목을 받는 건 피할 수 없었지만 그래도 최대한 통행인이 적은 길을 골랐던 건지 그렇게까지 큰 소란이 일어나지는 않았다. 그런 배려는 고마웠다. 고맙지만…… 한 가지 묻고 싶다. 여기 병사는 제대로 단련하고 있는 거야?! 성문 앞에서도 안에서도 병사들이 우글거렸지만, 전혀 위협적으로 보이지 않는다. 아니, 인간 기준이라면 위협적인가? 하지만 아마 전투직이 아닌 아돌 혼자서, 그것도 마법을 쓰지 않고도 쉽게 전멸시킬 수 있는 레벨로 보인다. 걱정되네……. 하지만 이게 인간에겐 평범한 거겠지. 그 감각을 잊어버렸구나, 나.

"그럼 여기서 기다려 주십시오. 앉을 곳이 없어서 면목이 없습니다만…… 우선은 황제 폐하께 확인하고 오겠습니다."

그렇게 말하고 떠나려는 프리드를 아슈가 붙잡았다.

"간단하게 용건을 말하마. 그걸 전해주지 않겠나? ……나의 귀한 딸이 별안간 강제전이되었다. 분석 결과 인간 대륙에 있다는 건 알았지. 그쪽의 대응에 따라서는 우리는 힘을 자중하지 못할 것 같군."

아주 약하게 흘린 아슈의 기에 단장을 포함한 병사들 전원의 몸이 뻣뻣해졌다. 식은땀을 흘리며 새파랗게 질린 사람마저 있다. 이것만으로도 자신들이 다발로 모여도 감당할 수 없는 상대임을 알았겠지.

"시급한 대화가 필요하다. ……앞으로도 좋은 관계를 유지하기 위하여."

"……알겠습니다. 그렇게, 전달하겠습니다."

아슈와 이 나라의 현 황제는 몇 번 정도 편지를 주고받은 사이다. 광산을 통해 무역하고 있으니까. 하지만 아직 직접 만난 적은 없다. 즉 이번이 처음이란 소리다. 참고로 나도 이번 황제와 만나는 건 처음이나 마찬가지다. 한 번 만난 적은 있지만 그때 황제는 아직 어린아이였으니까 기억하지 못할 테니.

황제는 틀림없이 우리를 만난다. 그래야만 하는 상황이다. 애초에 마에 속한 자가 굳이 대륙을 건너가면서 오는 일은 없다. 심지어 상대는 마왕. 마왕임을 증명할 수 없었다고 해도 아인이 있다는 것만으로도 이 대륙에는 위협적이다. 혼자서 나라 하나쯤은 멸망시킬 수 있으니까. 대응을 잘못했다간 위험해진다는 걸 다들 알겠지. 나와 약속한 것도 있고. 고민하지 말고 바로 결단하라고. 병사들의 안색과 덜덜 떠는 모습을 보라지. 불쌍해졌잖아?

"기, 기다리셨습니다. 바로 응접실로 안내하겠습니다."

"응접실? 알현실이 아니어도 되는 건가?"

"여러분께선 귀한 손님입니다. 알현실에서 뵙기에는 부적절하다고……."

그렇군. 그건 거의 사실이겠지만, 분명 다른 자들이 위축되지 않도록 최소한의 인원으로 만날 생각이겠지. 황제라면 아인이 얼마나 강한지 이해하고 있을 테니까. 누가 있든 전투에 들어가면 승산이 없다는 걸 안다. 호위가 많든 적든 상관없으니 대화하는 건 소수로 임하는 게 낫다고 판단한 거겠지. 이번 황제도 제대로 교육을 받은 것 같아 안심이다.

우리가 승낙하자 프리드는 바로 안내하기 시작했다. 기사단장

씩이나 되는 양반이 우리에게 등을 보이며 안내한다라. 신뢰의 증거라고 받아들여야 하겠지. 여기서 우리가 난동을 부리는 건 참으로 꼴사나운 짓이다.

"실례합니다! 모셔왔습니다!"

프리드는 주변보다 더 큰 방의 문 앞에 멈춰서더니 노크한 뒤 안에 있는 사람에게 말을 걸었다. 그러자 안쪽에서 문이 열렸다. 우리는 프리드를 따라 안으로 들어갔다. 방 안쪽에는 한 명의 청년이 다과 준비가 된 테이블에서 일어나 이쪽을 향하고 있었다. 그 뒤에는 호위 기사단으로 추정되는 인물이 몇 명. 흠, 이 청년이 이번 황제인가. 청년이라는 나이가 아닐 텐데, 상당히 젊어 보이는구나.

"……만나 뵙는 것은 처음이로군. 내가 이번 대의 황제인 루카스다."

오, 눈빛이 좋은데. 이쪽에 굽히고 들어오지도 않으면서 반대로 우위에 서려고 하지도 않는 태도다. 그렇지 않으면 대등한 입장이라고 할 수 없으니까. 마왕과 황제는 대등해야 한다.

"흠, 그대가 루카스 황제인가. 갑작스럽게 방문하여 면목이 없군. 나는 마왕 자하리아슈다."

그에 먼저 아슈가 이름을 댔다. 그 후 둘이 나에게 시선을 돌렸기에 나도 이름을 밝혔다.

"내가 유진이다. 선대 황제랑은 이런저런 일이 있어서, 꽤 사이가 좋았지."

사실 내가 도와준 거였지만 그렇게 말하는 건 좀 알아서 기라는 것 같고, 설명하는 것도 귀찮다. 그래서 가볍게 머리를 긁적이며 얼버무렸다.

"겸손하군. 당신의 활약은 몇 번이나 들었다, 유진 님. 우리의 구세주가 아닌가. 물론 앞으로도 계속 전할 생각이다. ……다만 확실히 갑작스러운 방문이라 제대로 된 접대 준비를 하지 못한 것을 양해해주었으면 하는데."

"상관없다. 사태는 한시를 다투는 일이니. 바로 이야기를 나누고 싶다만."

선대 황제 에단은 후대 황제에게도 계속 알려주겠다고 말했는데 정말로 그렇게 한 모양이었다. 그때는 앞으로 만날 일도 없을 거라고 생각해서 신경 쓰지 않았지만 실제로 이뤄진 걸 보니 묘한 기분이다. 반응하기 난감해하고 있었더니 아슈가 바로 화제를 돌려줘서 다행이었다.

"그건 갑자기 방문한 것만 봐도 알 수 있네. 그럼 여기에 앉지. ……그나저나 자하리아슈 님과 유진 님이 아는 사이일 줄이야. 그것과도 관련이 있는 건가?"

나와 아슈가 황제의 맞은편에 앉고 기르와 아돌은 뒤에 섰다. 그나저나 이 황제, 제법 배짱이 좋은데. 우리를 앞에 두고도 당당한 태도라니. 틀림없는 황제의 그릇이다.

"그래. 그럼 처음부터 본론으로 들어가겠다. ……내 딸, 메구가 별안간 강제전이되었다. 전이된 장소는 이 인간 대륙이었지."

아슈의 말에 황제의 얼굴이 딱딱해졌다. ……역시 뭔가 알고 있군.

"그 건에 대해 짐작 가는 바가 있나? 아니, 있지? 이만한 거리를 강제 전이시켰으니. 하물며 마소가 적은 이 대륙에서. 상당히 대규모의 마법이었을 터. 그걸 이 나라의 황제인 그대가 눈치채지 못했을 리 없지."

팽팽한 공기가 응접실을 감쌌다. 마력을 방출하진 않았고, 위압감이라고 할 정도도 아니다. 그저 기운일 뿐이지만 살기를 억누르고 있는 게 훤히 다 보인다. 황제 뒤에 있는 호위며 문 앞에 서 있는 프리드도 식은땀을 흘리고 있다.

"알고 있는 것을 전부 말해줘야겠다. 마왕으로서 후계자를 납치당한 것도, 아버지로서 딸을 납치당한 것도 결코 용서할 수 없으니."

아슈는 무표정으로 그렇게 선언했으나, 지나치게 수려한 그 얼굴은 감정을 지우자 한층 무시무시함을 연출했다. 잠시 침묵이 흐른 뒤 마침내 황제가 입을 열었다.

4 진실

【메구】

　아침, 나는 늘 커튼 틈새로 들어오는 햇빛에 눈을 뜬다. 성인이 되면 며칠은 자지 않아도 괜찮아진다고 하지만 아직 어린아이인 나는 매일 9시간은 꼬박꼬박 잔다. 밤이 되면 졸음에 저항할 수 없게 되는걸. 정말로 괜찮아지는 날이 올지 의심스럽다.

　침대 위에서 기지개를 켜고 먼저 세수를 한다. 그 후엔 옷장으로 가서 오늘 입을 옷을 고른다. 다양한 사람이 많은 옷을 줬기 때문에 아직 내가 직접 옷을 산 적이 없다. 이래 봬도 마스코트로서 일하며 월급을 받고 있으니까 언젠가는 내 돈으로 사고 싶긴 한데……. 이렇게 많이 있으면 더 살 필요 없지 않을까. 내 몸은 하나밖에 없으니까 다들 그걸 이해해 줬으면 좋겠다. 아니, 다 예쁜 옷이니까 기쁘긴 한데!

　"메구, 좋은 아침! 잘 잤어?"

　그렇게 살짝 고민한 뒤 옷을 골라 갈아입은 후 바로 식당으로 향했다. 막 일어나서 배가 고프니까. 매일은 아니지만 이렇게 식당에 가는 길에 사우라 씨와 자주 마주친다. 밝게 말을 건넸기에 나도 명랑하게 인사하자 오늘도 귀엽다면서 껴안아 주었다. 에이, 사우라 씨야말로 귀엽지! 그렇게 생각하면서 나도 마주 껴안았다. 아침의 해피 타임이다. 오늘은 좋은 일이 있을 것 같아!

"음, 메구. 머리카락 정리가 덜 됐어."

씩씩한 발걸음으로 일하러 가는 사우라 씨에게 인사하며 배웅하자 이번에는 케이 씨가 나를 불러 세웠다. 아하하, 민망해라. 제대로 거울 앞에서 확인했는데 뒤통수 쪽이라 눈치채지 못했던 모양이다. 케이 씨가 쿡쿡 웃으며 뻗친 머리카락을 내려주었다. 고맙다고 인사한 다음 이번에는 케이 씨를 배웅하고 식당에 도착했다. 오늘의 아침은 뭘까. 카운터로 향하자 치오 언니가 명랑한 목소리로 메뉴를 가르쳐 주었다. 오늘은 몽실몽실한 오믈렛에 크루아상! 듣기만 해도 침이 고인다.

"어라? 좋은 아침입니다, 메구. 지금부터 식사인가요? 같이 먹게 해 주세요."

아침 메뉴를 올린 쟁반을 들고 자리에 앉자 마찬가지로 쟁반을 든 슈리에 씨가 그렇게 말을 걸었기에 흔쾌히 승낙했다. 거절할 이유가 없잖아!

——일어나…….

……어라? 지금 누군가의 목소리가 들린 것 같은 느낌이 드는데. 뭐지? 착각?

"왜 그러세요? 메구. 후후, 아직 잠에서 덜 깼나요?"

내가 멍하니 있었기 때문인지 슈리에 씨가 웃었다. 윽, 이상하네. 오늘은 상쾌하게 눈을 떴는데. 정신 차리자, 메구. 제대로 눈을 뜨고 오늘은……. 어, 오늘은 평소처럼 오전에는 마스코트 일이었지? 아마도.

"오, 메구. 지금부터 출근이야?"

아빠의 목소리에 퍼뜩 놀랐다. 그렇다고 대답하자 '그렇구나' 하며 머리를 쓰다듬어 주었다. 어, 어라? 나 아침 언제 다 먹은 거지? 어느새 오르투스의 홀에 서 있다.

"그리고 보면 아슈에게 편지 왔더라. 네 전용 접수 카운터에 놨으니까 나중에 읽고 답장 써 줘. 또 두꺼운 종이 다발을 보냈다니까. 나 참, 매번 용케 그렇게 많이 쓸 수 있다 싶다. 그 부분은 감탄이 나와."

아버지가? 기대되네. 마왕성에 있는 아버지와는 그리 자주 만나지 못해서 조금 섭섭하니까 이렇게 자주 편지를 주고받고 있다. 아버지가 보내는 편지는 늘 무척 두꺼운데, 모든 페이지에 글자가 빼곡하게 적혀있단 말이지. 내용은 만나지 못해서 적적하다거나 다음에 만나면 뭘 하고 싶다거나 그런 것투성이지만. 그래도 지금 아버지의 상황을 알 수 있다는 게 기쁘고, 무엇보다 재미있으니 나도 편지가 오면 바로 답장을 쓰고 있다. 뭐, 너무 자주 오는 바람에 내가 쓰는 내용도 매번 비슷비슷해지긴 하지만. 그래도 하루하루의 작은 행복이나 즐거웠던 일, 열심히 한 일을 쓰고 있다.

"나는 당분간 출장으로 길드를 비울 거야. 그러니 착하게 기다리고 있어."

떠날 때 아빠는 그렇게 말하며 내 머리를 쓰다듬었다. 출장? 어쩐지 갑작스럽네. 평소엔 미리 말해주는데. 아니면 내가 까먹은 것뿐인가?

"반드시 찾아낼게. ……기다려."

갑자기 눈빛이 날카로워진 아빠는 이미 이쪽을 보고 있지 않았다. 어딘가 먼 곳을 응시하는 것 같았다. 그 옆모습은 무척 진지해서 무척 소중한 것을 찾고 있다는 게 막연히 전해졌다. 뭘 찾는 걸까? 조금 궁금하지만 이렇게 진지한 모습을 보니 일을 방해하고 싶지 않았다. 그렇게 생각한 나는 얌전히 아빠의 등을 배웅했다.

좋아, 집중하자! 나도 열심히 일해야지. 하지만 마스코트가 하는 일은 별거 없다. 생글생글 웃으면서 인사하는 게 주요 업무니까. 그래도 할 수 있는 일이 많이 늘어났다. 언젠가는 사우라 씨처럼 접수나 사무업무를 맡게 되는 게 꿈이다. 그야 내가 어른이 되었을 때 오르투스에서 할 수 있을 법한 일이라고 하면 길드 내부 업무잖아? 루드 선생님이나 메어리라 씨, 레키 같은 의료 지식은 없고, 니카 씨나 쥬마 오빠 같은 무투파도 아니니 마물 토벌 같은 건 논외다. 외부에서 어려운 의뢰를 수행하는 것도 굼뜬 나에게는 불가능해 보이고. 아, 하지만 청소나 소소한 약초 채집 정도라면 할 수 있으려나. 아니, 그런 간단한 의뢰는 외부에서 일을 찾으러 오는 사람들을 위해 남겨놔야 하니까. 오르투스의 일원은 그 외에 중요한 일만 담당해야 하지, 참.

으음, 생각할수록 내가 그런 거창한 일을 할 수 있을지 의문이 들지만, 아직 성장기니까! 나는 어린아이니 서두르지 말고 할 수 있는 일을 하나씩 늘려가면 된다. 지금은 단련도 하고 있고…… 응? 어라? 했던가? 과보호하는 어른이 많아서 가벼운 운동 정도만 할 뿐, 단련이라고 할 건 없었잖아. 그럼 왜 그렇게 생각한 거지?

"메구."

고개를 갸웃거리고 있을 때 익숙하면서도 그리운 목소리가 들려서 가슴이 크게 울렸다. 어라? 그립다니? 익히 들었는데 그립다는 건 뭐야. 하지만 왠지 묘하게 마음을 울렸다. 너무너무 좋아하는 기르 씨의 목소리가, 뭔가 이상하다. 위화감이 있는 것 같은데……?

"오전 일 끝났지? 오후는 시내로 나가자."

하지만 기르 씨의 제안에 의문 같은 건 날아가 버렸다. 하지만 기르 씨와 데이트인걸. 못 만나는 날도 있을 만큼 늘 바쁜 그 기르 씨와! 기뻐라. 같이 마을에 놀러 나가다니 얼마 만이지. 그러니 신이 나서 폴짝거리는 것도 어쩔 수 없는 일이다!

시내로 나오자 그곳은 변함없이 떠들썩했다. 이미 안면을 튼 사람들은 나를 보자 스스럼없이 말을 건넸다. 기르 씨와 외출하러 나왔냐는 둥, 오늘도 귀엽다는 둥. 어린아이는 보기 드무니까! 다들 귀여워해 준다. 아직 아기인 미이나도 이렇게 거리를 걸을 수 있게 되면 마찬가지로 귀여움받을 테지. 딱 하루 동안 메어리라 씨와 함께 보모 노릇을 했을 때는 정말 고생이었는데. 그래도 아주 귀여워서 행복한 기분이 들었다. 나는 언니니까 미이나가 조금 더 자라면 이것도 가르쳐주고 저것도 가르쳐 줘야지! 작아져서 못 입게 된 옷도 물려줄 수 있다면 좋겠는데. 그러기 위해서도 곱게 입어야지.

"어, 기르와 메구잖아. 둘이서 외출이야?"

앗, 루드 선생님이다! 레키와 메어리라 씨도 있다. 방문 진료에서 돌아오는 길인가? 하지만 의료팀 대표라고도 할 수 있는 이 세 사람이 나란히 밖에 나와 있다니 별일이네.

"좋겠다, 기르 씨. 저도 메구와 데이트하고 싶어요. 메구, 다음에는 저와 함께 디저트를 먹으러 가요!"

우와, 매력적인 제안! 사우라 씨도 그렇지만 메어리라 씨도 맛있는 디저트를 많이 알고 있다. 아예 사우라 씨도 불러서 디저트 원정대를 만드는 것도 즐거울 것 같다.

"살찐다."

레키는! 한 마디가! 많다고요! 메어리라 씨가 그렇게 외치며 화를 냈다. 정말 레키는 왜 저렇게 지뢰를 밟는 걸까. 나는 더 살을 찌우라고 했으니 조금 정도는 괜찮겠, 지? 그렇지? 하지만 단것만 먹었다간 지방만 붙으려나……. 균형을 맞춰가며 먹자. 음.

"어이! 기르! 메구!"

문득 머리 위에서 목소리가 들리자 올려다보았더니 가벼운 발걸음으로 하늘을 달리는 쥬마 오빠가 크게 손을 흔들고 있었다.

"잠깐 바다에 크라켄이 나타났다고 들었거든! 사냥해올 테니까 사우라에게 말 전해줘!"

그, 그렇게 잠깐 집 앞 편의점에라도 다녀오는 것처럼 말하기 있기야?! 하지만 뭐, 쥬마 오빠라면 그 정도는 어렵지 않게 사냥해올 것이다. 그나저나 생기가 넘치는구나. 오니족이니 전투를 좋아하는 거겠지. 대단해라.

"나 원, 쥬마 녀석은 충동적으로 행동한단 말이야."

뒤에서 기가 막힌다는 듯 말하는 니카 씨의 목소리가 들려서 돌아보았다. 니카 씨는 쓴웃음을 지으며 내 머리를 쓰다듬었다.

"너희는 아직 돌아다니는 중이지? 내가 겸사겸사 전달할 테니, 굳이 기르가 그림자새를 날려서 연락하지 않아도 돼."

"고맙다, 니카."

뭐, 서둘러 전해야만 하는 내용도 아닌 듯하니까. 쥬마 오빠가 아니라면 긴급 연락이 필요한 사태지만……! 니카 씨는 호쾌하게 웃으며 길드 쪽으로 걸어갔다. 언제 봐도 크다.

왠지 오늘은 유독 여러 사람을 만나는구나. 오르투스는 다들 일 때문에 바쁘니까 길드 안에서 일하는 사람조차 못 만나는 날도 있는데. 게다가 뭔가 이상하다. 위화감이 있다고 해야 하나…….

——일어나…….

응? 또다. 아까도 이랬는데. 뭐지? 내가 뭔가를 잊고 있나?

"메구, 왜 그래?"

내가 고개를 숙이고 생각에 잠겼기 때문인지 기르 씨가 걱정된다는 듯 나와 눈높이를 맞추며 물어보았다. 있잖아, 기르 씨. 오늘은 좀 이상해. 평소와 같은 평화로운 날이라서 아주 행복하거든? 그런데 뭔가 다르다고 해야 하나, 자꾸 가슴이 울렁거려. 이상하지? 이렇게 평화로운데.

"이 평화는 내가, 아니 오르투스가 지키고 싶어 하는 거다."

그렇지. 오르투스는 세계의 평화를 무엇보다 소중히 여긴다. 거친 일도 하고 주먹이 먼저 나가는 사람들도 있고, 일단 힘으로 해결하려고 할 때도 있지만. 어라? 이렇게 표현하니까 좀 위험한 집단이잖아.

"당연한 것을 너무 당연하다고 생각했지. 방심했던 거야. 지키고 싶다는 건 말뿐이었을지도 몰라⋯⋯."

기르 씨의 얼굴이 갑자기 험악해졌다. 왜 이러지? 난데없이 끌어안질 않나. ⋯⋯어라? 이상하네. 온기가 안 느껴져. 늘 이렇게 껴안아 주면 행복이랑 온기로 가득해지는데.

"어디야⋯⋯. 어디에 있어? 메구⋯⋯!"

그 말에 나는 마침내 깨달았다. ⋯⋯이건 꿈이구나.

그래. 나는 지금 인간 대륙에서 리히토, 로니, 라비 씨와 함께 여행하고 있었잖아. 왜 잊어버렸던 거지. 목적지인 광산을 코앞에 두자 긴장이 풀린 걸까. 끝까지 방심하면 안 되는데.

"나는 무력해. 아무리 힘이 있어도 이런 때엔 아무것도 못 해."

그렇게 말하지 마. 기르 씨는 든든한 사람인걸. 곤경에 처했을 때는 늘 구해주고, 언제나 나를 생각하며 행동한다. 강하고, 다정하고, 걱정이 많고⋯⋯ 조금 겁이 많은 사람. 아, 그래. 나에게 무슨 일이 있을지도 모른다고 생각하면 무섭다고 말한 적이 있었지. 그럼 내가 이 대륙에 떨어진 뒤 계속 무서워하고 있는 걸까. 하다못해 나는 괜찮다고 전할 수 있다면 좋을 텐데.

"메구⋯⋯! 메구, 기다려. 반드시 데리러 갈게. 반드시⋯⋯ 너를 구하러 갈게. 그러니까."

기르 씨의 목소리가 유독 선명하다. 어쩌면 지금 그렇게 생각하고 있는 걸까. 그렇다면 미안하네. 걱정 끼쳐서 정말 죄송합니다. 하지만 기쁘기도 하다. 찾아주고 있다는 걸 알았으니까. 이렇게 있을 수 없지. 지금 당장 일어나서 빨리 가자. 그나저나 행복한 꿈이었다. 눈을 뜨는 게 아까울 정도로. 사실은 지금도 계속 꿈을 꾸고 싶긴 하지만.

"부디 무사해 줘……!"

기도하는 듯한 목소리만을 남기고 기르 씨의 모습이 홀연 듯 사라졌다. 남은 건 나뿐. 캄캄한 공간에 우두커니 서 있다. 왠지 춥다. 게다가 조금 무섭다. 하지만 눈을 떠야 한다. 나에게는 아직 해야 할 일이 있으니까. 괜찮아! 조금만 더 가면 목적지에 도착하잖아. 여태까지도 열심히 했으니까, 조금 정도라면 어렵지 않다. 제대로 광산에 가서 모두를 만나야지. 반드시 오르투스에 돌아갈 거야.

자, 일어나자. 일어나── .

정신을 차리자 나는 어두운 방에 있었다. 의식이 아직 몽롱하다. 평소 잠에서 깰 때보다 더 심하게 나른한데. 희미하게 눈을 뜨며 여긴 어디고 지금까지 뭘 했는지 천천히 떠올렸다. 그러니까 라비 씨의 친구가 사는 오두막에 왔는데, 거기서…… 아! 맞아!

"아, 아야!"

잠들기 전의 일을 떠올리고 허둥지둥 일어나려고 했는데, 생각했던 것처럼 움직이지 못한다는 걸 깨달았다. 아니, 애초에 처음부터 서 있었던 모양이었다. 혼란스러운 머리로 내 상황을 확인하자 두 팔과 다리가 사슬에 묶여서 벽에 달라붙은 상태였다. 어느새 신발은 벗겨져 맨발이 되었고, 목에도 차가운 무언가가 감긴 듯한 감각이 든다. 뭐, 뭐야 이거……?! 당황해서 몸을 움직이려고 해도 절그럭거리는 무거운 금속 소리가 들릴 뿐 자유롭게 움직일 수 없다. 자, 잠깐만. 행복했던 꿈과 차이가 너무 심해서 머리가 따라가질 못하겠는데요.

"메구, 정신이 들어?"

목소리가 들린 쪽으로 휙 시선을 돌리자 걱정하는 표정의 리히토와 눈이 마주쳤다. 조금 떨어진 장소에 있는 리히토는 팔다리가 구속된 상태로 방 중앙 부근의 바닥에 앉아있었다. 팔다리의 구속은 사슬로 이어져서 그 자리에서 움직이지 못하는 모양이다. 그걸 보고 간신히 몽롱하던 머리가 급속도로 맑아졌다. 으, 어쩐지 현기증이 난다. 두통도 있지만 괴로워하고 있을 때가 아닌 모양이다.

조, 좋아. 침착하자. 영문을 알 수 없고 심장이 자꾸만 쿵쿵 소리를 내고 있지만 착실하게 숨을 뱉고, 들이마시고, 뱉고. 음……, 좋아. 괜찮지 않지만 괜찮아졌다. 우선은 주변을 관찰하자. 어둑해서 잘 보이지 않지만 실내라는 건 알았다. 그럭저럭 넓어 보이는데……. 지하실 같은 곳인가? 창문은 확인할 수 없고, 돌벽이 드러나 있는 것 같으니까. 아마 우리는 고든 씨가 탄 수면제에 당한 거겠지. 잠들기 직전 그런 대화를 들은 게 기억난다. 그러니 이렇게 묶여있는 건 고든 씨의 짓일 테고. 라비 씨의 오랜 친구라고 했고 좀 거칠지만 좋은 사람이라고 생각했는데…….

지금 나는 벽에 이어져 있고, 내 옆에는 마찬가지로 사슬에 묶여 벽에 이어진 로니가 있었다. 이미 눈을 뜨고 있었던 건지 리히토와 마찬가지로 걱정하는 얼굴로 나를 보고 있었기에 억지로 웃어줬다. 상황은 조금도 괜찮지 않지만! 묶여있는 리히토나 로니의 모습을 보자 슬프고 괴로워서 울고 싶었다. 왜 이렇게 된 건지 알 수 없어 머릿속은 대 패닉이다. 하지만 울면 난처해 하리라는 것 정도는 아니까. 울까 보냐. 나는 어금니를 꽉 깨물었다. 앗, 팔도 사슬에 묶여있는데 팔찌는?! 신발도 벗겨졌을 정도인데……. 아, 괜찮구나. 희미하게 마석의 마력이 느껴진다. 다행이야. 두 팔이 올라간 상태라 팔찌도 팔꿈치 부근까지 미끄러져 있었다. 드, 들키지 않아서 다행이다.

"여긴 어디지……."

내 감정을 억제하기 위해서도 목소리를 내서 중얼거렸다. 내가 침착할 수 있었던 건 이 광경을 본 적이 있기 때문이다. 그 꿈, 이지? 한 번 그 충격을 경험한 덕분에 가까스로 냉정하게 생각할 수 있는 것 같다. 예지몽 만만세. 현실이 되는 건 원하지 않았지만. 꿈과 마찬가지로 리히토만 떨어져 있는 게 조금 걸렸다.

하지만 꿈과는 약간 다른 점도 있는 모양이다. 리히토가 절망하지 않으니까. 그렇다고 안심할 수는 없다. 절대 못 하지. 불길한 예감이 들어……

"모르겠어……. 나는 이렇게 되기 전의 일이 거의 기억나지 않아. 평범하게 밥 먹고 있었던 것 같은데……."

"나는, 리히토가 쓰러져서, 놀란 건, 기억 나. 하지만, 거기까지밖에……."

그렇구나. 두 사람은 그 대화를 못 들은 거야. 먼저 쓰러졌으니까. 그럼 내가 아는 걸 공유해야지.

"두 사람이 쓰러진 뒤에 라비 씨가 고든 씨에게 어떻게 된 일이냐며 멱살을 잡았어. 나도 그 뒤에 바로 쓰러져서 잘 기억나지 않지만……. 고든 씨가 수면제가 어떻다고 이야기했는데."

"수면제……?! 그 아저씨가……."

내 이야기를 듣고 리히토가 원통한 듯 주먹을 움켜쥐었다. 영수상한 느낌이 들었다며 미간을 찡그렸다.

"하지만, 라비의, 친구라고, 해서……."

로니도 분해 보였다. 나도 그렇게 생각했다. 그러니 다들 마찬가지다. 방심했던 거야. 라비 씨와 아는 사이라고 해서 너무 경계심을 풀어버렸다.

"그래. 그래서 괜찮을 거라고, 믿고…… 잠깐, 그럼 라비는 어떻게 된 거야? 무사해?!"

리히토의 말에 로니와 나는 숨을 삼켰다. 그러고 보면 이 방에는 없는 것 같은데. 좀 넓은데다 어두워서 반대편 벽까지는 보이지 않지만 아마 여기에는 없는 것 같다. 쓰러지기 직전에 라비 씨는 고든 씨의 멱살을 잡았고 언성도 높였으니 분명 싸웠겠지. 우리를 이렇게 잡아둔 건 틀림없이 고든 씨다. 그렇다면, 라비 씨는 고든 씨를 막지 못했다는 뜻이 된다. 우리와 마찬가지로 그냥 잡혀있기만 하는 거라면 다행이지만, 싸웠다가 다쳤을지도 몰라! 각자 거기에 생각이 미쳐서 얼굴이 파랗게 질렸을 때 끼이익 하고 무거운 문이 열리는 소리가 들렸다. 누가 들어온 건지 몰라 세 사람 모두 몸이 뻣뻣해졌다. 고든 씨일까……?
긴장한 우리의 귀에 들린 건 예상과는 다른 목소리였다.

"너희들! 정신 차렸구나!"

빠르게 달려오는 발소리와 함께 익숙한 목소리. 어깨에서 힘
이 쭉 빠지는 걸 느꼈다. 아아, 다행이야……! 안도한 우리는 그
녀의 이름을 불렀다.

"라비!"

"라비, 무사해?"

"라비 씨이이!"

보니까 딱히 구속된 곳도 없는 라비 씨의 건강해 보이는 모습.
무사했구나! 다, 다행이다. 구해주러 왔구나. 뭐, 뭐야. 예지몽
은 빗나간 건지도 모른다. 미래를 바꾼 건지도! ……아니, 아직
무슨 일이 일어날지 모른다. 방심은 금물이다. 제대로 경계는
해야지. 하지만 라비 씨가 다치지 않은 것 같아 정말 다행이다.
나도 모르게 눈물샘이 약해졌다.

"라비, 다행이야. 안 잡혔구나!"

라비 씨는 걱정하는 얼굴로 먼저 리히토에게 달려갔다. 그대
로 리히토 앞에 무릎을 꿇고 얼굴을 살폈다. 그리고는 우리에게
도 고개를 돌려 존재를 확인하고 안심한 건지 숨을 내쉬었다.
묶여있다는 것 말고는 딱히 문제없다고 판단한 건지도 모른다.
하지만 그 표정은 잔뜩 일그러져 괴로워 보였다.

"미안해……. 고든이 식사에 수면제를 탔나봐. 바로 쓰러졌으
니 상당히 강한 약이었던 모양이야. 너희들 속이 안 좋거나 하

진 않고?"

"아무렇지도 않아! 그보다 라비는 괜찮았어? 그녀석은 왜 수면제를…… 게다가 우리는 왜 이렇게 엄중하게 묶여있는 거야?"

잇달아 질문을 쏟아내는 리히토 앞에 무릎을 꿇은 라비 씨는 리히토의 뺨에 살며시 손을 뻗었다. 무척 다정한 손길이었다. 여기서 봐도 알 수 있을 만큼 리히토를 바라보는 그 눈동자가 부드럽게 휘어졌다. 그 모습은 왠지 애절해 보였다. 이별을 아쉬워하는 것 같은, 그런 분위기라서…… 가슴이 술렁거린다. 착각인가?

"라비?"

"괜찮다면 다행이고."

나와 마찬가지로 무언가를 느낀 모양이다. 이상하다는 듯 고개를 기울인 리히토에게 라비 씨가 한마디 하더니, 리히토를 잡고 있던 손을 놓고 슥 일어났다. 그리고는 그대로 리히토에게 등을 돌렸다. 고개를 숙이고 있기에 라비 씨의 표정은 알 수 없다. 정말 왜 저러는 거지? 불가사의한 행동에 당황하며 옆에 있는 로니를 살폈다. 로니도 나와 마찬가지로 불안을 느낀 건지 당혹스러운 듯 눈동자가 흔들렸다.

"어? 뭐야, 빨리 이 사슬 풀어줘."

괴이쩍은 표정으로 리히토가 말했다. 하지만 반응은 바로 돌아오지 않았다. 틀림없이 이상하다. 그러자 무언가를 결의한 듯 라비 씨가 고개를 들었다. 그 얼굴에는 환한 미소가 번져 있었지만…… 뭘까. 저 미소는 왠지, 느낌이 좋지 않다. 여느 때의 라비 씨가 아니라는 걸 바로 알았다.

"그럴 순 없어. 고생해서 도망쳐 간신히 여기까지 데려왔는데. 드디어 너희를 구속했는걸. 그런데 왜 굳이 놔 줘야만 하는 거지?"

다른 사람처럼 보이는 라비 씨에게서 나온 말을 바로 이해하진 못했다. 사고회로가 정지해 버렸다는 건 이런 상태인 걸까. 라비 씨의 대답을 기다리며 귀를 기울이고 있었으니 잘못 들었을 리는 없는데. 지금 뭐라고 한 거지. 분명 그건 나만이 아니다. 리히토와 로니도 굳어버렸으니까.

"무슨, 소리야……. 이런 때에, 장난이야?"

얼마나 오래 침묵이 흘렀을까. 처음 입을 연 사람은 리히토였다. 동요했다는 게 훤히 보이는 갈라진 목소리. 리히토의 목소리와 표정에서는 장난치지 말라는 애원이 느껴졌다. 나도 같은 심정이다. 장난이라기엔 너무 악질적이지만……. 그래도 장난이길 바랐다. 그러나 그런 리히토를 비웃듯 라비 씨는 생글거리며 입을 열었다.

"아하하, 장난이 아니야. 나는 처음부터 너희를 여기에 데려오기 위해 행동했는걸."

그리고 일변. 오만상을 찌푸리며 뱉어내듯이 그렇게 말했다. 뭐, 라고……? 왜 그런 말을 하는 거야?

"정말이지. 몸에 이상이 있으면 실패할지도 모르는데 고든 녀석은 약 같은 걸 먹이고 말이야. 나를 못 믿는 거냐고."

라비 씨의 말은 리히토의, 우리의 바람을 가볍게 부숴버렸다. 처음부터……? 그건 무슨 소리야? 언제? 우리가 리히토와 함께 찾아갔을 때부터? 아니면 설마. 두근, 두근. 가슴이 불쾌하게 뛰었다. 식은땀이 맺히며 숨을 제대로 쉴 수 없다.

"후후, 아직 믿는 거야? 걱정이야 했지. 그건 거짓말이 아니야. 하지만 그건 상품을 걱정한 거고. 당연하잖아?"

라비 씨는 상품이라고 말했다. 그건 우리를 가리키는 거야? 그 단어 하나로 명확하게 선이 그어진 느낌이 들었다. 라비 씨는 팔짱을 끼더니 리히토를 내려다보며 말을 이었다. 그 눈빛은 조금 전까지와는 정반대로 지독하게 싸늘했다.

당신은, 누구?

"뭐, 그것도 어쩔 수 없을지도 모르지. 아무튼 나는 리히토의 생명의 은인이니까."

생명의 은인. 그건 분명 사실이다. 자세한 이야기를 들은 건 아니니까 아닐 수도 있지만, 일본에서 온 차원이동자인 리히토를 키워준 사람이 라비 씨다. 그러니 리히토에게 라비 씨는 이 세계에서 유일한 가족이라고 할 수 있는 존재다. 전에 그런 이야기를 했으니 아마 틀림없다. 하지만, 그렇기에……. 이럴 수는 없다. 누군가가 심장을 꽉 움켜쥔 것 같다. 하지만 그런 내 심정 같은 건 알 바 아니라는 양 라비 씨는 표정을 지우고 차가운 목소리로 말을 이었다.

"어린애 뒤치다꺼리 같은 건 사양하고 싶었어. 임무가 아니면 누가 정체불명의 꼬맹이를 돌봐줬겠냐? 그것도 신뢰를 얻어내라니, 무모하기 짝이 없는 명령이나 내리고. 보수를 넉넉히 줬으니 망정이지, 제법 힘들었다니까. 그것도 이렇게 오랫동안.

더 뜯어낼 걸 그랬나 봐."

리히토는 아주 예전부터 '상품'이었다는 거야? 라비 씨의 잔인한 폭로는 멈추지 않았다. 리히토가 마력을 갖고 있다는 걸 조직원에게 보고했을 때 그 힘이 폭주해서 손을 댈 수 없게 되기 전에 길들이라는 명령을 받았다고. 그래서 계속 연기하며 도망치지 못하도록 신뢰라는 이름의 사슬로 묶어두었다고. 잠깐, 이제 그만해. 머리가 이해를 거부한다. 콧속이 아려오고 눈앞이 흐려진다.

"하지만 노력한 보람이 있어서 순진한 리히토 소년은 내 이야기를 진실이라고 착각해 줬지. 왕성은 썩었다, 비합법 인신매매를 묵인하고 있다는 그 이야기 말이야. 후후, 저기에 묶여있는 두 사람도 완전히 믿어버렸고."

하지만 그 이야기를 듣고 맺히던 눈물이 들어갔다. 사태의 중대함을 눈치채고 핏기가 싹 사라졌기 때문이다. 진실이라고 '착각해 줬다'? 그럼 그 이야기는 거짓말이라는 거야? 동쪽 왕성의 홀 같은 장소에 전이된 직후, 리히토는 부리나케 우리를 데리고 성 밖으로 도망쳤다. 덕분에 우리는 성에 잡히지 않고 무사할 수 있었던 거잖아? 잡히지 않으려고 필사적으로 도망쳐서, 고생고생해가며 간신히 여기까지 도착한 거였잖아?

그 이야기가 거짓말이라면 사실은 성에서 도망칠 필요는 없었다는 뜻이 된다. 우리가 한 일은 전부 헛수고를 넘어서 악수였다는 말이잖아.

"리히토가 갑자기 사라졌을 때는 계획이 잘 풀렸다고 생각했지. 하지만 어째서인지 너는 오두막으로 돌아왔어. 얼마나 놀랐는데. 초조해서 눈앞이 캄캄해졌지. 그래서 무심코 차버렸고."

라비 씨는 리히토 주변을 천천히 걸으며 계속 말했다. 뚜벅뚜벅. 라비 씨의 발소리가 유난히 크게 울렸다.

"내가 지금까지 고생한 게 전부 물거품이 되다니! 하고. 그런데 처음 보는 어린애 둘을 데리고 있으니 뭔가 사정이 있는 것 같아서 이야기를 들어봤지. 후후, 냉정을 되찾고 물어보길 잘했어."

계획? 물거품? 리히토가 사라진 건 상정했던 범위지만, 돌아온 건 예상하지 못했다는 소리? 아아, 이해할 수 없어. 뭐가 뭔지 모르겠어! 하지만 이것만은 알겠다. 믿고 싶지 않지만, 우리는 라비 씨에게 배신당했다는 것을.

"네 행동은 나에게는 행운이었지! 순진한 리히토 소년 덕분에 살았다니까. 성에 있는 나쁜 사람들에게서 도망쳤다며? 아하하! 웃겨라! 구해주려고 한 사람에게서 도망치다니! 그것도 끝내주게 비싼 덤을 둘이나 데려오고."

우리 쪽으로 힐끗 시선을 던진 라비 씨는 입꼬리를 끌어올려 사납게 씩 웃었다. 소름이 쫙 돋았다. 아니야, 아니야! 역시 배신이라니 믿고 싶지 않아! 이런 건 라비 씨가 아니야……!

"내 말을 손톱만큼도 의심하지 않다니."

툭. 리히토의 머리에 손을 올린 라비 씨는 그대로 검은 머리카락을 이리저리 헝클어트렸다. 리히토는 아연한 채 가만히 당하고만 있었다.

"정말 바보라니까……. 바보야, 리히토."

작은 목소리로 그렇게 말하나 싶더니 라비 씨는 그대로 머리카락을 꽉 움켜쥐고 리히토를 거칠게 쓰러트렸다. 사슬이 절그럭 울리는 소리와 함께 리히토는 그 자리에 쓰러졌다. 그런 리히토의 몸을 라비 씨의 오른발이 짓밟았다. 그래도 꼼짝도 하지 않는 리히토의 모습에 숨을 삼켰다.

"너희는 앞으로 여기에서 평생 지내게 될 거야. 귀중한 상품은 팔지 않고 고이 사용해야지. ……오래 살라고."

라비 씨는 리히토를 차가운 눈빛으로 내려다본 후 몸 위에 올려두었던 오른발로 리히토를 가볍게 걷어찬 뒤 발걸음을 돌려 방에서 나가려 했다. 걷어차인 리히토는 마치 인형처럼 자빠질 뿐, 신음을 흘리지도 않고 움직이려는 기색도 없다. 그것만으로도 리히토가 얼마나 큰 충격을 받았는지 느껴져서 가슴이 찢어질 것 같았다.

잠깐, 기다려……! 나는 치밀어 오르는 분노인지 슬픔인지 알 수 없는 감정을 그대로 외쳤다.

"기다려! 지금…… 거짓말이지? 그렇게 잘해줬는데!"

목소리가 떨렸다. 하지만 그런 걸 신경 쓸 때가 아니다. 말해야 한다고, 지금 말하지 않으면 안 된다고 생각했으니까. 하지만 내 감정을 알 수 없다.

『그나저나 귀여워라, 착하지.』

뇌리에 떠오르는 것은 라비 씨의 다정한 손길.

『……솔직하지 않구나. 메구, 힘들 때는 울어도 돼.』

다정한 말, 껴안아 주었을 때의 온기.

『단련은 하루 만에 숙달되는 게 아니야. 시간이 있으면 단련. 이게 상식이지!』

『제법이잖아! 오늘은 혼자서 해냈네. 잘했어, 메구.』

어리광을 받아주는 것만이 아니라 때로는 엄하게, 때로는 상냥하게 격려하며 나를 어른으로 대해주었다. 엄마가 있다면 이런 느낌일지도 모른다고. ……가족 같다고 생각한 사람. 머릿속에 떠오르는 모습은 다정하고 밝고 강한 라비 씨. 도저히 믿을 수 없어. 받아들일 수 없어.

"거짓말이라고 해줘! 정말로 계속 우리를 속인 거야?! 대답해 줘! 라비 씨!"

화내야 하나? 속이다니 너무하다고. 슬퍼해야 하나? 속이다니, 너무하다고……. 하지만 내 말에는 아무 대답도 없이 라비 씨는 문을 열고 그대로 나가버렸다. 내 목소리 같은 건 들리지 않는다는 듯이. 돌아보는 기색조차 보이지 않는 게 서러웠다. 무력감이 나를 짓누른다. 어째서, 어째서……?! 눈물이 고인 눈을 끝까지 감지 않은 채 라비 씨의 등을 계속 지켜보았다. 그 마음이 통한 건지, 무언가 생각이 있었던 건지. 문을 닫기 직전 라비 씨의 발소리가 멈췄다. 그대로 돌아보지 않은 채 라비 씨는 마지막으로 이렇게 뱉었다.

"속은 게 죄지. ……속이는 사람이 몇 배는 더 나쁘지만! 아하하하."

라비 씨는 날카롭게 웃으며 힘차게 문을 닫았다. 그 탓에 그 웃음소리는 곧들리지 않게 되었지만……. 머릿속에는 라비 씨의 웃음이 계속해서 울려 퍼지는 것 같았다. 커다란 소리를 내며 문이 닫힌 그 순간, 흐르지 않도록 눈을 부릅뜨고 있었는데도 내 눈에서는 결국 눈물이 한 방울 흘러내렸다.

고요해진 공간에 정적이 이어졌다. 무슨 말을 해야 할지 알 수 없었으니까. 어떻게 해야 할지 알 수 없었으니까. 어차피 이렇게 꼼짝도 할 수 없는 상태에서 할 수 있는 일은 아무것도 없지만. 리히토는 쓰러진 채 움직이지 않고……. 괜찮을까. 아니, 괜찮을 리 없지. 옆에 묶여있는 로니에게 힐끗 시선을 던지자 나와 마찬가지로 난처한 얼굴로 리히토를 바라보고 있었다. 그렇겠지. 정말, 어떻게 해야 할지 알 수 없어서 미로에 빠진 기분. 아무 말도 못 한다고 해도 하다못해 곁에 갈 수 있다면 좋을 텐데. 살며시 안아줄 수 있다면 좋을 텐데. 팔다리에서 느껴지는 차가운 사슬의 감각이 우리에게 한층 무거운 절망을 주었다.

5 리히토의 과거

【리히토】

나는 지구라는 별의 일본이라는 나라에서 태어났다. 내가 살던 동네는 산이 가까워서, 학교에서 돌아오는 길이나 쉬는 날이면 친구들과 산에서 놀곤 했다.

"리히토! 숙제는?"

"이따 돌아와서 할게!"

"잠깐, 책가방 정도는 정리하고 가!"

나는 아마 말썽꾸러기였을 것이다. 학교에서 돌아오면 곧바로 책가방을 현관에 던진 뒤 '다녀왔습니다'와 '다녀오겠습니다'를 동시에 말하는, 그런 아이. 그대로 집에서 뛰쳐나와 밤늦게까지 노느라 돌아오질 않으니까, 부모님이며 이웃들에게 '총알 꼬맹이'라고 불렸던가. 즐거웠다. 산에 비밀기지를 만들기도 하고 몇 시간씩 숨바꼭질하거나 물놀이하기도 했었지.

부모님은 그런 나를 기가 막힌다는 듯 바라봤던 것 같지만, 기본적으로는 자유롭게 키워주었다. 캠핑에도 자주 데려갔었고. 조금 멀리 있는 산에서 캠핑할 때도 있고, 비밀기지 근처에서 친구들끼리만 모여 잔 적도 있었다. 지금 생각해 보면 비밀기지를 어른들도 다 알고 있었으니 비밀도 뭣도 아니었지만……. 당시 우리는 친구들끼리만 아는 장소에서 밤을 보낸다는 특별함에 더없이 흥분했었다. 밤을 꼬박 새우며 놀자고 약속해놓고 매번 어느새 잠들어 버린 것도 좋은 추억이다.

"다녀왔습니다!"

"리히토! 너는 지금 몇 시인 줄 아는 거야?! 아아아, 또 이렇게 더러워져선……. 먼저 목욕부터 해."

"뭐? 배고픈데!"

"그 꼴로 어슬렁거리면 못 먹게 할 거야. 하아, 오늘은 카레인데 아쉽게 됐네."

"카레?! 씻을게! 당장 목욕하고 올래!!"

밖에서 놀고 돌아오자 엄마에게 혼나고 투덜거리면서도 시키는 대로 욕실에 갔다. 목욕물의 뜨거운 기운이 몸 구석구석으로 퍼지는 게, 지금 생각해 보면 행복한 시간이었지. 목욕은 왜 물에 들어가기 전까지는 그렇게 귀찮은 걸까. 들어간 뒤에는 기분 좋은데.

목욕하고 나오자 이미 식탁에는 저녁이 차려져 있었다. 좋아하는 메뉴인 카레 앞에 앉자마자 잘 먹겠다고 인사하고 먹으려고 했다. 뭐, 메뉴가 뭐든 대체로 배가 등에 붙은 상태니 늘 그런 식이긴 했다.

"리히토. 엄마가 아직 식탁에 안 앉았잖아."

아빠는 그걸 절대로 묵인하지 않았다. 가끔 일찍 돌아온 날이나 쉬는 날에는 가족 전원이 앉기 전에는 먹으면 안 된다는 규칙이 있었다. 쳇. 아빠가 없는 날이라면 지금쯤 맛있다는 말을 연발하며 입에 넣고 있었을 거라며 몇 번을 아쉬워했는지.

"배가 많이 고픈가 보지. 나는 정리한 뒤에 먹을 테니까 먼저 먹어도 돼."

내가 아빠의 제지를 받을 때마다 엄마는 이렇게 말해주지만, 아빠는 완고하게 거부했다. 엄마에게 좀 더 말해달라고 마음속으로 외쳐봐도 반드시 엄마를 기다리겠다는 아빠의 주장에 기쁘다는 듯 웃고 있단 말이지. 역시 엄마도 기다려 주는 게 기쁜 거다. 그런 건 조금만 생각하면 알 수 있는 일이지만 아직 어린애였던 나는 그저 불만이었다.

"자, 기다렸지? 먹자."

"잘 먹겠습니다! 맛있어!"

엄마가 자리에 앉으면 나는 매번 굶주린 짐승처럼 먹기 시작했다. 그걸 보고 아빠가 또 꼭꼭 씹으라는 둥 천천히 먹으라는 둥 자세가 안 좋다는 둥 잔소리……. 나는 그게 정말 싫었다. 모처럼 맛있게 먹는데 왜 그렇게 찬물을 끼얹는 거냐면서. 어떤 상황에서도 엄마의 요리는 늘 맛있었지만, 기분에 따라 맛없다고 느껴지잖아.

식사할 때만이 아니다. 아빠는 내가 집에 있는 걸 볼 때마다 공부는 하고 있냐, 학교에서 말썽을 부리지는 않았냐 하며 물었다. 그야 성적은 그리 좋지 않았지만 자기 아들을 더 믿어달라고. 아빠는 나를 싫어하는 거야. 그런 생각에 나는 아빠를 피하게 되었다.

학교에서 돌아와 실컷 놀고, 목욕한 뒤에 저녁을 먹고, 체력이 다해 꾸벅꾸벅 졸면서 숙제를 마친 뒤 죽은 듯이 잠든다. 가끔 아빠의 잔소리에 싫증을 내면서도 평범한 나날. 그게 일상이었고, 그게 나에게는 당연한 일이었다.

그 날은 미지근한 바람이 부는 흐린 날이었다.
"다녀왔습니다!"
"리히토! 오늘은 놀러 가면 안 돼. 밤에 태풍이 오거든."
"알아. 선생님도 그랬어."
최근 며칠 동안 비가 계속 내려서 강 수위도 올라갔고. 오늘 밤에는 태풍이 직격한다며 학교에서도 집에서도 지겨울 정도로 주의를 들었다. 참나, 날 뭐라고 생각하는 거야. 벌써 초등학교 3학년이라고. 산에 대해서라면 꽤 잘 알게 되었으니 지금 가는 게 위험하다는 것 정도는 아는데. 그렇게 생각했다. 제대로 알고 있었다.
"윽, 숙제 비밀기지에 두고 왔잖아!"
비가 와서 어차피 할 일도 없으니 내일 학교 갈 준비를 하라는 엄마의 말에 마지못해 따르던 도중 퍼뜩 깨달았다. 지난주에 내준 공작 숙제로 그린 그림을 비밀기지에 뒀던 걸 완전히 까먹고 있었다. 수업 시간에 밑그림을 끝내지 못한 사람은 다음 주 공작 시간까지 끝내서 가져오라고 했던 '친구의 얼굴' 그림. 어차피 같이 놀 테니까 거기서 그리면 된다며 도화지도 연필도 비밀기지에 가져다 놨다. 결국 노느라 정신이 팔려서 조금도 손을 대지 않고, 그 존재도 전날 저녁까지 잊고 있었지만. 그날 이후 계속 비가 내려 비밀기지에도 가지 못했으니 그것도 문제였다.

나는 잠시 고민했다. 위험하니까 강 주변에 가지 말라고 했고, 그게 얼마나 위험한지도 잘 안다. 그래도 잠깐 가서 도화지만이라도 가져오면 되지 않을까? 비밀기지까지 가는 길에 강이 있긴 하지만 작은 강이고, 애초에 강이 주변에 있을 뿐 강을 건널 필요는 없다. 갔다가 돌아오기만 하는 거라면 15분 정도면 돌아올 수 있잖아? 어리석은 판단이었다. 도화지는 찾으면 전에 집에서 쓰다 남은 게 있었을지도 모르고, 숙제를 안 해간다고 해도 호되게 혼나는 정도에서 끝났을 테니까.

──이렇게 돌이킬 수 없는 일이 일어나는 것보다는 훨씬 나았는데.

비밀기지 근처까지 간 나는 바로 후회했다. 평소보다 강폭이 넓어졌다고 생각한 시점에서 돌아갔다면 무사할 수 있었을지도 모른다. 하지만 이 정도라면 괜찮다고 생각했다. 생각하고 말았다. 그리고 조금만 더 가면 비밀기지에 도착하는 곳까지 와서 깨달았다. 비밀기지가 강에 반쯤 삼켜졌다. 지금까지 본 적도 없는 광경과 빠르게 흐르는 강을 보고 겁에 질려 그제야 집에 돌아가려고 몸을 돌렸을 때, 공포와 초조함이 내 발을 미끄러트렸고……, 나는 강에 빠졌다. 꼬르륵꼬르륵 물소리가 들리며 고통을 느낀 것은 기억한다. 하지만 그게 끝. 무언가 생각할 여유도 없었다. 다만 나는 이대로 죽게 된다는 건 알았다. 너무 필사적이라 죽고 싶지 않다거나 주마등을 본다거나 하는 것조차 없었다. 아무것도 하지 못하고 그저 흘러갈 뿐, 언제 정신을 잃었는지조차 기억나지 않는다.

정신을 차리자 물가까지 떠밀려 있었다. 심하게 피곤하고 전신은 쫄딱 젖었지만 옷도 크게 더러워지지 않았고 다치지도 않아서 고개를 갸웃거렸다. 그건 꿈이었던 건지 의문을 느끼면서도 옷이 젖은 걸 보면 신기했다. 잘 이해할 수 없었지만 무사하면 됐지. 아무튼 집에 돌아가려고 일어났을 때 위화감을 느꼈다. 뭔가가 다르다. 강가이긴 했지만 익숙한 지형과는 전혀 달랐다. 주변에 우거진 나무는 이파리가 가늘고, 비밀기지는커녕 근처 산에서는 본 적도 없는 종류의 나무였다. 어쩌면 꿈이 아니라 정말로 강에 빠졌고, 상당히 멀리 떨어진 곳까지 흘러온 건지도 모른다. 그런 것치고 다치지도 않고 용케 무사했다는 냉정한 판단은 그때는 하지 못했다.

울고 싶었다. 나는 아직 8살이었으니 불안해서 견딜 수 없었다. 하지만 여기서 멍하니 있어도 아무 소용 없다는 건 알았다. 산에서 어떻게 움직여야 하는지, 미아가 되었을 때 어떻게 해야 하는지 실컷 배운 덕분에 가까스로 평정을 유지할 수 있었던 것 같다. 원래는 구조가 올 때까지 그 자리에서 움직이지 않는 게 정답이지만 조금이라도 집 근처에 가고 싶었던 나는 상류를 향해 강가를 걸어가기로 했다. 물살에 떠밀려 내려온 거라면 상류로 가는 게 맞다, 강을 따라가면 괜찮다면서. 걷다 보면 내가 아는 장소에 도착할지도 모른다. 이 산이라면 가족과 함께 깊은 곳까지 온 적이 있으니 아는 풍경이 나올지도 모르니까. 그런 희망을 품고 걸어갔다. 모르는 사람이라고 해도 누군가를 만날 수 있을지도 모르고, 그러면 도움을 요청하자고 생각하며.

하지만 아무리 걸어도 처음 보는 나무만 나오는 데다 젖은 몸은 춥고 지쳐서 너무 힘들었다. 심지어 간신히 트인 장소에 도착했다 했더니 근처에 있는 게 썩 깔끔하다고는 할 수 없는 작은 오두막이라 무척 실망했다. 처음 보는 곳이기도 했고. 하지만 사람이 있을지도 모르니까 좌절하기에는 아직 이르다. 점점 날이 어두워졌으니 우선은 도와달라고 하려고 오두막의 문을 두드렸다.

"누구야? 이런 산속, 에……?"

오두막에서 나온 사람은 여자였다. 갈색 머리카락에 눈꼬리가 올라갔고, 어딘가 기분이 안 좋아 보이는 외국인 여성. 일본어가 통할까? 왜 외국인이 있지? 그런 의문은 들었다. 하지만 나는 사람을 만났다는 사실에 어마어마하게 안심해서……. 그래서 설명이고 뭐고 전부 잊고 엉엉 울어버렸다.

외국인 같은 외모인데 말이 통한 것도, 여자가 이상해하는 표정인 것도 눈치챘지만 아무래도 상관없었다. 상당히 난감했을 거다. 누가 왔나 나와봤더니 처음 보는 꼬맹이가 푹 젖어서 울음을 터트렸으니까. 하지만 어쩔 수 없잖아? 나는 그때 아직 8살이었으니까. 죽는 줄 알았다가 살아나서 간신히 스스로를 다독이며 여기까지 왔으니 긴장이 풀려버리는 것도 어쩔 수 없지.

그 여자가 바로 라비였다.

라비는 귀찮아하는 표정을 지으면서도 나를 오두막에 데려가 물을 끓여 몸을 씻겨주었다. 갈아입을 옷은 없었지만 내가 입었던 옷을 빨고 밥도 먹여줬다. 말이 통했던 건 신기했다. 라비가 구사하는 언어가 일본어가 아니라는 건 알지만 어째서인지 알아들을 수 있었고, 나도 나 자신은 일본어를 써서 말했는데 입 밖으로 나오는 건 라비와 같은 언어였다. 지금 생각해보면 이 시점에서 여기가 다른 세계라는 걸 알 수 있었는데. 당시에는 좀 신기해하게 여길 뿐 딱히 염두에 두지 않았다.

이렇게 나는 라비에게 신세를 졌다. 라비는 무성의한 태도이긴 했으나 미아가 된 나를 버리지는 않았다.

"하아, 너 장난치는 거야?"

"장난 아니야! 그리고 나는 너가 아니고 라히토!"

다음 날, 하룻밤 자고 난 덕분에 간신히 침착함을 되찾은 나는 라비에게 도움을 요청했다. 강에 빠져서 어느새 이 근방까지 떠밀려 내려왔다고. 상류 쪽에 집이 있을 거라고. 거짓 없이 제대로 설명했는데, 라비는 계속 이상해하는 얼굴로 듣더니 설명이 끝난 뒤에는 한숨을 쉬며 툭 던지듯이 말했다. 그 반응이 너무 무시하는 듯한 태도였기에 화가 난 나도 버럭 대꾸했다.

"어 그래, 알았어. 리히토라고. 잘 들어. 내가 장난치는 거냐고 말한 이유는 셋이야."

하지만 그런 나에게 파리라도 쫓듯 손을 내저은 라비는 귀찮다는 듯 말했다.

"첫 번째, 우선 최근엔 계속 날이 맑았어. 비 같은 건 한참은 안 내렸지."

"뭐? 그, 그럴 리가……!"

"두 번째! 네가 말하는 지명도 산 이름도 나는 처음 들어. 적어도 여기는 코르티가라는 나라의 콜트 산이야."

라비는 내 말을 가로막으며 강한 어조로 말했다. 화가 났지만, 그 이해할 수 없는 설명이 더 충격적이라 입을 다물었다.

"마지막으로 세 번째! 이 산에는 집은커녕 마을도 없어. 이 오두막이 유일한 건물이야."

정말로 이해할 수 없다. 이 사람 머리 이상한 거 아니야? 나는 정말로 강에 빠져서 내려왔다고. 어쩌면 계속 떠밀려서 바다까지 갔다가, 거기서 또 다른 강으로 들어갔나? 하하, 그거야말로 이상하다. 만약 그렇다면 지금 나는 죽었을 텐데. 약간의 찰과상으로 끝날 리 없다.

"그, 그럼, 나는 대체, 어디서……."

"내가 아냐! 아, 진짜 귀찮네……. 빨리 보호자가 데리러 안 오려나……."

진심으로 성가시다는 듯 라비는 한숨을 쉬었다. 생각해보면 당시의 라비는 지금보다 성격이 나빴지. 하지만 이때의 나에겐 그런 걸 신경 쓸 여유는 없었다. 그저 영문을 알 수 없었다. 인정하고 싶지 않았다. ……집에 돌아갈 수 없을지도 모른다는 걸.

"우, 웃기지 마! 나는 집에 갈 거야! 여기 어디야!!"

"우, 와……."

감정이 폭발했다. 그때는 잘 알 수 없는 현상에 분노했으니까. 라비에게 화풀이해 봤자 소용없는데 바보 같기는. 하지만 도저히 감정을 억누를 수 없었다. 그래서 소리친 그 순간, 내 몸에서 무언가가 빠져나가더니 어느새 테이블이 위에 놓여있던 식기와 함께 모조리 얼어버렸다. 놀란 라비가 의자에서 덜컹 일어나 그 광경을 응시했다. 눈을 크게 뜨고는 그저 멍하니 그 불가사의한 현상을 쳐다봤었던가. 아마 나도 마찬가지로 얼빠진 얼굴이었을 거다.

"뭐야, 너, 너 지금, 뭐 한 거야……?!"

"어? 나?! 나는 아무것도 안 했어!"

"거짓말하지 마! 내가 봤다고! 네 몸에서 얼음이 나오는 걸!"

"모, 몰라! 눈이 삔 거 아니야?!"

이 사태가 뭔지 이해할 수 없었다. 처음 시점에서 이미 혼란 상태였는데, 한층 더 이상한 일이 일어나자 내 머리는 이해의 허용량을 초과했다. 라비도 혼란스러운 듯 몰아세우는 통에 우리는 한동안 얼어붙은 테이블을 사이에 두고 와왁 소리 질렀다.

"자."

"응……."

불현듯 말다툼이 멈췄을 때, 우리는 한번 냉정해졌던 것 같다. 라비도 그렇게 생각한 모양이었다. 부엌으로 가서 두 개의 컵에 따듯한 물을 따르더니 그걸 나에게 내밀었다. 이런 테이블에는 올려놓을 수 없으니까. 나도 가볍게 대답하고 컵을 받았다. 둘이서 말없이 따듯한 물을 마셨다. 어찌어찌 진정하고 나자 우리는 냉정하게 서로 아는 정보를 공유하기로 했다. 뭐, 나는 뭘 모르는 건지 모르는 상태였으니까 라비가 물어보는 걸 대답한 것뿐이었지만.

한차례 질문을 마친 뒤 라비가 정리한 이야기는 이랬다. 나에게는 마력이 있고, 테이블을 얼린 건 내 마법이다. 마법을 쓸 줄 아는 인간은 희귀해서 납치당하기 쉽다. 무척 드물기는 하지만 존재 자체가 이상하진 않다. 솔직히 아직 믿어지지 않았으나, 몸에서 무언가가 빠져나간 건 사실이고 내 몸에서 그 무언가가 나와 테이블이 언 것도 사실이니까 믿을 수밖에 없었다. 하지만 그걸 듣고 나는…… 절망했다. 왜냐하면 여기가 일본이 아니라는 걸 뼈저리게 깨달았으니까.

심지어 다른 세계라니. 아무리 아직 8살인 꼬마였다고 해도 일본에서 마법을 쓸 수 없다는 것 정도는 안다. 어른인 라비가 진심으로 이게 마법이라 가르쳐 준 것도, 마법의 존재가 이상한 건 아니라고 가볍게 말한 것도, 여기가 지구였다면 성립되지 않는다. 아니, 이상한 종교라면 가능할지도 모르지만, 눈앞에서 마법적 현상을 봐버렸으니까. 회피할 수 없는 상황에 놓이고 말았다. 이제 원래 세계에는, 내 집에는 돌아갈 수 없다는 걸 알고 말았다. 계속 눈치채지 못한 척하고 있었는데. 인정하고 싶지 않았는데!

그래서 어떻게 되었냐면. 나는 흥분했다. 울고 아우성치며 라비에게 화풀이하기 시작했다.

"너 뭐야! 나 보내 줘…… 집에 돌려보내 줘!!"

"뭐어?!"

너무하잖아. 그야 나도 어른들 말을 안 듣고 산에 가긴 했지. 잠깐 분실물을 가지러 가는 것뿐이라며 방심했다. 산이나 강의 두려움을 우습게 본 애송이였다. 하지만, 그래도. 그것만으로 이건 아니잖아. 이제 못 돌아가는 거야? 그 집에, 친구들과 함께 놀았던 비밀기지에, 급식만이 즐거움이었던 그 학교에. 못 만나는 거야? 늘 같이 놀았던 친구들을, 잔소리가 많지만 결국은 받아주는 엄마를, 엄마의 맛있는 요리를 다시는 먹을 수 없는 거야? 혼내기만 한다고 피했던 아빠도……. 이젠 잘못했다고 말할 수 없는 거냐고……!

"싫어! 돌아갈래! 돌아가고 싶어!! 이게 뭐야! 다 싫어어……!"

나는 떼를 쓰고 소리치면서 오두막에서 뛰쳐나왔다. 정신없이 달렸다. 만약 미아가 되면 어떡하나, 어디로 가는가 하는 생각은 하나도 없이. 그저 슬퍼서. 절망해서. 돌아갈 수 없다면 이대로 죽어도 괜찮다는 생각까지 했다. 했지만…….

"힉……?!"

갑자기 눈앞에 나타난 커다란 멧돼지 같은 생물을 보고 나는 겁에 질렸다. 뭔가 씩씩거리면서 이쪽을 보는 게, 당장에라도 나에게 달려들 것 같은 그 멧돼지를 보자 죽고 싶지 않다는 생각이 들었다. 하지만 내 심정과는 상관없이 멧돼지는 나를 향해 곧장 돌진했다. 죽는다. 그렇게 직감했다. 이런 짧은 기간 내에 두 번이나 죽음을 느끼다니, 인생이란 예측할 수 없구나.

"흐아아아아아아압!!"

눈을 질끈 감은 나를 덮친 건 멧돼지에게 치여 날아가는 충격도, 이빨에 꿰뚫리는 통증도 아니었다. 가까운 곳에서 들린 외침은 들어본 적 있는 여자의 목소리였기에 다급히 눈을 떴다.

"너, 너……."

"쯧, 거기 비켜! 방해야!!"

그곳에는 검으로 멧돼지의 이빨을 막아낸 라비가 있었다. 멧돼지와 정면으로 충돌한 모양이었는데 힘으로 밀리지 않았다. 아니, 밀렸나?! 라비와 멧돼지는 몇 미터 정도 앞에 있었는데, 약 1미터 정도 거리의 흙이 라비의 발자국에 긁혔고, 지금도 조금씩 밀리고 있잖아! 나는 깜짝 놀라 시키는 대로 그 자리에서 기어가듯 벗어났다. 이대로 여기에 있다간 라비에게 부딪칠 게 뻔했으니까.

"이, 보어가! 얌전히, 저녁밥이 되라고!!"

'보어'가 이 생물의 이름인가? 아무리 봐도 멧돼지인데. 이 세계에서 멧돼지를 보어라고 부르는 모양이다. 아니, 지금 그런 걸 따져보고 있을 때가 아니지. 그런 생각을 하며 멍하니 라비를 바라보고 있자 갑자기 라비의 모습이 사라져서 놀랐다. 그게 사라진 게 아니라는 걸 알아차린 건 그 보어의 단말마가 들렸을 때였다. 움직임이 너무 빨라서 보이지 않은 거였다. 눈치챘을 때는 보어가 오른쪽 앞다리와 왼쪽 눈, 그리고 목이 베여 피를 뿜고 쓰러졌으니 나는 눈이 휘둥그레졌다. 라비는 어안이 벙벙한 나를 무시하고 솜씨 좋게 피를 빼더니 해체해 나갔다. 지켜보자 익숙하다는 걸 바로 알 수 있었다. 그걸 보는 사이에 냉정해진 나는 라비의 손이 멈춘 때를 노리고 그제야 입을 열었다.

"저, 저기…… 구해줘서, 고마."

"뭐? 착각하지 마. 나는 그냥 저녁 재료를 사냥하러 온 것뿐이야. 거기에 우연히 네가 있었을 뿐이지.”

하지만 끝까지 말을 마치기 전에 퉁명스러운 대답이 돌아왔다. 그 목소리도 내용도 정말 쌀쌀맞았지만, 나는 알 수 있었다. 내가 뛰쳐나간 뒤 바로 쫓아왔다는 걸. 그렇게까지 멍청하진 않다고. 노리던 사냥감이 우연히 내 앞에 있었을 리 없잖아.

“아, 그래. ……배고프다.”

“……너 정신줄 참 튼튼하구나?”

하지만 그쪽이 그런 태도라면 건드리지 않기로 했다. 사건이 연달아서 일어나는 탓에 한 바퀴 돌아 오히려 침착해진 내 배가 항의하기 시작했으니, 그쪽이 더 심각했다.

“너 아니라고. 리히토.”

“하아, 어쩔 수 없구만. 나르는 거 도와주면 먹여주마, 리히토.”

이렇게 어영부영 나와 라비의 공동생활이 시작됐다.

일단 나도 상황을 이해하고 침착해졌다고는 하지만 받아들이기까진 시간이 걸렸다. 하루 사이에도 몇 번씩 감정이 올라갔다 내려갔다 바빴다. 아침에 눈을 떴을 때 라비의 태도에 열 받았을 때나 작은 계기로 고향을 떠올리고는 흥분했다.

“이런 곳은 이제 싫어! 나갈래!”

“오냐, 그럼 알아서 돌아가. 잘 살아라.”

이런 대화가 매일같이 오갔던가. 그때마다 나는 오두막에서 뛰쳐나갔다가 어딘가에서 미아가 되어 또 울었다. 그리고…….

“……수고. 돌아가서 밥이라도 먹고 자라.”

어떻게 찾아낸 건지 라비는 반드시 나를 데리러 왔다. 질린다는 듯 그렇게 말하고는 손을 내밀어 줬기에 나는 매번 그 손을 잡고 오두막으로 돌아갔다. 한두 번이 아니다. 나는 몇 번씩 반복하며 같은 일을 저질렀는데, 라비는 나를 한 번도 버리지 않았다. 지금 생각해보면 용케 참았다 싶다. 나였다면 이런 망할 꼬맹이는 작작 좀 하라면서 포기해 버렸을 텐데. 어린애였던 나는 라비가 데리러 올 때마다 머릿속으로 뭐냐면서 욕하기도 했다. 자기가 무슨 내 부모님이냐면서. 때로는 마력이 폭주해서 가구나 문을 부순 적도 있었고, 라비를 다치게 한 적도 있었다. 그렇게 내가 도를 넘어섰을 때는 가차 없이 주먹이나 발이 날아와 나를 날려 버렸다.

"물건에 화풀이하지 마! 사람에게 화풀이하지 마! 그런다고 집에 돌아갈 수 있어?! 가족이 와 주냐?! 어리광도 작작 부려!"

그렇게 나에게 현실을 들이댔다. 나도 너무했지만 라비도 너무했다. 아니, 잘 참았다고는 생각하지만. 그래도 라비가 그런 태도였기 때문에 나는 현실도피하지 않고 제대로 살아올 수 있었다. 시간은 걸렸지만, 다시 일어날 수 있었다. 라비에게는 정말로 고맙다. 라비는 내 생명의 은인이자 마음도 구해주었다. 누구보다도 믿는다. 그렇게 여기게 된 계기는 내가 10살일 때. 음, 생일은 기억하지만 이 세계에서 어떻게 세는지 모르니까 대충 그 정도. 이 세계에 온 지 2년 정도 지난 어느 날의 일이었다.

"어? 사냥? 나도?"

"그래. 너도 이제 네 입에 풀칠할 건 네가 구해야지!"

그때까지 2년 동안 나도 딱히 놀고먹은 건 아니다. 청소, 빨래는 물론이고 산나물을 캐 오거나 사냥에 쓸 함정을 만드는 등 나름대로 일했다. 원래 산을 생활의 일부로 여기며 살았던 경험도 있으니 그렇게까지 힘들진 않았으나, 세탁기가 있는 것도 청소기가 있는 것도 아닌 환경에서 작업하는 건 제법 하드했다. 뭐, 그것도 금방 익숙해졌지만.

"하, 하지만 나는 싸울 힘이 없는데? 함정에 걸린 동물을 해체하는 거라면 할 수 있지만, 그런 의미가 아니잖아?"

그런 나에게 아무런 예고도 없이 지금부터 사냥하러 가자며 목덜미를 붙잡고 너도 사냥하라는 말을 하면 그야 당황할 만도 하지. 어떻게 하면 되는지 예비지식도 전혀 없는데 갑자기?

"당연하지. 무슨 일이든 첫날이라는 건 있잖아. 설명을 듣기보단 눈으로 직접 보고 실제로 하는 게 빨라. 자, 빨리 와!"

라비는 당황하는 나를 무시하고 팔을 잡아당겼다. 아니, 그 말이 맞다고는 보지만 조금 더 어떻게 할 수는 없는 걸까. 하지만 나에게 거부권은 없다. 나는 질질 끌려가듯이 첫 사냥을 위해 산속 깊은 곳으로 들어갔다.

어디까지 들어가는 건지 불안해졌을 때 라비가 손을 들어 나를 제지하면서 멈춰 섰다. 말없이 가리킨 방향을 보자 토끼 같은 동물이 보였다. 이 세계에서는 라비리라고 불린다. 라비도 자주 사냥해온다. 이 근방에 보금자리가 있는 건지, 주위를 슥 둘러보기만 해도 네 마리는 있었다. 보금자리를 찾은 건가. 역시 대단하다.

라비는 말없이 턱을 까딱여 나에게 빨리 가라고 지시했다. 조언이고 뭐고 없는 거야?! ……뭐, 몇 번 사양하는 걸 본 적은 있으니까 대충 흉내 낼 수밖에 없다. 단검을 받은 나는 소리 없이, 최대한 기척을 죽이며 천천히 다가갔다. 여러 마리나 있으니까 눈이 이리저리 돌았다. 하지만 두 마리 토끼를 잡으려다 한 마리도 못 잡는다는 속담을 아는 나는 한 마리로 표적을 좁히고 신중하게 접근했다. 앞으로 한 걸음만 더 가면 칼이 닿을 것 같은 그 순간, 내가 노리던 라비리가 귀를 쫑긋 세우더니 두 발로 일어났다. 이런, 들켰나? 마음이 급해진 나는 당황하는 바람에 아직 거리가 충분히 줄어들지 않았는데도 단검을 던지고 말았다.

"앗……."

당연히 그런 단검이 명중할 리 없었다. 노리던 라비리는 물론이고 주변에 있던 라비리들이 모조리 도망치고 말았다. 큭, 처음부터 잘 될 거라고는 생각하지 않았지만 이대로 끝낼 수는 없어! 그렇게 생각한 나는 도망치는 라비리의 등을 향해 손을 뻗으며 멈추라고 외쳤다.

"어, 어어? 어?"

그 순간 내 손에서 바람이 나간 것 같다. 추측형인 이유는 눈에 보이지 않았기 때문이다. 바람을 느꼈다고 해야 하나, 내 손에서 무언가가 나갔다는 감각만 있었으니까. 그리고 그 바람은 라비리의 등에 명중. 정신을 차리자 피를 흘리고 쓰러지는 라비리가 그곳에 남았다.

"뭐, 뭐야? 지금 그거. 예상하지 못했어. 마법으로 쓰러트리다니."

상황을 지켜보던 라비에게서 황당한 듯 감탄한 듯한 목소리가 나왔다. 마법? 나 지금 마법을 쓴 거야? 바람이 칼날처럼 날아가서 라비리를 벤 건가? 윈드 커터! 뭐 이런? 나는 게임이나 애니메이션에 대해선 잘 모르지만, 학교에서 쉬는 시간에 친구들이 놀 때 그런 기술명을 외치는 걸 들은 적이 있다. 그걸 내가 지금 실제로 사용했다는 건가. 뭔가 굉장하다.

"깨끗하게 벴지만, 장소가 좀. 더 세밀하게 제어할 수 있게 되면 네게는 상당한 무기가 될 것 같은데."

내가 날린 윈드 커터는 라비리의 몸에 커다란 상처를 남겼다. 안 될 것까진 없지만, 못 먹는 부분이 생긴다. 이래선 생명을 빼앗겨 잡아먹힐 라비리에게 미안하다. 나는 순순히 반성했다.

"어떻게 쓰는지는 잘 모르지만……. 마법 연습해 볼게. 뭘 할 수 있는지 제대로 알아두고 싶으니까."

"그게 좋겠네. 하지만 그 분야는 나는 가르쳐 줄 수 없어. 위험해져도 못 도와줘."

나는 알고 있다고 대답했다. 하지만 불현듯 의문을 느꼈다. 왜 라비는 나에게 사냥을 시킨 걸까. 라비 정도의 실력자라면 내가 실패한다는 건 알고 있었을 거다. 모처럼 라비리의 보금자리를 발견했는데 내가 실수하면 이 녀석들은 보금자리의 장소를 바꿔버릴 것이다. 그러면 앞으로 사냥할 때 힘들어진다. 라비라면 이 자리에서 서너 마리 정도는 잡았을 텐데, 결과적으로 내가 손상을 입히며 잡은 한 마리밖에 못 잡았다.

나에겐 바로 사냥감을 찾아서 편하긴 했지만……. 사냥이 얼마나 힘든지 누구보다 잘 알고 있을 라비가 왜? 궁금해서 물어보자 라비는 뒤를 휙 돌더니 조용히 대답했다.

"……나라고 언제까지 네 옆에 있을 수 있는지 알 수 없잖아. 모험가란 의뢰 도중에 죽기도 하는 직종이야. 나에게 만약의 일이 일어났다고 치고. 그래서 질질 짜고만 있으면 이번에는 리히토, 네가 죽어. 혼자 살 수 있는 기술이 없는 너는 금방 객사해 버릴걸."

그리고는 이쪽을 힐끗 돌아보더니 작게 웃었다.

"강해져야 해. 설령 혼자가 되어도 살 수 있도록."

그렇구나, 나를 위해 일부러……. 그걸 이해한 순간 생각했다. 이 사람에게는 고마워해야 한다고. 언젠가 은혜를 갚아야만 한다고. 이 사람은 믿을 수 있다. 나를 위해서 이렇게까지 생각해주는 사람이니까. 이때, 처음으로 라비가 웃는 얼굴을 본 것 같았다.

그렇게 조금씩 라비가 유일한 가족이고, 그 낡은 오두막이 내집이라고 자연스럽게 받아들이게 되었다. 그래도 몇 년 동안은 가슴이 허하고 슬퍼서 밤에 침대에서 몰래 울기도 했고, 집에 돌아가고 싶어 했다. 떠올릴수록, 생각할수록 엄마가 나를 사랑해 주었다는 걸 실감했고 아빠가 나를 위해 잔소리했다는 걸 이해했다. 그렇기에 너무 만나고 싶었다. 사과하고 싶었고 고마운 마음도 전하고 싶었다. 하다못해 내가 건강히 지내고 있다는 것만이라도 전할 수 있다면 얼마나 좋을까. 분명 가족들도 친구들도 나를 죽었다고 생각할 텐데. 어쩌면 장례식도 치렀을지도 모른다. 심장이 어찌할 수 없을 만큼 터질 것 같을 때면 라비가 나간 사이를 틈타 베개에 얼굴을 묻고 소리쳤다.

나는 살아있어! 나는, 여기에 살아있어!

하지만 성장할수록 포기하게 되었고, 무엇보다 나에게는 내 자리가 있었으니 견딜 수 있었다. 라비라는 유일한 자리가. 그런데.

"장난이 아니야. 나는 처음부터 너희를 여기에 데려오기 위해 행동했는걸."

무슨, 소리야……? 처음부터? 그건 언제부터인데. 이해할 수 없어.

"후후, 아직 믿는 거야? 걱정이야 했지. 그건 거짓말이 아니야. 하지만 그건 상품을 걱정한 거고. 당연하잖아?"

상품……? 뭐가? 나, 말이야? 이해하지, 못하겠어.

"어린애 뒤치다꺼리 같은 건 사양하고 싶었어. 임무가 아니면 누가 정체불명의 꼬맹이를 돌봐줬겠냐?"

아니야, 거짓말이야……! 싸운 뒤면 매번 그랬잖아. 리히토는 이제 내 동생이라고. 버릴 수는 없다고. 끝까지 돌봐줄 테니까 걱정하지 말라고. 이해할, 수 없어.

"순진한 리히토 소년 덕분에 살았다니까. 성에 있는 나쁜 사람들에게서 도망쳤다며? 아하하! 웃겨라! 구해주려고 한 사람에게서 도망치다니!"

그만해, 그만하라고. 너는 그런 사람이 아니잖아. 어색하다고. 말투는 거칠고, 무신경하고, 금방 힘으로 밀어붙이려고 하지만 네가 호인이라는 건 안단 말이야. 정말로, 이해할 수가 없어.

"내 말을 손톱만큼도 의심하지 않다니. 정말 바보라니까……. 바보야, 리히토."

뭐야 그게. 네가 가르쳐 준 거잖아. 국가의 상층부에 나쁜 녀석이 있다고. 마력을 지닌 인간은 희귀하니까, 왕성의 인간에게 들키면 잡힌다고. 인신매매가 얼마나 무서운지 가르쳐 준 건 라비잖아. 그래서 내가 마력을 갖고 있다는 건 절대 들키면 안 된다고 신신당부했잖아. 내가 위험해지니까 절대 안 된다고. 만약 나에게 무슨 일이 생기면 어떡하냐며 눈물을 글썽거린 적도 있었잖아. 그 눈물도 거짓이었던 거야? 이해할 수 없어. 이해할 수 없어. 이해할 수 없다고……!

"속은 게 죄지. ……속이는 사람이 몇 배는 더 나쁘지만! 아하하하."

뭐야, 그 비웃음. 그런 웃음은 처음 들었어. 기분 나빠, 라비. 문이 닫히고 자물쇠를 잠그는 소리가 울렸다. 실내에 침묵이 내려앉았다.

딱히, 아무렇지도 않거든. 머리카락을 잡힌 것도, 거칠게 밀려난 것도, 밟힌 것도, 걷어차인 것도. 조금도 안 아파. 내가 위험했을 때 맞았던 그때의 주먹이 훨씬 아팠는걸. 이런 건 아픈 축에도 안 들어가. 아니, 애초에 아무것도 안 느껴져. 어라? 뭔가 소리도 아득한 느낌이 드는데. 뭐지. 모든 감각이 둔해지지 않았나……? 몸을 일으키려고 해도 어째서인지 손가락 하나 까 딱할 수 없다. 이런 건 처음이다. 나는 어떻게 된 걸까. 안 돼. 이대로는 안 돼. 여기에는 나만 잡힌 게 아니니까. 로니, 메구, 너희는 무사해? 이 두 사람의 존재가 내 의식을 붙잡아주었다. 정신 차려, 리히토. 움직여. 그리고 이것만은 말하게 해줘. 라 비. 기다려. 기다리라고. 빨리 사슬 풀어줘. 다 함께 광산에 가 기로 약속했잖아? 지금이라면 용서해 줄 테니까……. 장난도, 적당히——.

"……가지 마! 가지 말라고, 라비! 나를…… 나를 두고 가지 마아아아!!"

——나를 혼자 두지 마.

아아, 안 돼. 역시 안 돼. 못 믿겠어. 믿고 싶지 않아. 나는 주 먹을 꽉 움켜쥐고 손에서 통증을 느낄 때까지 바닥을 쾅쾅 두드 렸다. 조금씩 돌아온 나의 감각. 절그럭절그럭 울리는 사슬 소 리. 차가운 감각. 걷어차일 때 찢어진 입 안에서 느껴지는 피의 맛, 냄새. 얼얼하게 아픈 손의 감각. 그건 이게 꿈이 아님을 억 지로 알려주었다.

6 가혹한 대우

【메구】

　어둡고 묘하게 넓은 방 안에 리히토의 비통한 외침이 울려 퍼졌다. 바닥을 자꾸 두드리는 통에 두 주먹에서 피가 흘렀다. 그만두게 하고 싶은데 뭐라고 말을 걸어야 할지 알 수 없다.

　"나 때문이야⋯⋯. 전부 내 잘못이야⋯⋯."

　아, 이 광경! 본 적이 있는 상황에 나는 퍼뜩 고개를 들었다.

　"너희는 잘못한 거 없어⋯⋯! 어떻게든, 도망쳐야⋯⋯."

　이런 때마저 우리를 생각해 주다니, 너무 착하잖아. 리히토의 심정을 생각하면 이렇게나 가슴이 아픈데.

　"리히토는, 잘못하지 않았어. ⋯⋯아무도, 잘못하지 않았어."

　좀처럼 말이 나오지 않는 나 대신 로니가 조용히 목소리를 냈다. 하지만 리히토는 고개를 도리질했다.

　"그럴 리가 있냐! 애초에 내가⋯⋯!"

　리히토의 목이 멨다. 응, 하고 싶은 말은 알았어. 자기가 그때 성에서 도망치지 않았다면 이렇게 되진 않았을 거라고 생각하는 거지. 적어도 우리를 내버려 뒀다면 우리는 살았을 거라고 자책하는 거다. 나도 만약 리히토의 입장이었다면 나를 용서하지 못했을 테니까. 마음을 이해하기에 리히토가 자책하는 걸 막을 수 없다. 그렇다고 위로하는 말도 나오지 않는다. 나는 정말 못났구나…….

"왜…… 어째서 이런…….."

어째서. 왜. 그때 이렇게 했다면, 저렇게 했다면. 그런 생각은 살면서 수도 없이 하게 된다. 하지만 이건 아니야. 이런 건, 너무 하잖아……? 계속 믿었던 사람에게 배신당했는걸. 그래도 믿고 싶다는 마음이며 라비 씨를 향한 분노와 슬픔이 마구 뒤섞인다.

그렇게 마음을 헤아릴 수는 있지만…… 진정한 의미로는 이해할 수 없다. 내가 건네는 말에는 분명 무게가 없다. 리히토를 구할 수 있을 것 같지 않다. 아아, 자꾸 나쁜 방향으로 생각이 기운다. 그렇게 침울해하는 내 뇌리에 불현듯 레오 할아버지의 말이 떠올랐다.

『친절하던 사람이 갑자기 배신하거나, 나쁜 사람인 줄 알았던 인물이 사실은 누구보다 많은 것을 생각하는 사람이기도 하지. 인간은 그런 복잡한 자들이란다.』

그래. 레오 할아버지의 말이 맞다. 이런 식으로 실감하다니. 몇 번이나 들었던 이야기인데 이렇게 속아버렸다. 으으, 어떻게 해야 하지? 뭐라고 말해야 하지? 아무리 자문해도 답은 나오지 않는다. ……아니야. 안 돼. 정신 차리자, 메구. 나는 이 광경을 꿈에서 봤잖아? 이대로 아무것도 하지 않는다면 그건 그냥 꿈으로 끝난다. 모처럼 예지몽으로 미리 봤으니 분명 내가 할 수 있는 일이 있을 거야. 꿈속의 나와 로니는 이대로 고개를 숙여버렸지만, 아무것도 하지 못했지만, 현실의 나는 아니잖아. 뭐든 좋아. 사소한 것이라도 괜찮으니까 행동하는 거야! 레오 할아버지도 그 말 뒤에는 늘 이렇게 덧붙였잖아.

『다만 한 가지, 마에 속한 자와 인간 사이에 공통점이 있다면
그건————.』

……포기하지 않는다. 포기할까 보냐. 내가 할 수 있는 걸 하
자. 믿을게, 레오 할아버지. 그러니까 부디 지켜봐 줘. 나는 배
에 힘을 꾹 주고 고개 숙인 리히토를 응시하며 크게 숨을 들이
마셨다.

"내가 있어. 내가 있어! 리히토!"

갑자기 큰 소리를 낸 나로 인해 리히토는 놀란 듯 고개를 들었
다. 로니도 깜짝 놀라 이쪽을 보고 있다. 좋아, 목소리가 나왔다.

"나만이 아니야, 로니도 있어! 리히토는 혼자가 아니야!"

입을 멍하니 벌린 리히토가 나를 쳐다봤다. 후후, 얼빠진 얼
굴이로구나! 찰나의 위안도 되지 못할지도 모른다. 이런 상황에
서 격려받는다고 뭐 어쩌겠어. 하지만 분명 마음은 전해진다.
나는 리히토의 아군이라는 게 전해졌을 것이다. 리히토는 혼자
가 아니라는 게.

"게다가 아직 모르는 일이잖아? 라비 씨의 진심이 어떤지."

내 말에 흠칫 놀란 듯 리히토의 눈이 휘둥그레졌다. 그래. 아
직 라비 씨가 진심을 숨기고 있을 가능성도 남아있다. 이런 상
황이니까 일부러 미움을 받기 위해 그런 말을 했을지도 모르는
걸. 그런 라비 씨는 이상하잖아. 안 어울리잖아. 나는 포기할 줄
모르는 어린이다.

"만약, 만약에. 그래서 진짜로 라비 씨가 아까 한 말이 진심이

라면……."

나는 사슬에 묶여있는 손을 꽉 주먹 쥐면서 강하게 선언했다.

"잔뜩 화내자! 잘도 속였겠다! 하고."

수긍할 수 없다면 항의해야 한다. 그런다고 해결되는 일은 없어도 이쪽의 의사는 전해질 테니까. 믿고 싶다는 마음을 부정할 수 없다. 그걸 이쪽만이 받아들여야 한다는 건 이상하잖아. 너무한 짓을 당했으면 화내야지. 어린아이라고 어른에게 화내면 안 된다는 법은 없으니까! 잠시 후 조용한 실내에 리히토가 웃음을 터트리는 게 들렸다. 아, 웃었다.

"응, 그래. 누가 슬퍼할 줄 알고. 진심이 어떻든 반드시 화내주지 않으면 속이 안 풀려!"

씩 웃은 리히토는 어쩐지 아까보다 안색이 좋아 보였다. 그래, 그거야……! 그래야 리히토지. 아까보다 훨씬 얼굴이 좋아졌어!

"나도, 있어. 나도 같이, 화낼게."

옆에 있는 로니가 리히토를 보고, 그리고 나를 보고 싱긋 웃었다. 음음, 든든해라! 우리는 계속 같이 지내며 서로 도운 동료잖아. 같이 있다는 것만으로도 용기가 솟아난다.

"그래, 고, 마워. 메구도, 로니도. 내 형제 같은 존재니까!"

문제는 아직 아무것도 해결되지 않았지만, 의욕은 살아났지? 꿈과 다르게 절망한 채 시간이 흐르길 기다리기만 하진 않게 되었으니까. 괜찮아. 아주 조금이라도 미래를 바꿨다. 분명 좋은 방향으로. 좋아, 그러면 다음은 이 상황을 어떻게든 해야지!

"그런데 어째서 리히토만 그렇게 떨어진 장소에 있는 걸까?"

우선 마음에 걸렸지만 말하지 않고 있던 걸 화제로 끄집어냈다. 말할 수 있는 분위기가 아니었고, 거기까지 신경 쓸 상황도 아니었으니까.

"글쎄. 나도 모르겠어."

"……리히토, 발치에 뭔가, 그려져 있지 않아?"

의아한 듯 고개를 갸웃거리는 리히토에게 로니가 진지한 얼굴로 질문했다. 발치? 으음, 나에게는 잘 안 보이네. 로니는 눈이 좋구나. 밤눈도 밝고.

"아니, 응? 잠깐. 희미하게 뭐가 그려진 것 같아. 어두워서 확실하게는 모르지만……."

"혹시, 원형의 무늬 같은 거, 아니야?"

'용케 알았네?'라고 대답하는 리히토는 놀란 얼굴이었다. 나는 로니의 지적에 퍼뜩 깨달았다. 원형의 무늬라면……!

"서, 설마, 마법찐?!"

윽, 발음 꼬였다. 흥분하면 된소리가 나온다니까! 아니, 지금은 그럴 때가 아니고.

"어? 이게? 그러고 보면 동쪽 왕성에 떨어졌을 때도 발밑에 비슷한 게 나타났던가……. 하지만 그때와는 아마 무늬가 달라. 더 복잡했던 것 같은데. 이건 선이 좀 적어."

리히토는 바닥에 엎드린 듯한 자세로 마법진을 관찰했다. 그렇구나, 리히토에게는 익숙하지 않은 거야. 리히토가 전이 마법을 사용할 때는 마법진이 안 나타나니까. 으음, 여기서는 안 보이는데. 보인다고 해도 마법진의 모양만으로 어떤 효과가 있는지 알아낼 수 없지만. 아아, 더 공부해둘걸! 아니, 그러니까 어차피 보이지 않으니까 소용없다고. 에구구.

"효과는, 모르겠지만, 리히토가 거기에 묶여있다는 건, 리히토의 마력을 써서, 마법을 발동시킬 생각, 인 거야. 광산의 전이 마법진은, 마법진 위에 올라가서, 마력을 주입하거든."

"뭐, 뭐?! 내가 무슨 건전지냐!"

"건전지……?"

"아니, 아무것도 아니야."

리히토는 그렇게 말했지만 나는 그 비유 이해했으니까! 로니의 추측도 그럴싸하다. 아마 그게 맞겠지. 인간 대륙에선 아무튼 마력이 부족하다. 마력만 있다면 마법을 발동할 수 있는 이 상황에서 필요한 건 마력이다. 그리고 나와 로니는 아마도…… 예비 배터리. 리히토의 마력이 고갈되면 회복할 때까지 우리 둘 중 누군가가 배터리 역할을 하는 거겠지. 그걸 계속 반복하는, 거려나. 꼼짝도 못한 채 계속 마력을 빼앗기고, 다 쓰면 회복하고, 또 마력을 빼앗기는 거야……? 그런 무시무시한 추측에 등이 얼어붙었다. 그, 그런 건 싫어!

하지만 그렇게까지 해서 발동하고 싶은 마법은 뭘까. ……그런 건 생각할 필요조차 없다. 우리는 영락없이 상품으로 누군가에게 팔리는 줄 알았지만 라비 씨는 그게 아니라고 했었다. 사용한다고. 그럼 상품은 어떻게 조달할까. 뻔하지.

"이거, 마대륙에서 아인을 납치하는 마법 아니야……? 그러면 상품이 계속 들어오는 거잖아."

내 추측에 두 사람은 숨을 삼켰다. 아마 두 사람도 정답이라고 생각하는 거겠지. 그런 건, 그런 건 용서 못 해! 마대륙에 사는 사람들이 자기도 모르는 사이에 넘어와서 팔리다니! 그것도 우리의 마력을 써서. 우리 때문에. 부들부들 떨던 그때, 어디선가 낮은 웃음소리가 들렸다. 어, 누가 있었어? 어딘가에 몸을 숨기고 있었던 걸까. 이렇게 어두운 곳이니 숨어있으면 모른다고. 목소리가 들린 쪽으로 고개를 돌려 눈에 힘을 주자 이쪽으로 천천히 다가오는 인영이 보였다.

"똑똑하잖아? 정답이야. 아가씨."

고든 씨다……! 계속 듣고 있었던 거야? 뭐라 말할 수 없는 꺼림칙함에 몸이 부르르 떨렸다. 우리를 약으로 재운 뒤 여기에 묶어놓은 장본인일 고든 씨의 등장에 우리는 긴장했다. 무, 무섭지 않아. 나는 고든 씨를 날카롭게 노려보았다.

"흥, 그게 노려본 거냐? 노려본다는 건……."

"윽!"

내 눈빛을 건방지다고 느낀 건지도 모른다. 고든 씨는 성큼성큼 내 쪽으로 다가와 내 턱을 콱 움켜쥐었다. 상당히 거친 스킨십이군요! 아, 아파……!

"이렇게, 하는 거라고……!"

"메구! 하지 마, 대머리! 메구를 놔!!"

고든 씨가 코앞에서 노려보자 나는 반쯤 울상이 되었다. 이 사람 눈도 번들거리고 되게 으스스해서 가만있어도 무서운걸. 턱

이랑 뺨이랑, 그리고 목도 아프고. 하지만 울지 않아! 리히토가 대머리라고 외친 게 좀 웃겨서 어찌어찌 괜찮았다. 대머리는 아니라고 보지만 심정적으로는 대머리야! 이제 '씨'라고 경칭도 안 붙일 거니까!

하지만 리히토의 그 반응은 고든을 화나게 하기에는 충분했던 모양이다. 순간 우뚝 멈췄다 싶더니, 나를 잡지 않은 쪽의 손을 크게 휘둘렀다. 어쩐지 그 모습이 슬로우모션으로 비쳤다.

"윽?!"

"메구!!"

별안간 내 귀를 덮친 열과 충격. 키잉하는 이명이 울리며 무슨 일이 일어난 건지 알 수 없었다. 뺨을 세게 후려 맞았다는 걸 이해한 것은 몇 초가 지난 후. 순간 이명과 함께 주변의 소리도 지워져서 정말로 놀랐다. 깜짝 놀란 게 더 먼저여서 한 박자 늦게 뺨이 얼얼하게 아프다는 걸 느꼈지 뭐야. 그리고 입안에 퍼지는 쇠 비린내. 찢어졌나. 이를 악물 새도 없었으니까. 귀가 잘 들리지 않는다. 멀리서 리히토의 외침이 들렸다.

"야, 대머리! 개자식! 나쁜 자식! 마, 마법이 안 나와⋯⋯?!"

나는 두 팔이 머리 위쪽에서 묶여있기 때문에 쓰러지지도 못하고 그저 축 늘어졌다. 하, 하하. 기절은 안 했으니까 나도 많이 강해진 거겠지. 생리적인 눈물이 흐르긴 해도 슬프거나 무섭진 않다. 왜냐하면 옆에선 로니가 걱정하며 안절부절못하고 있고, 리히토가 나 대신 어마어마하게 화내고 있으니까. 하지만 마법을 쓸 수 없다는 리히토의 말에는 동요를 숨기지 못했다.

어, 어떻게 된 일이지?

"이 자식, 자기가 어떤 처지인지 모르는 모양인데?"

"컥……!"

고든이 이번에는 리히토의 배를 힘껏 걷어찼다. 바닥에 묶여 있기 때문에 굴러가서 충격을 분산시키지도 못한 리히토는 그 자리에 웅크려서 신음했다. 하, 하지 마!

"뭐 하는 거야?! 하지 마, 고든!!"

그 후에도 몇 번 더 리히토를 걷어차는 고든. 맏은 충격에 하지 말라고 외치지도 못하고 있던 차에 라비 씨가 제지하는 목소리가 들렸다. 어느새 그 무거운 문을 열고 돌아왔던 모양이다. 아직 귀가 잘 들리지 않아서 그런가 눈치채지 못했어…….

"귀중한 마력원이잖아! 쓸데없이 체력 갉아먹지 마!"

막아주는 건 고맙지만 역시 우리를 도구로 생각하는 듯한 발언이다. 한층 더 슬퍼졌다. 그래도 감싸준 걸 기뻐하는 건 어쩔 수 없구나.

"모처럼 이제 당분간 얼굴 안 봐도 되겠다고 생각했는데……. 큰 소리가 들려서 와 봤더니 이 모양이냐고. 그 다혈질 좀 어떻게 해 봐!"

"시끄러워, 조금 정도는 화풀이하게 둬! 간신히 전이 마법진을 기동시켰는데. 손에 넣기까지 이렇게 고생시키고 말이야."

"너는 기다리기만 했잖아. 고생한 건 나야!"

아아, 그런 대화는 하지 마. 듣고 싶지 않아. 라비 씨가 우리를 두고 그렇게 말하는 건 한 마디 한 마디가 가슴을 후벼판다고. 하지만 나는 놓치지 않았다. 한순간. 그래, 한순간이지만 라비 씨가 괴로워하는 표정을 지었다. 아주 잠깐이지만 그 호박색 눈동자가 흔들렸다. 착각, 아니지? 포기를 못 하는 내가 나에게 유리하게 왜곡해서 보는 것뿐일까?

"뭐, 됐어. 모처럼 이렇게 대량의 마력원이 손에 들어왔으니까. 바로 발동시키자고."

고든은 그렇게 말하더니 리히토의 머리카락을 거칠게 움켜쥐었다. 몇 번씩 차여서 아직 끙끙 앓고 있는데 너무해! 억지로 상반신이 일으켜 세워진 리히토는 괴로워 보였다. 으으, 당장 구해 줄 수 없는 게 이렇게나 고통스럽다니. 여기서 가만히 지켜볼 수밖에 없다. 고든은 거친 손길로 리히토의 목에 감긴 쇠 목걸이를 풀었다. 그제야 나는 알아차렸다. 어라? 설마 저 목걸이는.

"자, 빨리 이 마법진에 마력을 주입해. 됐다고 할 때까지 계속."

"누, 가…… 시키는 대로…… 하겠냐……!"

머리카락을 잡고 말하는 고든에게 리히토는 계속 반항했다. 입에서 피가 흐르는 게 보였다. 리히토도 충격으로 입 안이 찢어진 걸까. 차인 장소는 괜찮을까? 걱정만 커졌다.

"흥. 뭐, 그럴 줄 알았지. 순순히 따르지 않는 것쯤은 예상했어. 야, 라비. ……해."

고든이 눈짓으로 라비 씨에게 지시를 내렸다. 라비 씨는 벌레 씹은 듯한 표정을 짓고는 우리에게 시선을 돌렸다. 무심코 몸이 움찔 떨렸다. 그대로 나와 로니에게 다가오는 라비 씨는 무표정해서 아무런 감정도 없는 것처럼 보였다. 저, 저기, 하다못해 뭐라고 말해 봐, 라비 씨. 뭘 할 생각이야? 그 손에 들린 횃불이 묘하게 눈에 들어왔다. 한 걸음씩 다가오는 그 모습이 우리를 불안하게 만들었다. 우뚝. 우리 앞에 선 라비 씨는 고개를 숙이고 있었다. 손이 희미하게 떨리는 것처럼 보였는데, 일렁이는 불꽃 때문일지도 모른다. 모르겠다. 라비 씨의 진심은 뭐야?

"어이, 라비!"

"알았다고! 시끄럽긴!"

고든의 노호성에 질세라 크게 소리친 라비 씨는 들고 있던 횃불을 힘차게 들어 올려 나와 로니의 팔다리에 이어진 사슬을 달구기 시작했다. 사슬은 철로 만들어졌고 전부 이어져있는 형식이다. 그러니 이대로 계속 달구면……!

"하, 하지 마, 하지 말라고! 라비!!"

"시끄러! 그만두길 원하면 빨리 시키는 대로 마력을 주입해!!"

사슬에 이어진 손목과 발목이 서서히 따뜻해지기 시작했다. 무서워……. 무섭, 지만, 이것만큼은 물어봐야 해!

"그, 그 마법이 발동되면 어떻게 되는 거야?!"

사실은 듣고 싶지 않고, 답은 알고 있다. 하지만 물어봐야 한다. 나는 쿵쿵 뛰는 내 심장 소리를 느끼면서 대답을 기다렸다. 그러자 고든은 기쁘다는 듯 씩 웃었다.

"너희가 여기에 온 것과 거의 같지. 이건 마력을 지닌 아이를 부르기 위한 마법진이다. 성이 또 방해하고 싶어도 못 할걸. 필요한 마력이 워낙 방대하거든. 이미 너희를 소환할 때 한 번 대량으로 써버렸으니까 말이지."

역시 전이 마법……! 아니 근데, 방해? 성이? 혹시 동쪽 왕성 사람들은 처음부터 전이되는 아이들을 보호하기 위해 방해 마법을 발동한 거야? 그럼 정말 우리는 계속, 우리를 구해주려는 사람들에게서 도망쳤다는 소리? 라이가 씨와 기사들은 진심으로 우리를 걱정하고 보호해 주려고 했던 거야?! ……억울하다. 리히토는 더욱 그렇겠지. 죄송해요, 라이가 씨. 처음부터 당신을 의심해서. 라비 씨가 지명수배된 걸 알고 머릿속에 도망쳐야 한다는 생각만 차지했다. 아아, 나는 진짜 바보야……!

"하지만 이쪽에는 마력이 넉넉하지. 다 떨어져도 대신할 녀석이 있고, 쉬면 마력도 회복된다고 하잖아. 하하하하! 어때? 아가씨."

역시 우리는 배터리였구나. 분하고 화가 나서 말이 나오지 않는다. 확실히 우리는 바보였어! 얼간이였어! 으으, 하지만 리히토! 상심하지 마! 지나간 일은 지금 생각하면 안 돼.

"자신의 마력 때문에 죄 없는 아인 어린이가 이 대륙에 전이되는 기분은 어때? 그리고 팔리는 거지……. 네 힘 **덕분에** 말이야!"

너무해! 마대륙에서도 어린아이는 아주 귀한 존재인데. 게다가 저 말투! 일부러 열 받는 말투를 쓰는 게 진짜! 아니, 잠깐. 그런 짓을 계속했다간 분노로 눈이 돌아간 마대륙 사람들이 쳐들어올 거다. 자칫 대륙 간의 전쟁이 일어날지도 모른다. 마대륙에 사는 사람들은 이성적이지만 분노가 폭발하면 손을 댈 수 없게 되는 편이다. 마물로서의 본능을 억누르지 못하게 되니까. 하이엘프 마을에서 일어난 마왕 아버지 사건이 좋은 예시다. 그때는 정말 큰일이었다고! 아빠가 말하길 마력이 많은 자일수록 그 경향이 현저하다고 하니, 그러면 죄 없는 사람들이 많이 희생될지도 모르잖아. 전쟁이 아니야. 아예 아인들의 일방적인 침략과 학살이 될지도 모른다. 그런 일이 일어나서는 안 되고 그렇게 하고 싶지도 않아!

이 사람은 그 위험을 아는 거야?! 자신의 이익만 보고, 거기에 눈이 멀어서……. 그 탓에 일어날 폐해가 얼마나 큰지 모르는 거야! 알면서 하는 거라면 구원의 여지가 없는 악당이고!

"절대 안 돼, 리히토! 절대, 마력을 주입하지 마……! 앗뜨!"

이글이글. 손목과 발목을 태우는 감각이 밀려들었다. 뜨거워, 아파……! 하지만 티를 내면 리히토가 걱정할 거다. 옆에선 로니도 신음을 눌러 죽이고 있다. 로니도 눈치챈 거야. 마대륙에 사는 사람의 성질을 안다면 누구나 상상할 수 있는걸. 분명 리히토는 이 두려움을 눈치채지 못했겠지. 아니, 몰라도 되지만!

"하지 마, 라비! 너…… 메구와 로니가 저렇게 괴로워하는데! 아무 느낌도 없냐고!"

리히토가 필사적으로 외쳤다. 그걸 들은 라비 씨는 표정을 슥 지우고 담담하게 대답했다.

"……나도 사실은 이러고 싶지 않아."

"라비! 그럼……!"

"착각하지 말고."

희망이 보였다는 듯한 리히토의 말을 라비 씨가 단호하게 가로막았다. 그 손에는 횃불을 든 채 지금도 계속 사슬의 온도를 올리고 있다.

"소중한 상품이니까. 다치게 하고 싶지 않고, 모처럼 마력이 필요한데 체력을 빼앗겨서……. 못 쓰게 되면 곤란하니까. 그뿐이야."

"……!"

라비 씨의 무정한 말에 리히토는 결국 입을 다물고 말았다. 나도 로니도 말문이 막혀버렸다.

"으, 아……!"

마침내 치익 하고 살점이 타는 소리가 나기 시작하자 견디지 못하고 신음을 흘리고 말았다. 아파, 아파, 아파……! 하지만 안 돼. 손과 발이 모조리 타버려도 마력은 주입하면 안 돼! 제발 리히토, 마력을 주입하지 마!

"……어. 알았어! 마력 주입할 테니까! 그러니까 지금 당장 그 불을 꺼, 라비이이!!"

하지만 리히토는 견디지 못한 건지 결국 울부짖으며 애원했다. 안 돼! 여기서 마력을 주입하면 피해자가 늘어나!

"마력을 주입하는 게 먼저야! 이 녀석들이 소중하다면! 빨리 하면 된다고!!"

"젠, 장……!!"

리히토는 발밑에 있는 마법진에 마력을 주입했다. 조금도 자중하지 않고 전력을 다해. 곧바로 마법진이 빛을 내기 시작하더니, 그 빛이 사그라들자 몇 명의 작은 그림자가 그곳에 나타났다. 나타나고 말았다. 인영의 수는 셋. 전부 다 어린아이고, 반

마형이다. 마대륙에서 강제 전이되었다는 걸 알 수 있었다. 셋
다 입을 떡 벌리고 있었는데, 우리의 모습을 보더니 그 눈동자
에 바로 공포의 색이 번졌다. 그야 그렇겠지. 우리는 고통스러
워 하면서 사슬에 묶여있으니까.

"데려가."

고든이 그렇게 말하자 어디선가 동료로 보이는 인물이 다섯
명 정도 나타나더니 순식간에 아이들을 묶고 방에서 데리고 나
갔다. 마력을 지니고 있으니 저항하지 못하게 하기 위해서인 듯
검은 목걸이를 바로 채웠다. 우리의 목에 채워진 것과 같은 목
걸이다. 어렴풋하게 짐작하고 있었지만, 역시 이 목걸이는 마력
을 봉인하는 마도구인 거다. 전에 본 적이 있다. 그래서 리히토
는 마법을 쓰지 못한 거야.

너무해. 본래 이건 마력의 폭주를 방지하기 위해 의사 선생님
이 허락했을 때만 착용하는 물건이다. 너무 오래 채워두면 마력
이 밖으로 나오지 못하게 되어 체내에서 마력 폭발이 일어날 위
험성이 있다. 구체적으로는 발열이다. 정기적으로 마력을 방출
하지 않으면 계속해서 열이 올라가니까 최악의 경우는 사망에
이른다. 그래서 특히 마력을 많이 지닌 자에게는 사용을 권장하
지 않고, 사용법도 상세하게 정해져 있는데. 합법 노예에게 사
용하는 전용 구속구는 알아보기 쉽도록 **빨간색**으로 통일해놨다
는 이야기를 들은 적이 있으니까 그것과도 다르다. 그야 그렇겠
지, 그런 비싸고 귀한 물건을 그리 쉽게 입수할 수 없으니까. 하
지만 치료용인 이 목걸이는 어느 정도 유통되고 있으니 이쪽으

로 눈을 돌린 거다.

어린아이들의 울음과 비명이 들렸다. 미안해, 미안해, 부디 무사해……! 아프고 속상해서 그렇게 빌 수밖에 없다. 지금 목소리를 냈다간 내가 울부짖을 것 같았으니까.

리히토는 쉴 새도 없이 연속으로 마력을 주입하게 되었다. 우리를 부를 때와 다르게 '마력이 많은 어린아이'라는 상세한 제한이 없으니까 마력 소모도 그때만큼 많지는 않은 모양이다. 그래도 상당한 마력이 필요한 건 틀림없는데 정말로 가차 없다. 하지만 그렇게 리히토가 무리하자 라비 씨의 횃불이 사슬에서 멀어졌다. 불을 치우긴 했어도 사슬의 열이 식을 때까지는 계속 뜨거웠다. 나와 로니는 계속해서 버텼다. 분명 손목과 발목에 심한 화상을 입었겠지. 그래도 그런 아픔보다 리히토가 훨씬 고통스러울 거다. 무엇보다도 마음이. 자기 때문에 죄 없는 아이들을 유괴하게 되었고, 우리도 가혹한 고문을 받게 되었으니까. 시키는 대로 하지 않으면 또 우리가 고통스러워한다고 생각하는 거야. 리히토의 본심이 아니라는 건 제대로 알고 있으니까. 그 얼굴을 보면 금방 알 수 있어. 우리는 절대 리히토를 비난하지 않아. 리히토의 그 괴로움은 나와 로니에게도 기다리고 있는걸. 그렇게 생각하자 절망이 밀려들었다.

그로부터 얼마나 지났을까. 쉰다고도 할 수 없는 휴식을 끼워가면서도 마법진을 계속 기동시킨 리히토는 결국 마력이 거의 고갈되어 기절해 버렸다. 다음으로 마법진 위에 끌려가는 건 나인 모양이다. 벽에 이어져 있는 부분을 풀고 손에 묶인 사슬을 잡아당겼다. 화상을 입은 팔을 잡아당기는 통에 이미 기절할 만큼 아팠다. 싫어도 움직여야만 한다. 사슬은 무겁고 팔과 마찬가지로 화상을 입은 다리로 걷는 건 고행이었다. 그런 와중에도 질질 끌려가는 리히토를 어떻게든 눈으로 좇았다. 아무래도 구석에 있는 작은 감옥에 집어넣은 모양이었다. 지금까지 우리가 있던 장소에 매달아 두는 줄 알았기에 조금 의문이었다.

"자, 빨리 마력을 회복해. 아. 이상한 생각은 하지 말고. 만약 이상한 징조가 보이면……. 또 다른 두 명이 아파할 거다."

감옥에 집어넣은 리히토를 억지로 일으켜 그런 소릴 하는 고든의 동료. 리히토는 작게 신음했으니 제대로 들렸겠지. 힘없이 주먹을 쥐고 있다. 분명 굉장히 분한 거겠지. 나도 같은 기분이야. 이상한 생각을 하지 말라고 하지만, 그런 생각을 할 새도 없을 만큼 혹사시킨 게 누구인데?!

"좋아, 다음은 아가씨 차례야. 마력이 얼마나 버틸까? 반나절은 버텨줘라?"

어르는 목소리에 화가 났다. 하지만 나는 시키는 대로 할 수밖에 없다. 로니에게 이 이상 부담을 줄 수는 없고, 저렇게 약해진 리히토에게 무슨 일을 저지른다면……! 이번에는 무슨 지독한 짓을 할지 알 수 없다. 분해. 분해. 분해……! 끌려온 아이들아. 무섭게 해서 미안해……. 눈물이 주르륵 흘렀다.

끝을 알 수 없는 긴 시간이 흐른 것 같다. 주변에 있는 조직원들이 이야기하는 내용으로 보아 이미 반나절 이상 여기에서 계속 마력을 주입한 모양이다. 눈앞이 흐릿해. 괴로워…….

"메구는 이제 한계야! 멈춰!"

그때 리히토가 그렇게 외치는 목소리가 들렸다. 기운찬 목소리였다. 설마 벌써 마력이 회복된 거야? 이 대륙에서, 이런 단시간에? 멍한 머리로 어떻게든 리히토 쪽에 힐끗 시선을 주자, 리히토의 발밑에 작은 마법진이 그려져 있는 걸 알 수 있었다. 희미하게 빛나고 있네……? 상시발동형 마법진인가? 어쩌면 저 마법진 위에 있으면 마력 회복이 빠르다거나? 그래서 벽에 묶어 놓지 않고 저 감옥에 넣었다는 거야? 몽롱한 머리를 붙잡고 필사적으로 생각했다. 저건 마력 회복을 돕는 마법진인 걸까? 효능은 어떻든 저 감옥 안에 약간의 마소가 있다는 건 틀림없다. 그렇지 않다면 저 마법진이 빛나지 않을 테니까. 리히토의 모습을 보는 한 마력은 그럭저럭 회복된 모양이다. 하지만 마력 억제 목걸이를 차고 있으니 마법을 사용하진 못한다. 도망치려는 기색을 보이거나 반항하면 나와 로니가 벌을 받게 되니 아무것도 못 하고 그저 회복을 기다리는 중인 걸까. 그건 어쩔 수 없다. 하지만 나는 아니다. 나에게는 목소리를 내지 않아도 부르기만 하면 내 뜻을 알아듣는 존재가 있으니까.

그래――― 마소만, 있다면.

"흥, 슬슬 마력 고갈인가."

축 늘어진 나를 고든이 이동시켰다. 어느새 여기에 돌아온 모양이다. 고든은 나를 감옥에 거칠게 집어던졌다. 리히토와 교대한다는 느낌이었는데. 리히토가 외치는 소리가 들렸으니까. 하지만 나는 이미 비명을 지를 기운도 없다. 한계까지 마력을 사용하는 건 이렇게나 힘든 일이구나. 정령들에게 마력을 줘서 졸음이 오는 것과는 천지 차이다. 억지로 마력을 계속 사용하는 건 구역질이 날 만큼 졸린데 자꾸 때려서 자지 못하게 하는 것 같은 고통이다.

아아, 내 마력으로 마대륙에서 또 몇 명이나 전이되었을까. 하지만 기다려 줘. 반드시 모두 구할 테니까. 희망이 보였으니까. 절대로 포기하지 않아. 감옥의 문이 잠기고 고든이 떠나는 걸 기다린 뒤 나는 눈을 감고 기도했다. 땅바닥에 쓰러진 채 부르는 건 넘어가 줘.

쇼, 쇼. 너희는 무사하니? 자고 있지? 부탁이야, 일어나. 나중에 꼭 마력 많이 줄 테니까 도와줘. 여기는 마소가 조금 있으니까 움직일 수 있을 거야.

『흐아암, 뭐야? 주인님…… 앗! 진짜다, 마소가 조금 있잖아? 어? 잠깐, 주인님?! 어? 어어? 어떻게 된 거야?!』

후후, 쇼의 밝은 목소리 덕분에 기운이 나네. 나에게는 동료가 있다는 실감이 나. 계속 마석 속에서 자고 있었을 테니 무슨 상황인지 모르겠지. 하지만 무사한 것 같아 다행이다. 놀라게 해서, 걱정 끼쳐서 미안해. 하지만 보다시피 긴급사태야. 쇼에게 두 가지 부탁이 있어.

『맡겨 줘! 주인님을 이렇게 만든 녀석은 용서 못 해! 다른 정령들에게도 알려줘야지!』

쇼는 주먹을 불끈 쥐며 의욕이 넘치는 반응을 보였다. 든든해

라. 쇼. ……잘 들어. 여기도 마소가 넉넉한 건 아니야. 쇼가 사용하는 만큼 내 회복량도 줄어들 테니까 시간이 너무 걸리면 의심받을 거야. 그러니 어디까지 할 수 있을지는 쇼가 판단해 줘. 부탁하고 싶은 것 중 하나는 지금 저 마법진으로 끌려간 적갈색 머리카락의 남자아이 로니에게 말을 전해달라는 거야.

『저 아이 말이지? 그건 간단해. 드워프니까 나를 볼 수 있어! 이미 눈치채고 이쪽을 보고 있는걸?』

희미하게 눈을 뜨고 로니 쪽을 보자 눈이 살짝 커진 게 보였다. 좋아, 그렇다면 이야기는 빠르지. 여기서라면 정령을 부를 수 있다는 게 전해졌을 거야. 그러니 로니는 이 감옥에 들어오면 정령과 어떻게든 대화해서 언제든 힘을 쓸 수 있도록 준비해 달라고 전해줘. ……도와줄 사람을 부를 거니까.

『알았어! 도와줄 사람…… 그림자독수리? 아니면 두목?』

나를 찾고 있는 사람이라면 누구든 괜찮아. 한 명에게 알려주면 전원에게 전해질 테니까. 본래는 다들 마대륙에 있을 테지만……. 내 과보호 보호자들은 분명 나를 찾고 있겠지. 내가 인간 대륙에 있다는 것도 눈치챘을 거야. 오르투스잖아? 특급 길드잖아? 틀림없이 그 결론에 도달했겠지. 어떻게, 무슨 근거로, 같은 건 없지만……. 이미 몇 명, 이 대륙에 와 있을 거야. 아니, 정말 근거 같은 건 없지만!

이건 도박이다. 나는 오르투스의 길드원들을 믿는다. 그들의 말도 안 되는 능력을 믿는다. 반드시 인간 대륙으로 찾으러 올 거라고. 그러니까, 쇼는 이 대륙에 있을 오르투스의 누군가에게

도와달라고 전해줘. 하지만 마소가 없는 곳에선 못 돌아다니려나? 역시 힘들어?

『인간 대륙…… 으으음.』

쇼는 팔짱을 끼고 고민하기 시작했다. 그리고는 내 쪽을 힐끔힐끔 쳐다본 뒤 결심한 듯 고개를 들었다.

『주인님의 마력을 조금 받고 싶어. 그러면 충분할 거야.』

조금? 지금의 내가 줄 수 있는 마력은 병아리 눈물만큼인데? 게다가 나는 지금 제어 마도구를 착용하고 있어서 마력을 내보내지 못해.

『알아서 흡수할 수 있으니까 조금이면 괜찮아. 게다가 비장의 힘이 있거든. 주인님, 내 진짜 이름을 불러줘.』

진짜 이름. 진명을 말하는 거구나? 그래. 진명이 있는 쇼는 그 이름을 부르면 어마어마한 힘을 발휘할 수 있지. 처음이니까 두근거린다. 그럼 부탁할까. 무리시켜서 미안해. 쇼를 믿어. 아무쪼록 네 몸의 안전을 우선해 줘. 내 첫 계약 정령. 목소리의 정령. 특별한 너에게.

"하세가와, 쇼……!"

"응? 뭐라고 했어? 아가씨……. 뭐야, 잠꼬대냐. 이런 상황에서 태평하기는."

내 작은 중얼거림은 제대로 들리지 않았던 건지 감시자에게 들키지 않은 모양이었다. 하지만 쇼에게는 전해졌다. 평소보다 눈부시게 빛나는 그 모습은 무척이나 예뻤다. 로니에게는 보였을까? 쇼는 나에게서 마력을 빨아들인 뒤 순식간에 로니에게 날아가더니, 몇 초 후에는 이곳에서 사라졌다. 간 모양이다. 돌아오면 상을 많이 많이 줘야지. 그러니까 부디 도와줄 사람을 불러줘. 믿으면서 기다릴게.

『맡겨줘! 주인님!!』

그렇게 외치는 쇼의 목소리를 들은 나는 마침내 마력이 고갈되어 의식을 놓아버렸다.

제2장 • 믿는다는 것

1 황제와의 대담

【유진】

"20년 쯤 전이었던가……. 그 무렵부터 급격히 납치가 늘어나기 시작했지."

황제는 담담히 이야기하기 시작했다. 들어보니, 뒤에서 비합법 인신매매가 이뤄지고 있다는 건 파악했으나, 잡아도 잡아도 장사를 이어받는 자가 나타나 해결은 못 하고 있다고 한다. 조직은 상당히 거대해서 인원이 많은데다, 누굴 잡아도 흑막이 누구인지는 모른단다. 마치 도마뱀 꼬리를 자르듯 말단을 잘라내는 것 같군. 조직의 보스를 잡을 수밖에 없지만, 그 보스가 어디에 있는지 오랫동안 파악하지 못했다고 황제가 말했다. 심지어 그 보스조차 자주 바뀌고 있을 가능성도 있다고. 그런 상황에서 20년쯤 전부터 유독 그 녀석들의 활동이 활발해졌다고 한다.

"그것도 마력을 지닌 자가 다수 행방불명되었지."

"어? 하지만 이 대륙에 마력 보유자는 얼마 없지 않습니까?"

황제의 말에 아돌이 당연한 의문을 던졌다. 황제는 고개를 끄덕였다.

"몇 없는 마력 보유 인간도 그렇지만……. 주인이 있는 노예가 납치되었다. 여러 주인들이 피해를 호소하여 문제가 드러났지. 조사해 보니 납치된 자 중엔 비합법 노예도 섞여 있었다."

"흠, 비합법이라. 그건 어떻게 알 수 있었지?"

나도 같은 생각을 했다. 당연히 황제도 생각했겠지. 이미 결론이 나와 있기 때문인지 황제는 바로 대답했다.

"납치된 사람이 너무 많았던 거겠지. 비합법 노예의 주인도 피해를 입었다며 나섰다."

이해했다는 듯 팔짱을 낀 아슈가 눈썹을 찡그렸다. 그 비합법 노예는 마대륙에서 납치된 자이기 때문이다. 마대륙에서 납치당했다가 팔리고, 다시 납치되다니……. 나도 가슴이 아프다. 오랫동안 마왕성에서도 골머리를 썩이고 있던 문제이니 아슈는 더욱 가슴이 아프겠지.

유일한 구원은 정규 노예와 같은 구속구를 착용하지 않는다는 점이군. 그건 특수 제작이라 입수하기 어려운, 말하자면 레어 아이템이다. 그러니 비합법 노예에겐 마력을 제대로 제어하지 못하는 어린이에게 사용하는 의료용 마도구를 대신 채운다. 그건 마력을 억지로 누르는 것이니 의사의 허가가 없는 한 사용할 수 없지만 비교적 입수하기 쉽다. 문외한이 사용하면 위험한 물건이니 더 제한을 걸어둘 필요가 있다고 전부터 생각했었단 말이지.

왜 그런 레어한 구속구를 사용한다는 걸 알 수 있냐면, 그 부분에서 철저하게 대응한 조직이 있었기 때문이다. 그 조직의 이름은 특급 길드 네모. 지금은 괴멸한 그 길드다. 그곳의 보스였으며 하이엘프의 장로이기도 했던 셰르멜호른이 몸에 해를 끼치지 않는 구속구를 마련해 놨다. 납치 자체에는 관여하지 않았다고는 하나 비합법 인신매매에 관여했다는 시점에서 용서할 수 없지만, 덕분에 마대륙 사람들이 무사했으니 순순히 그 녀석이 보스라서 다행이라고 해줄 수도 있다. 하기 싫지만.

"마력을 지닌 자만 노려서 납치하다니, 지나치게 위험한 것 아닙니까?"

황제의 이야기를 들은 아돌이 믿어지지 않는다는 듯 눈썹을 찡그렸다. 그렇겠지. 그렇지 않아도 이 대륙에는 마력 보유자가 적다. 비합법 노예를 거느린 자는 쉬쉬할 테니 먼저 찾아내는 것도 고생…… 어? 뭐지? 뭔가 걸리는데.

"판매가 목적이 아니다……?"

작게 중얼거리는 기르. 그래. 확실히 마력 보유자는 고가에 매매될 테지만, 아돌의 말대로 마법에 카운터를 당할 위험도 있고 억지로 손에 넣는 난이도도 높다. 아무리 그래도 가성비가 안 맞는다. 마력 보유자를 계속 노리다 보면 자신들의 발목을 붙잡을 위험성도 있으니까. 즉 이건 노예를 비싸게 파는 게 목적이 아닌 거야. 역시 기르도 머리가 좋다니까. 말수는 적지만 이럴 때 적확한 발언을 던진다. 정말 든든해.

"……우리는 그 가능성이 크다고 보고 있다."

황제는 진지한 얼굴로 신음했다. 그나저나 20년 전이라. 짐작 가는 바가 넘쳐나는데.

"이봐, 아슈? 이 문제는 이쪽에도 잘못이 있지?"

"그건 무슨…………?"

내 말에 황제의 눈이 살짝 커졌다. 내가 아슈에게 눈짓하자 아슈는 이해했다는 듯 고개를 끄덕였다.

"음. 사실 그 20년쯤 전에 마대륙에서 활동하던 문제 길드 하나가 무너졌다. 지금은 대가 바뀌어 밑바닥부터 다시 시작했지. 이쪽 대륙에서의 비합법 거래는 완전히 사라졌다고 생각해도 좋다."

문제 길드란 당연히 네모를 말한다. 규모는 줄어들었지만 새 보스인 마라의 수완이 참으로 훌륭했다. 쑥쑥 힘을 키워나가는 인재파견형 길드다. 비합법이 사라졌을 뿐, 여태까지 그랬던 것처럼 인신매매도 맡고 있다. 가끔이긴 하지만 중범죄자를 인간 대륙에 노예로 보내는 일도 있다. 썩 좋은 기분은 아니나 이런 일은 역시 필요하니까. 뭐, 지금 그건 됐고.

"즉 그로 인해 마대륙 쪽에서 보내던 마력 보유 노예의 수가 급감했다는 뜻인가⋯⋯!"

"그런 셈이지."

마력 보유자 납치가 급증한 수수께끼를 해결했다며 황제는 고개를 크게 끄덕였다. 마대륙 쪽에서 보내지 않으니, 마력 보유자를 입수하기 위해서는 이쪽에서 이미 팔린 노예를 긁어모을 수밖에 없다는 소리다.

"이야기를 되돌려서. 왜 마력을 지닌 인재를 모았는가. 우리는 회의를 거쳐 거의 확실하다고 생각되는 가설을 세웠다."

황제는 두 주먹을 꽉 움켜쥐었다. 우리도 이미 결론은 나왔지만, 얌전히 이어지는 말을 기다렸다.

"전이 마법진을 기동시키기 위해서다. 우리는 알다시피 마력을 거의 지니지 않고 태어나지. 마력이 있다고 해도 극소량인

자가 많다. 그런 인간이 전이 마법진을 기동시키는 건 거의 불
가능해."

"……그렇겠지. 그렇지 않아도 전이 마법진은 상당한 마력을
소모하니까."

"그렇다면 고생해서 비축한 마력으로 가장 먼저 전이시키는
건 어떤 인재라고 생각하지?"

이어지는 황제의 질문에 우리는 다들 주먹을 세게 움켜쥐었
다. 그래, 그거야. 답은 뻔하지.

"마력을 많이 보유한 자……!"

"그렇게 불러낸 자의 마력을 사용하면 몇 번이든 전이 마법진
을 사용할 수 있다는 겁니까……?! 그리고 잇달아서 마대륙으로
부터 마력을 지닌, 그것도 제어하기 쉬운 아이들을 불러낼 생각
이로군요?!"

"메구는 에너지원 취급이란 건가!"

아슈의 말을 아돌이 받았다. 나는 너무나도 처참한 메구의 대
우를 상상하자 당장에라도 분노가 폭발할 것 같았다. 전이 마법
진을 발동시키기 위해 붙들려서 계속 마력을 착취당한다. 그렇
게 자기 때문에 아무 죄도 없는 마대륙의 아이들이 납치된다는
걸 알면……! 옆에서 이를 까득 울리는 기르의 기척을 느꼈다.

"……황제. 너희는 어째서 전이 마법진을 사용한다는 걸 추측
할 수 있었지? 전이 마법진은 우리에게야 친숙하다만, 인간이
그걸 떠올리는 것은 부자연스러운데."

시선으로 찔러 죽일 듯한 기르의 입에서 타당한 의견이 나왔

다. 확실히 우리에게 전이 마법진은 유괴 사건의 상투 수단이니까. 마대륙 내에서라면 어디로 유괴당하든 기르가 순식간에 데리러 갈 수 있다. 그러니 문제없다며 아무런 대책도 세우지 않았던 게 후회되지만……. 지금은 그런 걸 생각하고 있을 때가 아니고.

"……알고 있었으니까. 근시일 내로 마법진을 발동시키리라는 것을."

"……뭐라고?"

응접실의 공기가 흔들렸다. 슬슬 다들 인내의 한계가 왔으니 당연할지도 모르지.

"기, 기다려 주십시오! 화, 황제 폐하께선……!"

뒤에 있던 호위 기사가 바로 황제 앞에 섰고, 문 근처에 있던 프리드 외 기사들이 임전태세를 취했다. 그런 호위 따위는 의미가 없다만. 당장에라도 여기에서 전투가 시작될 것 같은 분위기 속에서 황제가 일어나더니 손을 들어 앞에 선 호위 기사며 문 근처의 기사들을 가볍게 제지했다.

"멈춰라, 괜찮다. 이들은 제대로 볼 줄 아는 사람들이니."

그리고는 곧은 시선으로 우리를 순서대로 바라보았다.

"이쪽에 잘못이 있었던 건 사실이나 전이 마법진을 발동시킨 건 우리가 아니다."

"무슨 뜻인데?"

그 자세 그대로 내가 묻자 황제는 다소 말하기 어려운 듯 입을 뗐다.

"……도둑맞았다. 납치가 증가한 때와 비슷한 시기에, 우리나라의 동쪽 왕성에서 관리하고 있던 마법진 관련 서적을."

그때는 범인의 목적이나 정체를 알지 못했다고 황제는 말을 이었다. 시간이 지난 뒤에 두 개의 사건이 연결되었다고 했다.

"그렇기에 조직이 긁어모은 마력 보유 노예를 사용해 어떠한 마법진을 발동시키리라고 예상할 수 있었지. 최근에야 그게 전이 마법진이라는 걸 알았다."

"최근……?"

황제는 '그래' 하고 대답하며 다시 의자에 앉았다. 그 모습을 보고 호위들도 물러났으나, 뒤가 아니라 옆으로 위치를 바꾸었다.

"우리도 서적을 도둑맞은 뒤에 아무런 대책도 하지 않았던 건 아니야. 중앙과 비등한 전력을 지닌 동쪽 왕성에 만약 무언가 마법이 발동했을 경우 그걸 방해하는 마법진을 준비시켰다."

미리 대량으로 구매한 마석으로 마력을 보완하여 언제든 방해 마법진을 발동할 수 있도록 해놓았다고 한다. 사실 그렇게 하면 조금 규모가 큰 마법을 사용하기만 해도 발동할 테지만, 인간 대륙에선 대규모 마법이 발동되는 일 자체가 거의 없으니 가능한 방법이었겠군.

"그렇게 기다리던 때가 왔지. 마법진이 발동했다는 보고를 받고 바로 동쪽 왕성의 중진들이 마법진을 설치한 장소로 향했다더군. 정말로 발동했는지 확인하기 위해서."

황제는 두 손을 깍지 끼고 무릎 위에 올려놓더니 우리를 응시했다.

"마법진의 빛이 사라졌을 때, 마법진 위에 세 명의 어린아이가 나타났다고 들었다. 그중 한 명이 아직 어리고 무척 예쁘장한 소녀였다는 보고를 받았다."

그 무척 예쁘장한 소녀는 틀림없이 메구다. 특징을 꼽을 때 가장 먼저 예쁘다가 나온다는 건 상당한 수준이라는 뜻이니까. 엘프인 메구가 인간 대륙에서는 이질적일 만큼 예쁘다는 건 말할 필요도 없고.

"그 외엔 검은 머리카락의 소년과 적갈색 머리카락의 소년이었지……. 즉 자하리아슈 님의 따님은 이 검은 머리카락의 소녀로 추측된다만……."

적갈색 머리카락의 소년은 드워프족 족장 로드리고의 아들인 로나우드일 가능성이 크군. 그 외에 검은 머리카락의 소년이라. 그 아이도 같이 있다면 보호해야겠어. 그런데 검은 머리카락의 소녀라고? 우리는 하나같이 고개를 갸웃거렸다.

"검은색? 메구는 연분홍색으로 빛나는 머리카락을 지녔다만."

"그런 보고는 듣지 못했는데……. 검은 머리카락에 검은 눈동자를 지닌 소녀였다더군. 그럼 다른 사람인가?"

"게다가 메구의 눈은 아름다운 감색이다."

아슈가 집요하게 메구의 특징을 짚자 황제도 팔짱을 끼고 고개를 기울였다. 설마 다른 사람일 리는 없을 텐데, 어떻게 된 일이지? 그런 의문이 들던 차에 퍼뜩 떠올렸다. 그러고 보면 사우라가 말했었잖아.

"아니, 잠깐. 그때 메구는 마이유에게 받은 마도구로 머리카락과 눈동자 색을 바꿨다고 했어. 그러니 그건 메구가 틀림없을 거야."

"검은색으로? 어째서지?"

아슈의 의문에 나는 한숨을 쉰 뒤 기르 쪽으로 시선을 던졌다.

"사우라의 말로는⋯⋯. 기르의 색이라던데."

"나와⋯⋯?"

"메구 씨는 기르 씨를 아주 좋아하니까요⋯⋯. 아니, 잠깐만 요. 두목도 마왕님도 그런 눈으로 노려보지 마세요!"

어쩔 수 없잖아. 부러우니까. 정작 기르는 어딘가 얼떨떨한 듯 눈을 굴리더니 바로 미간에 내 천자를 만들었지만. 그야 그렇겠지. 마음은 이해한다. 이거 더욱 빨리 찾아내야겠는데.

"그런 마도구가 있단 말인가⋯⋯. 마대륙은 정말로 신기한 곳 이군."

우리의 이야기를 들은 황제가 감탄한 듯 그렇게 말했지만, 이건 일반적인 마도구가 아니라는 걸 말해놔야겠지.

"아니, 흔한 마도구는 아니야. 우리 녀석들은 취미로 이것저 것 만들어대서⋯⋯."

"재능 낭비지."

"⋯⋯네가 할 소리는 아니지 않냐? 아슈."

메구가 어떻게 지내는지 보고 싶다는 이유로 카메라며 비디오 같은 마도구를 만들게 했으면서. 그런 도구가 일본에 있었다는 이야기를 하는 게 아니었다. 설마 정말 만들게 될 줄은 몰랐으 니까. 뭐, 그런 건 아무래도 상관없다. 본론으로 돌아가자.

"뭐, 즉. 전이했을 때는 검은 머리카락에 검은 눈동자였던 건 틀림없어. 그러니까 그 소녀는 메구야."

"……혹시 다른 색으로도 바꿀 수 있는 건가?"

"원하는 색이면 뭐든. 저장된 마력을 사용하는 타입의 도구인 데다 마력 소모도 별로 없거든. 이 대륙에서도 문제없을걸."

그렇게 대답하자 황제는 생각에 잠기듯 신음을 흘렸다. 무언 가 생각하는 바가 있는 건지도 모르는군.

"……그런 것보다, 메구는 어디에 있지? 방해가 성공했다면 동쪽 왕성에서 보호했을 텐데."

잠시 침묵이 흐른 뒤, 인내심이 끊어진 듯 기르가 대답을 유도 하며 물었다. 사실은 이미 답을 알고 있지만. 황제의 입에서 나 오게 하여 사실로 확정시키고 싶었다. 가능하다면 거짓말이길 바란다만. 기르의 질문에 황제는 면목 없다는 듯 눈썹을 찌푸리 며 입을 열었다.

"……아니. 보호하지 못했다."

"……어째서?"

공기가 흔들리며 기르의 분노로 응접실의 창문이 덜컹덜컹 소 리를 냈다. 하지만 황제는 식은땀을 흘리면서도 두려움 없이 기 르를 정면으로 응시했다. 역시 이번 황제도 대단한 녀석이구나. 순수하게 감탄했다.

"정확하게는 도망쳤다."

"도망쳤다고……? 메구가?"

그 정보는 처음 듣는데. 전이된 직후 어안이 벙벙한 세 아이에게 동쪽 왕성의 인물이 설명하려고 했다고 한다. 하지만 그들도 마석 안의 마력 잔량을 확인하는 일인 줄로만 알았는데 난데없이 어린아이가 나타날 줄은 몰랐기에 동요했다. 그때 두뇌 회전이 빠른 노트라는 이름의 대신이 어떻게든 달래기 위해 아이들에게 말을 걸었다고 한다. 자신들을 불러낸 게 나쁜 조직이라는 걸 알면 무서워할지도 모른다는 생각에 '불러내서 미안하다'는 거짓말로. 하지만 그 배려가 오히려 오해를 부른 건지 반대로 경계하더니, 검은 머리 소년의 마법으로 순식간에 다들 사라져 버렸다고 황제가 설명했다.

그 검은 머리 소년은 보통 녀석이 아닌데. 전이 마법이라니, 마대륙에서도 못 하는 녀석이 더 많은데. 소모 마력도 막대할 테고. 심지어 들어 보니 그때 전이 마법진 종류는 나타나지 않았다고 하니 본인의 마력만으로 전이했다는 거잖아. 자기 말고 두 명이나 더 데리고 이동했다면……. 성인이 된다면 기르에 필적하는 마력량을 보유하게 되지 않을까? 신경 쓰이는 소년이다.

"그 후에도 계속 추적했으나 그게 오히려 더 겁을 먹게 만든 건지 좀처럼 잡히지 않더군. 아이들이니 쉽게 보호할 수 있으리라 여겼다만, 아무래도 도와주는 자가 있는 모양이었다."

"도와주는 자?"

황제가 고개를 끄덕이며 가볍게 손을 들어 신호를 보내더니, 한 장의 종이를 시종에게 받아 우리에게 보여주었다. 거기에는 긴 머리카락을 포니테일로 묶은 여자가 그려져 있었다.

"모험가 라비. 납치범이라는 소문이 있다."

"이 수배서는 여기저기서 봤어. 역시 그 녀석이 납치한 아이들이 메구와 아이들이었군?"

거의 틀림없을 거라고 추측했던 게 확정되자 나를 포함한 다들 살기등등해졌다. 젠장, 그 여자. 반드시 혼쭐을 내주겠어.

"아, 아뇨, 잠시 기다려 주세요! 성에서도 도망친 그 세 사람이 납치범에게서 도망치지 못한다는 건 이상하지 않습니까?"

깜빡 호위 기사 중 두 명을 살기로 기절시켰을 때 아돌이 당황한 듯 외쳤다. 너의 그런 냉정한 점에 늘 도움을 받는다니. 사실 오는 도중에 그런 이야기를 했을 때도 같은 말로 우리를 진정시켰지. 나는 가볍게 숨을 내뱉어 마음을 가라앉혔다.

"······하지만 인질로 잡혔거나 협박당한다거나, 혹은 그럴싸한 이야기로 속였다면 도망칠 수 없잖아."

"우리도 그 가능성이 크다고 보고 있다. 같이 있는 사람은 이 모험가뿐이라는 보고도 받았으니까. 중상 정도의 실력을 지닌 여자 혼자 세 명의 아이를 힘으로 제압하는 건 어려울 테지. 마법도 쓸 수 있고, 어린아이라고는 하나 두 명은 어느 정도 성장한 소년이니까. 그럴싸하게 속였다고 보는 게 타당하다."

메구는 순진하니까. 쉽게 속겠지. 하세가와 메구일 때부터 그랬다. 조마조마해서 원. 그게 메구의 장점이기도 하지만······. 황제의 말에 아돌이 쭈뼛거리며 작게 손을 들고 의문을 입에 담았다.

"하지만 그야말로 여자 모험가 혼자서 마력을 지닌 아이들을 어디에 데려가려는 겁니까? 틀림없이 납치 조직과 엮여있다고는 보는데요…….”

“조직의 본거지로 향할 가능성이 크다고 본다.”

본거지라. 아무래도 그럴 테지. 분명 아이들은 그 모험가를 신뢰하고 있을 거다. 모험가도 목적지에 데려가기 위해 아이들을 회유하지 않았을까? 아이들이 반항하는 것보다는 믿게 해서 협력하게 만드는 게 훨씬 편하잖아.

“이 라비라는 인물은 사람 좋은 누님이라는 인상의 모험가라고 한다. 활동 거점에서는 평판이 좋았지. 그 점을 고려하면…….”

금시초문이다. 우리는 영락없이 그 모험가도 조직의 인간이라고 생각했으니까. 그것조차 연기였을 가능성도 있지만. 아니면.

“모험가도 누군가에게 이용당하고 있을지도 모른다는 건가.”

“본인에게 자각이 없을 수도 있지.”

알면 알수록 쓰레기 같은 조직이네. 단순히 그 모험가를 패면 끝나는 문제가 아니게 되었으니까. 그 여자가 이용당할 뿐이었을 경우엔, 용서할 수는 없어도 그렇게까지 큰 벌을 줄 수도 없다. 조직원이라고 해도 얼마든지 발뺌할 수 있는 입장이라는 소리다. 쯧, 귀찮기는.

우리가 여기에 올 때까지 입수한 정보는 메구 일행이 동쪽 왕성에 전이되었다는 것, 그곳에서 모험가가 아이들을 데려갔다는 것 두 가지다. 그래서 처음엔 이 나라 자체가 썩었을 가능성도 염두에 두었다. 하지만 실제로는 네모가 망해서 폭주한 비합법 인신매매 조직이 흑막이라는 걸 알았다. 우리에게도 잘못은 있다. 비합법 인신매매가 사라졌을 때 인간 대륙에도 영향을 미치리라는 걸 깜빡 잊었으니까. 어느 의미 이 대륙에 오길 잘한 건 지도 모르겠군. 잡초는 뿌리까지 철저하게 뽑아놔야지. 남을 이용해 자신들은 꼬리가 잡히지 않게 숨는 겁쟁이 조직이라……. 반드시 박살 내겠어.

"우리는 이 네 명을 때때로 놓치면서도 늘 감시했으나……. 어느 순간부터 완전히 자취를 감춰버렸다. 대략적인 목적지 방향이나 조직의 간부로 추정되는 인물의 이름만은 가까스로 조사했다만."

때때로 놓쳤다고? 그거 대단한데. 아무리 모험가가 있었다고 해도 국가를 대상으로 도망치는 건 상당히 어려우니까. 의외로 메구와 드워프 아이, 그리고 검은 머리 소년도 유능했군. 이번만큼은 유능한 게 본인의 발목을 잡아버렸지만.

"현재도 그들이 향했던 방면 부근을 수색하고 있으나 아직 찾아내진 못했다. 하지만 찾았다고 해도 우리가 갔다간 상황이 더 꼬일 가능성이 있지. 게다가 마력을 지닌 아이를 어떻게 대해야 할지 난감해하던 차였다. 내부 사정에 말려들게 했으니 본래대로라면 이쪽에서 나서는 게 도리이긴 하지만……."

황제의 말이 맞기는 하다. 아마 메구와 아이들은 이 나라를 적이라고 생각하고 있을 테니까. 그런 상황에서 국가 쪽 인물이 온다면 더욱 경계하며 도망칠 것이다.

"물론 우리가 가겠어. 그럴 생각으로 온 거니까 미안해할 필요 없고."

"그렇게 말해준다면 감사한다. ……그럼 정식으로 부탁하지.

부디 조직의 폭주를 막고 납치된 아이들을 구출해 다오."

황제가 새삼 격식을 차려서 말하자 여기선 아슈에게 대답을 맡기기 위해 눈짓을 보냈다. 아슈는 고개를 끄덕인 뒤 입을 열었다.

"물론이다. 우리가 전부 해결하마. 아이들이 있으리라 추정되는 자세한 장소를 가르쳐 주지 않겠나."

"바로 준비하지. 나는 도움이 안 되는 황제로군⋯⋯."

황제는 하나부터 열까지 전부 부탁해서 면목이 없다며 쓴웃음을 지었다. 지금까지 팽팽하게 조여 있던 황제로서의 아우라 같은 것이 이때 처음으로 사라진 느낌이 들었다. 아직 젊은 나이에 이런 커다란 문제를 안고 있었다니⋯⋯. 계속 고민했겠지. 마음을 가볍게 해주기 위해 나는 씩 웃었다.

"무슨 소리야. 처음부터 나에겐 저자세였잖아?"

"후⋯⋯. 그렇군."

아, 이거 또 이 나라에 빚을 지워버렸네. 솔직히 아무것도 필요 없다만. 그럴 수는 없네 어쩌네 하면서 이것저것 떠안기려고 하겠지. 선대 황제인 에단 때도 그랬다.

"문제의 목적지는 광산이 있는 부근이다. 자세한 장소까지는 알 수 없고, 확신도 없다만⋯⋯."

"컥. 설마 엇갈렸을 가능성이 있는 건가."

그나저나 광산이라. 메구에게는 유일하게 귀환할 가능성이 있는 장소다. 동시에 비합법 거래를 위해서도 광산에서 가까운 게 좋다. 바로 데려와서 숨기기도 좋고, 빠르게 넘기기도 좋을 테니까. 거점은 그 근방에 있다고 봐도 되겠지. 그래, 광산에 가면 돌아갈 수 있다고 한다면 의심 없이 거점에 데려갈 수 있다는 건가.

"그리고 조직 인물의 이름은 고든과 세라비스. 이 두 사람의 이름만은 파악했으나 장소까지는 모른다. 어느 정도 지위가 있는 인물이라고 추측하고 있지."

고든과 세라비스라. 좋아, 외웠다. 뼛조각도 못 추스를 줄 알아라. 바로 광산으로 갈까……. 젠장, 왔던 길을 되돌아가는 거잖아! 하지만 기르라면 먼저 갈 수 있겠군. 그 생각에 지시를 내리려고 한 그때, 생각지도 못한 방문자가 우리 앞에 나타났다.

『도와줘!』

""""?!""""

별안간 응접실 안에 울린, 이 자리에는 어울리지 않는 높은 목소리. 다들 놀라서 눈이 휘둥그레진 채 전투 준비에 들어갔다. 하지만 들어본 적이 있는 목소리인 것 같아 기억을 뒤지려고 한 그때, 이번에는 작은 빛이 우리 앞에 모습을 드러냈다.

"뭐, 뭐지?! 연분홍색, 빛……?"

황제가 가장 먼저 소리쳤다. 그걸 본 순간 바로 알아차렸다. 이 녀석은……!

"메구의 정령?!"

『맞아!』

생각지도 못한 동아줄이었다. 아니, 아마도 메구의 SOS 신호 겠지. 그나저나 정령이 우리에게, 심지어 인간 앞에 모습을 보

이다니. 계약자가 있는 정령이니까 가능한 일이지만……. 덕분에 황제 측의 혐의가 완전히 풀렸다. 안도한 것도 잠시, 목소리의 정령은 실내를 빙글빙글 돌면서 우리에게 말을 전달했다.

『긴급한 사태! 도와줘!』

"진정해, 목소리의 정령. 무슨 일이 있었는데?! 아니, 메구는 어디에 있어?!"

달려들 기세로 말을 걸었기 때문인지 정령은 순간 움찔 떨더니 조금 위로 도망치듯 날아갔다. 아차. 진정해야 하는 건 나였군. 조급하지 말자.

『주인님은 잡혀있어. 드워프랑, 인간 남자아이랑! 그래서 많이 아프고, 아주 힘들어! 빨리 구해줘!』

"많이 아프다……?"

"힘들어……?"

"다친 건가……?"

하지만 이어서 쏟아낸 보고에 자꾸만 감정이 새어나갔다. 나만이 아니다. 아슈와 기르도 마찬가지다. 메구가 다친 건가? 그 생각에 아무것도 생각할 수 없게 되었다. 도저히 억누를 수 없어 언성이 높아졌다.

"어디야! 어디 있어?!"

정령이 한층 움찔거리며 위로 도망쳤지만 배려할 여유는 없었다. 미안하긴 하다. 하지만 빨리 알아야 해!

『그, 그림자독수리의 마력이 근처에 있었어. 여기에 올 때까지 56개 지나쳤어! 주인님은, 그러니까, 숲속, 지하에 있는 방!』

"56개라니, 너……. 기르. 알겠어?"

큭, 정령이라서 그런지 거리나 방향 감각이 다른 모양이다. 하지만 그래도 어떻게든 전하려고 필사적으로 머리를 쓰며 행동하고 있는 듯했다. 정령이 메구를 위하는 마음은 진짜다. 정령이 말하는 그림자독수리의 마력이란 분명 그림자새. 여기에 오는 동안 기르가 군데군데 놓아둔 그림자새의 수가 56개. 그리고 지면 밑의 방이라면 지하실이라는 소리다. 거기까지 알았으면 범위를 좁힐 가능성이 크지. 기르에게 물어보자 강한 긍정이 돌아왔다.

"그래. 충분한 정보야. 고맙다, 목소리의 정령."

"잠깐, 기다려 기르! 서두르지 마! 여기서 서둘렀다간 구할 수 있는 것도 못 구해!"

당장에라도 그림자 속에 잠수하려는 기르를 허둥지둥 제지했다. 마음은 이해한다. 너무 이해하지만 잠깐만! 서두르지 말라는 건 나 자신을 향한 말이기도 했다.

"목소리의 정령, 몇 가지 질문 좀 하자. 기르는 순식간에 그 마력이 있는 곳으로 갈 수 있는데, 거기까지 갈 때 너라면 어느 정도 시간이 걸리지?"

『어어……. 찻집에서 사용하는 모래시계라면 세 번이나 네 번 뒤집은 정도? 별로 자신은 없어.』

"그 모래시계라면……. 다 떨어질 때까지 5분 걸리니까 대략 15분에서 20분 정도군. 젠장, 이 대륙은 너무 넓다니까."

하지만 우리가 여기까지 오는 데 걸린 시간을 생각하면 경이

적인 속도다. 역시 목소리의 정령. 음속으로 이동할 수 있으니까. 머릿속으로 이후 계획을 빠르게 세우며 지시를 내렸다.

"기르는 한시라도 빨리 가고 싶을 테지만, 그림자새가 있는 곳까지는 바로 갈 수 있어도 거기서 정령에게 안내받을 필요가 있어. 거기서부터 기척을 더듬어 찾는 것보단 장소를 아는 정령이 안내해 주는 게 확실하고 빠르니까. 지금부터 정령은 먼저 돌아가도록 해. 오자마자 바로 돌아가게 해서 미안하지만. 기르는 현지에서 정령과 만나면 안내받아. ……부탁할 수 있을까? 목소리의 정령."

그 정도의 시간 소모는 어쩔 수 없다고 포기할 수밖에. 이게 최선이고 최속일 테니까. 기르도 머리로는 이해한 모양이다. 움직이고 싶은 몸을 가까스로 누르며 고개를 끄덕였다.

『알았어! 그림자독수리랑 쇼랑 서두를게! 짝꿍이야!』

"그래…… 부탁한다. 그곳에서 만나지."

짝꿍이라. 분위기를 깰 정도로 밝은 목소리에 긴장감이 조금 풀렸다. 덕분에 냉정해졌다. 목소리의 정령은 기르의 대답을 확인한 뒤 바로 사라졌다. 음속이니까. 이미 이 자리를 떠난 거겠지.

"자, 그럼. 황제. 방치해서 미안하다. 하지만 덕분에 딸을 찾은 모양이야. 게다가……."

정령이 목적지에 도착할 때까지 걸리는 시간을 사용해 마지막으로 할 수 있는 일을 해 놔야지. 우선은 어안이 벙벙해진 황제에게 말을 걸었다. 역시 이 황제는 그릇이 제법 크다. 바로 정신을 차리고는 이쪽이 무슨 말을 하려는지 바로 알아차린 모양이었다.

"우리가 오랫동안 추적해온 조직의 꼬리를 잡았다고 이해해도 되겠나?"

"후, 역시나. 맞아."

대화가 빨라서 다행이라니까. 나도 모르게 입꼬리를 씩 끌어당겨 사나운 미소를 지었다. 황제의 얼굴이 조금 뻣뻣해지긴 했지만 그건 됐고.

"기르는 아까 말한 대로 바로 정령이 말한 장소에 가서 메구와 아이들을 구출해. 도중에 우리에게도 장소를 알려주는 거 잊지 말고."

"알았다. 두목에게 그림자새를 한 마리 맡기지."

기르는 자신의 발에 드리운 그림자에서 그림자새를 한 마리 만들어 냈다. 그림자새가 두둥실 떠올라 내 어깨에 올라앉았다. 우리에게는 익숙한 광경이지만 황제를 포함한 인간들은 놀란 듯 쳐다보고 있다. 정말 마법이 신기한가보군. 쓴웃음이 났다.

"메구 구출에 대해서는……. 마음대로 하라고 해주고 싶은데."

솔직히 말하자면 그런 쓰레기들은 흔적도 남기지 않고 쓸어버리라고 하고 싶은데 말이야. 힐끗 황제를 쳐다보자, 황제는 가볍게 고개를 끄덕이고는 내 말을 이어받았다.

"심정은 이해한다. 하지만 범인들은 살려다오."

"물어봐야 할 것도 많을 테고 애초에 금기거든. 그렇게 됐다, 기르."

흥, 가까스로 목숨을 건진 셈이지. 여기가 마대륙이었다면 이쪽의 방식으로 마음껏 할 수 있지만……. 여기는 인간 대륙. 여기서 우리가 포악한 짓을 저지르는 건 금기다. 여태까지 유지된 두 대륙의 균형이 무너지며 최악의 경우 세계를 끌어들이는 전쟁이 발발한다. 그건 본의가 아니니까.

"…………선처하지."

"…………아니, 진짜로 부탁할게."

마음은 너무나도 이해한다. 이해하지만! 참아야 한다고! 기르!

그 후에도 몇 가지 확인한 뒤 조금 이르지만 기르를 그림자 속으로 보내주었다. 아마 이미 목적지에 도착했겠지. 참 부러운 능력이라니까. 뭐, 정령과 합류할 때까지 안달복달하면서 기다리게 되겠지만.

"이 짧은 시간 안에 메구가 다치지 않았다면 좋겠다만."

"조직에게는 귀한 마력원일 테니까 죽이진 않겠지……. 하지만 전혀 손을 대지 않는다고 보장은 못 해."

여태까지 아무 말도 않던 아슈가 조용히 그런 말을 하기에 깜빡 나쁜 상상을 하고 말았다. 메구에게 흉터 하나 남기만 해 봐. 가만 안 둘 테니까……!

"자, 잠시만요, 두 분! 여기서 살기를 방출하시면 안 됩니다!"

아돌의 목소리에 아슈와 함께 퍼뜩 정신을 차렸다. 아차, 또 두 명 정도 기절시킨 모양이다.

"……미안하다, 황제."

"아, 아니……. 어쩔 수 없는 일이라고 이해하고 있다."

아슈의 사죄에 황제는 뻣뻣한 얼굴로 웃었다. 그걸 보며 나와 아슈는 다시 반성했다. 여기서 화를 내봤자 무의미한데다 민폐만 되는데. 조심해야지.

"좋아, 우리도 움직여야지. 황제, 그쪽도."

"그래. 하지만 이쪽은 준비에 조금 시간이 걸릴 것 같다. 중간에 있는 큰 도시에 기사단을 대기시켜 두지. 미안하지만 그곳으로 조직원을 전부 데려와 줄 수 없을까?"

확실히 인간 기사들이 이동하는 속도와 우리 사이에는 며칠 단위로 차이가 나지. 국가 쪽에선 각각 범죄자 호송과 현장 조사 등을 맡는다고 했다. 사후 처리 및 잔당 소탕도 각지에서 이룰 예정이다. 상당히 시간이 얼릴 테지만, 그건 이 나라에서 할 일이다. 우리는 우리의 목적을 이뤄야지.

"문제없어. 조직 놈들을 붙잡아 놓고 안녕히 계십쇼할 수는 없으니까. 그쪽에 넘기는 것까지는 해 주지. 그러니 하나 허락받고 싶은 게 있는데. 허락이라고 해야 하나, 각지에 공지?"

내가 부탁한 건 아슈가 마물형이 되어 이동하는 걸 허락해 달라는 것이었다. 또 며칠씩 걸려 이동할 수도 없고, 어느 정도 수가 있을 조직 녀석들도 몽땅 도시에 데려다 놔야 하니까. 아슈의 마물형을 가까이서 보면 다들 기절할 테니 그 점에서도 핑 먹고 알 먹고다.

"아무것도 모른 채로 용이 날아다녔다간 난리가 날 거 아냐? 그러니 미리 통지해 줘. 해를 끼치진 않는다고. ……모습을 직시하면 평범한 마을 사람은 기절할지도 모르지만."

"알았다. 지금 당장 전국에 알리도록 하지. 용건이 없는 자는 잠시 외출도 삼가하도록."

"고마워."

좋아, 이제 거리낌 없이 마물형으로 이동할 수 있겠군. 그래도 메구가 있는 장소까지는 어느 정도 시간이 걸리지만, 달리는 것보단 훨씬 빨리 도착할 수 있다. 마력을 아끼지 않는다면 몇 시간 내에 도착하겠지.

내 이야기를 정확하게 이해한 황제는 바로 주위에 지시를 내리기 시작했다. 정말 유능한데. 지시가 적확해.

"슬슬 됐겠지. 우리도 가자. 자, 아슈. 저기에서 뛰어내려."

"알고 있다! 유진, 사람을 너무 험하게 부리는 것 아닌가?"

"궁시렁거리지 말고 어서!"

"유, 유진 님……. 일단 이 분은 마왕 아닌가?"

내가 아슈를 발로 차는 걸 본 황제가 당황했다. 하지만 알 바 아니고! 1분, 1초가 아쉽단 말이다. 그래도 마지막으로 인사 정도는 해야겠지.

"그럼 갑자기 쳐들어와서 미안했다, 루카스 황제. 이제 만날 기회는 없을지도 모르지만……. 뭔가 곤란한 일이 있으면 언제든 연락해. 아슈에게."

"나에게?! 의뢰는 유진에게 보낼 테다!"

귀찮은 일을 서로에게 떠넘기는 우리를 보며 아돌이 머리를 부여잡았다. 그리고 황제는.

"큭, 크크크……! 두 사람은 무척 사이가 좋군. 그래, 무슨 일이 있다면 부탁하기로 하지."

그렇게 말하며 웃었다. 뭐야, 무표정한 남자인 줄 알았는데 제대로 웃을 줄도 알잖아. 에단, 네 핏줄은 잘 이어졌구나. 웃는 얼굴이 똑같아.

"물론 그쪽에서도 유사시엔 연락해 다오. 힘을 쓰는 일이나 마법 문제는 힘이 되어줄 수 없지만……. 머릿수가 필요할 때나 물건 제작은 우리가 특기니까."

"오, 그거 고맙지!"

"음, 든든하군. 평소 인간들에게서 수입하는 물건은 훌륭했으니 말이다. 앞으로도 기대하고 있겠다."

그 후 이번에야말로 우리는 응접실 발코니로 이동했다. 무슨 일인지 고개를 갸웃거리는 황제 측 인물들을 향해 아슈가 한마디 주의사항을 던졌다.

"정신을 단단히 잡아라. ……기절하지 않도록!"

"무, 슨?! 여기는 왕성에서도 상당히 높은……?!"

아슈는 의아해하는 인간들을 지나쳐 주저 없이 발코니에서 뛰어내렸다. 이어서 나와 아돌도. 낙하하면서 마물형으로 변신한 아슈의 등에 올라탔다. 그걸 확인한 건지, 황제측 인물들에게 인사하는 건지 아슈가 한 번 포효했다. 어이, 다들 기절하진 않았겠지? 하지만 확인할 수 없다. 이미 구름보다 높이 올라갔으니까.

기다려, 메구. 그리고 기르, 절대 늦지 마라!

2 반격

【메구】

불현듯 의식이 돌아왔다. 나는 아직 감옥 안에 있는 모양이다. 기절했던 시간은 의외로 짧았던 건지도 모르겠다. 마력 고갈로 기절한 거니까. 이 마법진 덕분에 마력이 빨리 회복되어바로 눈을 뜬 건지도. 좋은 일인지 나쁜 일인지 모르겠다. 마력이 회복되어 고통이 사라지자 화상을 입은 손목, 발목과 처음에맞았던 뺨에서 오는 통증이 존재감을 되찾았거든. 기절해 있는게 편한데.

앗, 그렇다면⋯⋯. 지금은 로니가 마력을 주입하는 중인가?기절 전의 상황을 떠올리고 허둥지둥 상반신을 일으켰다. 윽,팔을 냅다 써버리고 말았네. 아파서 눈물이 맺혔다. 괘, 괜찮아.그저 눈물이 나올 정도의 아픔이니까. 그보다 로니. 바로 마법진 쪽으로 시선을 돌리자 예상대로 로니가 괴로워하며 마력을주입하고 있었다. 이미 몸을 가누지 못하고 쓰러졌으니 한계가가까운 건지도 모른다.

"로니!"

나도 모르게 소리쳤다. 무리하지 말라고 해도 저쪽에서 무리시킬 테니까 이름밖에 부를 수 없다. 보아하니 리히토도 분한듯 이를 악물고 있다. 로니 다음은 또 리히토 차례다. 리히토는 회복했을까. ……아니, 아직 절반 정도겠지. 이 마법진 위가 아니면 그리 쉽게 마력이 돌아오지 않으니까.

"메, 구……. 괜찮, 아……."

이름을 불린 로니는 그 와중에도 내 쪽을 보며 생긋 웃었다. 힘들어서 못 견딜 정도일 텐데 걱정 끼치지 않으려고……. 괜찮을 리가 없잖아. 로니의 다정함이 가슴에 울려서 자칫 펑펑 울어버릴 것 같았다. 참자, 참아야 해. 메구! 쇼는 누군가를 만났을까? 중간에 마력이 고갈되어 쓰러지진 않았을까? 만약 그래서 쇼가 사라지게 된다면 어떡하지. 너무 걱정이야……. 하지만 의지할 수 있는 건 쇼뿐이다. 마음이 약해지면 안 돼. 믿어야지. 분명 곧 구조가 올 거야. 하지만 너무 의지하는 것도 안 돼. 그냥 여기에서 저 녀석들이 시키는 대로 따른다면 무서운 일을 겪는 아이가 늘어날 뿐인걸. 자력으로 저항할 수 있는 순간이 있다면 해야지. 반드시, 언젠가 빈틈이 생길 테니까 그때를 위해 언제든 마법을 발동시킬 준비를 해놔야 해. 으음, 나와 로니는 자연 마법이니까 괜찮지만, 문제는 리히토구나.

다행히 우리는 제어 마도구가 벗겨지는 순간이 있다. 마법진에 마력을 주입할 때다. 마력 주입 직전과 마력을 다 주입한 직후에는 아주 잠깐 빈틈이 생긴다. 그 순간을 기다리자. 좋은 타이밍이 오는 걸 가만히 견디며 기다려야지. 실패하지 않게, 조급해하지 않으면서. 앞으로, 조금……!

"쯧, 이 녀석은 제일 못 버티는군. 역시 이 중에선 마력량이 제일 적은 건가. 어쩔 수 없지. 또 검은 머리를 데려와."

뭐? 아무리 그래도 너무 빠르잖아. 리히토는 아직 회복이 덜 됐는데. 조금 정도는 쉬는 시간을 줘야겠다는 생각은 없는 거야? 도구도 점검하지 않으면 오래 쓰지 못한다고. 물론 우리는 도구가 아니지만! 전이 마법진 위로 끌려가는 리히토를 보고 있자 감시하는 남자가 내 왼팔의 사슬을 억지로 잡아당겨 감옥에서 꺼냈다. 아, 아파. 잡아당기지 마! 나는 이대로 처음에 묶여 있던 벽에 고정되겠지. 교대하듯 다시 목걸이를 찬 리히토가 감옥 안으로 들어갔다. 어쩌지……. 무언가를 하기에는 아직 이른 느낌도 든다. 구조를 불렀다고 해도 이 대륙에선 바로 여기까지 올 수 없을 텐데. 시간을 벌어야 해. 조금만 더 참아야겠다.

"너는 정말 못 써먹겠구나!"

"윽……!"

"하지 마! 로니!"

로니는 이미 감옥에 들어갔는데도 떠날 때 배를 걷어차는 고든. 자기 생각대로 안 된다고 저런 짓을 하다니, 용서 못 해! 왜 저렇게 악독하게 구는 거야? 닿지 않는다는 건 알지만 나도 모르게 로니를 향해 오른손을 뻗었다. 절그럭, 사슬의 무거운 소리가 울렸다. 내 사슬을 잡아당기던 남자가 짜증이 난 듯 혀를 찼다. 그때 나는 커다란 실수를 저질렀다. 계속 옷 밑에 가려졌던 수납 팔찌가 밖으로 드러나면서 반짝 빛났다.

"응? 잠깐, 그거 뭐야?"

"윽, 아파! 놔……!"

희미한 빛을 반사한 것을 고든이 재빠르게 알아차린 모양이었다. 이쪽으로 성큼성큼 걸어오더니 내가 팔을 움츠리는 것보다 먼저 내 오른팔을 잡고는 팔찌를 빤히 쳐다보았다. 화상 흉터가 있거나 말거나 세게 붙잡는 바람에 기절할 만큼 아팠다.

"상당히 좋은 팔찌잖아? 뭐야, 너 부잣집 딸이었어? 팔면 제법 돈이 되겠는데."

설마 빼앗아서 팔려는 거야? 이건 안 돼. 절대로 안 돼! 기르 씨가 준 소중한 팔찌란 말이야. 나와 기르 씨가 부녀라는 증표. 게다가 도난 방지 기능이 달려있어서 나 말고는 쓰지 못하는걸. 물론 평범한 장신구라고 해도 절대 안 줄 거니까.

『부녀가 된 기념으로 메구에게 선물할게. 딸로서 받아주지 않겠어?』

『네! 감사함미다! 기르 파파!』

처음 기르 씨를 파파라고 불렀던 날이었지. 그때 기르 씨의 얼굴은 지금도 생생하게 떠올릴 수 있다. 옆에 있던 마이유 씨는 사레 들렸던가. 하지만 결국 기르 씨를 파파라고 부른 적은 많지 않다. 외모가 워낙 젊다 보니 파파라고 부르기에는 영 부끄러웠거든. 게다가 내 안에서 기르 씨는 파파와는 조금 다른 느낌이고. 그럼 기르 씨는 대체 뭐냐고 물어본다면 대답하기 곤란하지만, 소중한 가족으로 여기는 건 확실하다. 무척 소중하고, 너무너무 좋아하는 기르 씨와의 유대가 이 팔찌다. 이것만큼은 무슨 일이 있어도 주고 싶지 않아. 주지 않아!

"포기해, 고든. 소용없어."

그때 끼어든 건 의외로 라비 씨였다. 언제부터 여기에 있었던 거지? 역시 눈치채지 못했다. 마력을 주입하는 동안엔 주변을 볼 여유도 사라지니까……. 라비 씨는 천천히 이쪽으로 다가오며 고든에게 말을 걸었다.

"쟤가 걸친 건 **단순한** 부적 같은 건데, 절대 벗겨지지 않도록 마법이 걸려있더라고. 포기해."

어? 라비 씨가 거짓말을? 나만 뺄 수 있을 뿐, 절대 벗겨지지 않는 건 아닌데다 이게 단순한 부적이 아니라는 건 라비 씨도 잘 알고 있을 텐데? 어째서……?

"오호라, 부적이라고? 하지만 그냥 장신구라고 해도 이건 제법 비싸게 받을 수 있을 거야. 게다가 벗겨지지 않는 마법이라는 게 걸려있다면서? 그렇다면 마도구잖아! 마도구라는 것만으로도 어지간한 것보다 가치가 나갈 건 틀림없어. ……야, 너. 빼봐. 정말로 안 벗겨지는 거냐?"

고든이 팔을 잡은 채 나를 노려보며 그렇게 말하자 무서워서 도저히 목소리가 나오지 않았지만 싫다는 의미를 남아 고개를 붕붕 저었다. 라비 씨가 벗겨지지 않는다고 한 걸 안 믿는 거야?! 그야 실제로는 내가 벗으면 벗겨지지만!

"어차피 넌 여기서 평생 못 나간다고! 이런 건 필요 없잖아?!"

절대 그렇게 되진 않을 거지만 만에 하나 그렇게 된다고 해도 이것만큼은 안 줘! 무슨 일이 있어도! 나는 계속해서 고개를 저었다. 무서워서 비명도 못 지를 만큼 한심한 상태였지만 이것만큼은 양보할 수 없다. 그러니까 포기해! 그렇게 생각했지만……. 고든이라는 인간은 이 정도로 포기하는 남자가 아니었다.

"그럼…… 팔을 잘라버릴까."

귀찮아하는 기색을 숨기지도 않은 고든이 한숨을 쉬며 허리에 차고 있던 사벨을 뽑았다. 내 팔을 잡은 채로. 어, 거짓말이지……? 번쩍 빛을 반사한 사벨의 칼날이 나를 내려다보고 있다. 아, 칼날에 비친 나와 눈이 마주친 건가. 얼굴이 엉망이네…….

"무, 무슨 소릴 하는 거야? 잘랐다간 피가 너무 많이 흘러서 죽을 수도 있어!"

"흥, 자른 부위를 불로 지지면 지혈할 수 있잖아."

"하, 하지만……! 체력이 떨어져서 못 쓰게 될지도……."

점점 머리가 돌아가기 시작하면서 지금부터 일어날 일을 인식한 순간 전신이 떨렸다. 그렇지만, 어라? 역시 라비 씨는 아까부터 나를 감싸고 있잖아? 덜덜 떨면서도 곁눈질로 라비 씨를 쳐다보자 순간적으로 눈이 마주쳤다.

"그럼 회복할 때까지 남자애 둘만 돌리면 되지."

고든의 입에서 나오는 말은 더없이 무자비했다. 이런 어린아이의 팔을 자르는 걸 아무렇지도 않게 여기는 거야. 고든은 주저 없이 사벨을 들어 올렸다. 싫어……. 하지 마, 무서워……!

"아, 안 된다고, 고든……. 진정……."

"하지 마아아아아!!"

라비 씨가 멍하니 중얼거리고 리히토가 외친다. 틀렸어……! 고든이 사벨을 내리치려고 한 그 순간, 나는 눈을 질끈 감았다.

『로치히론드!』

그때 로니가 무언가를 외치는 목소리가 들렸다. 뭐라고 말했는지는 알아듣지 못했지만……. 그 뒤로 아무리 기다려도 생각했던 충격이 오지 않아서 살그머니 눈을 떠 보자 그곳에는 예상하지 못한 광경이 펼쳐져 있었다.

"바, 바위……?"

어느새 고든과 감시자들, 그리고 라비 씨도 발이며 팔이 바위에 삼켜져 몸을 움직일 수 없는 상태였다. 마법? 누가? 아, 혹시 아까 로니의 목소리는 정령의 진명을 부른 거였나? 그럼 이건 로니의 자연 마법이구나! 빠르게 시선을 돌려보자 고개를 크게 끄덕이는 로니와 눈이 마주쳤다. 역시나!

"왜, 왜 이 녀석이 마법을 쓰는 거야?! 마도구 고장인가?!"

그래, 이 사람들은 자연 마법에 대해 모르는구나. 자연 마법은 발동시킬 때 주인의 마력이 없어도 정령이 발동시키는 거니까. 마력저장이나 후불제를 모르면 놀라는 것도 당연하지. 리히토나 라비 씨도 눈이 휘둥그레졌고.

하지만 이만한 규모의 마법을 썼다면 로니의 정령은 이제 마법을 거의 못 쓰지 않을까. 또 계약한 아이가 있다면 모를까, 지금까지 계속 마력을 주입한 로니는 이미 한계일 거다. 진명의 힘으로 움직일 수 있는 첫 계약 정령 말고는 뜻대로 움직이지 못할 테지. 사태는 움직이고 말았다. 예상외로 일찍 작전을 결행하게 되어버렸지만……. 어쩔 수 없지. 지금이 그때인 거라고 생각하자. 될 대로 되라!

"시즈쿠!"

『알겠다, 주인!』

시즈쿠에게 미리 전해두었던 간단한 마법을 발동시켰다. 다들 이미 쇼에게서 사정을 들었던 모양이니 이해도 빨랐다. 정말 똑똑하다니까! 살았어! 내 목소리에 반응한 시즈쿠가 뛰쳐나와 워터 커터로 우리의 몸을 묶었던 사슬을 잘랐다. 물의 힘은 굉장하거든! 사실 시즈쿠에겐 상처 치유를 부탁하고 싶었지만……. 지금은 마력이 부족한 데다 시간도 없다. 사슬을 자르는 것도 어느 정도 시간이 걸리고 무엇보다 무리시킬 수는 없으니까. 특히 나와 로니의 목걸이. 목은 특히 신중하게 해 달라고 부탁해 놨다. 으으, 시즈쿠를 믿기는 하지만 심장이 떨려!

그래서 치유는 숨을 돌릴 시간이 생기고 마력 회복약을 먹은 뒤에 해달라고 하려고 뒤로 미뤘다. 우선순위를 설정하는 건 중요하다. 전에 미리 만들어둔 상처약도 조금이지만 남았으니 제대로 치유할 수 있다는 걸 아는 건 크다.

"어어, 이거 메구의 마법이야……?"

리히토가 놀란 얼굴로 싹둑 잘린 사슬을 보며 중얼거렸다. 리히토는 마침 목걸이가 벗겨진 타이밍이었기 때문에 금방 끝났구나. 좋아! 설명은 나중에!

『끄응, 주인이여. 나는 이미 한계다…….』

"응. 정말 고마워, 시즈쿠. 푹 쉬어! 다음은 후우, 부탁해!"

『나에게 맡겨줘! 주인님.』

다음으로 부름을 받아 뛰쳐나온 건 바람의 정령 후우. 나와 로니, 그리고 리히토를 바람으로 두둥실 감싼 뒤 방 입구 앞으로 데려다줬다. 마소가 없는 공간에선 여기까지가 한계다.

『으윽, 더는 무리인 것 같아. 미안해, 주인님.』

"충분해! 후우도 고마워. 이젠 푹 쉬어."

역시 마력저장이나 후불이 있다고 해도 환경이 나쁘면 정밀도도 강도도 떨어진다. 로니가 마법으로 만들어 낸 바위도 조금씩 작아지더니 결국 무너지고 말았다. 본래의 힘을 발휘할 수 있었다면 더 튼튼했을 텐데! 정령들아, 무리시켜서 미안해. 하지만 덕분에 살았어.

"미안해. 진명을 썼는데, 별로, 많이 잡아두지 못했어……."

"그렇지 않아! 엄청 도움이 됐는걸. 고마워, 로니."

이만큼 광범위로 마법을 사용했으니 어쩔 수 없다. 쇼처럼 조금씩 마력을 사용하면 오랫동안 버틸 수 있지만, 로니는 방 전체에 위력이 강한 마법을 사용했기 때문에 마력을 다 써버린 거다. 이것만큼은 사용하는 마법에 따라 달라진다.

"둘 다, 굉장하네……. 그렇구나. 마소라는 게 있다면 본래는 이 녀석들에게 지지 않는 거였어."

리히토가 감탄한 듯 우리를 칭찬했다. 왠지 쑥스럽네. 그래. 마소만 있다면, 그리고 우리의 마력이 더 많고 테크닉도 갖췄다면 이런 인간들은 순식간에 체포할 수 있다. 크으, 실력이 부족한 게 너무 통탄스러워! 지금 이런 소릴 해봤자 무의미하지만!

"이 자식들, 제멋대로 해대기는!"

아차. 태평하게 대화하고 있을 때가 아니지. 로니의 바위 구속에서 해방된 고든이 사벨을 들고 다가왔다. 뒤에는 힘을 다 써서 축 늘어진 로니, 그리고 어느 정도 회복은 한 리히토와 아직 부족한 나. 절망적이냐고? 아니! 괜찮아. 아직 선택지는 몇 개 더 있다. 구조가 올 때까지 절대 포기하지 않을 거니까! 나는 짓물러서 보기만 해도 아픈 오른팔에서 빛나는 팔찌로 시선을 떨어트렸다.

『흠. 아공간수납 마법인가. 시간 정지에 방 하나 크기의 용량이라면 나쁘지 않지. 도난방지도 당연히 되어있고, 간이 결계?』

『오, 역시 기르 씨. 맞아, 간이 결계를 더하는 바람에 용량이 줄어들었지만. 그래도 아직 어린 레이디니까 그 정도 용량이면 충분할 것 같았지! 안전이 더 중요하잖아?』

『그래, 좋은 판단이다. 역시 대단하군.』

『아니 대단하다고 할 정도는…… 맞지!』

이 팔찌를 받았을 때 기르 씨와 마이유 씨가 그런 대화를 나눴던 걸 떠올렸다. 휴, 사람은 냉정해져야 한다니까. 이런 중요한 걸 잊고 있었다니. 이 팔찌에는 간이 결계 기능이 달려있다. 하지만 이건 모습을 숨겨주는 것도, 이 자리에서 도망치게 해주는 것도 아니다. 즉 단순한 시간 벌이에 불과하다. 하지만 그건 바로 지금! 필요한 힘이로다! 그러니 그걸 떠올린 나는 대단하다! 에헴. 그런 고로 바로 기동! 나는 팔찌에 살며시 마력을 주입했다.

"걱정하지 마, 조금 따끔한 것뿐이니, 까?! 뭐, 뭐야?! 어떻게 된 거야?!"

확실히 마력만 있다면 위험을 감지하고 알아서 결계가 펼쳐지는 구조였지. 소소한 폭발 정도라면 괜찮다는 말에 충격을 받았던가. 그러니 고든의 사벨 정도는 우습지! 캉, 캉 소리를 내며 사벨이 튕겨 나가는 걸 보고 속이 좀 개운해졌다. 꼴좋다. 등 뒤의 리히토는 눈이 휘둥그레져서 놀라고 있다. 이 팔찌 굉장하지? 하지만 전에 맞을 땐 기동하지 않았으니 역시 마력이 고갈되었던 건지도 모른다. 여행 도중에도 자주 썼으니까. 마도구는 중간중간 마력을 충전해줘야 하는데. 여기가 마대륙이라면 알아서 마력이 채워졌겠지만, 마소가 없으니 그것도 불가능하다.

패션 마도구인 목걸이는 머리색을 바꿀 때마다 마력을 주입해서 괜찮았지만, 팔찌는 평소에 워낙 익숙하게 쓰던 물건이라 별로 의식하지 않았었다. 물건을 넣고 꺼낼 때는 무의식중에 약간이지만 마력을 흘려보냈으니 사용할 수 있었던 거겠지. 매일 조금씩이지만 정령들의 마석에도 마력 충전이 필요했기에 거기까지는 신경 쓰지 못했던 것도 있다. 충전한 마력도 금방 사라지고, 이 대륙에선 정말 마법을 쓰기 힘들구나. 마력 회복도 느리고 말이야.

즉 무슨 소릴 하고 싶냐면, 이 간이 결계도 내 마력이 고갈되면 끝이라는 뜻이다. 빈 건전지에 실시간으로 전력을 주입하는 셈이다. 그러니 공급이 끊어지면 당연히 결계도 사라진다. 물건을 넣거나 꺼내는 정도라면 할 수 있겠지만 결계까지는 유지할 수 없다. 따라서 결계가 사라지기 전에 조금이라도 시간을 벌어 작전 회의를 해야 한다. 결계 밖에서 얼굴이 시뻘개진 채 사벨을 휘두르는 고든을 무시하며 나는 팔찌에 남아있던 마력 회복약과 상처약을 전부 꺼냈다. 이 팔찌의 기능을 보여주고 말았지만, 이미 그런 걸 숨길 수 있는 상황도 아니니까. 거기서 놀라기

나 하시지. 흥!

"마력 회복약 세 개, 상처약 두 개인가."

여행 도중에도 다 함께 조금씩 마셔서 그런가. 상처약이 생각보다 적다. 이동에 시간이 걸리지 않도록 작은 상처에도 사용했기 때문이다. 상처를 치유하기 위해 체력을 소모해도 밤에 푹잘 수 있기 때문에 가능했던 배부른 사용 방법이다. 그, 그야 모두가 아파하는 모습을 가만히 볼 수 없었는걸! 우선 어지러워진 뒤에 마시면 늦기 때문에 마력 회복약을 먹기로 했다. 상처약도 병용하는 건 지금 체력 상태로는 오히려 움직이지 못하게 될 위험이 있으니까. 먼저 마력 회복약 하나를 내가 마신 뒤 남은 두개를 리히토에게 건넸다.

"이게 전부야. 하나는 리히토 거니까 다른 하나는 로니가 일어설 수 있게 된 뒤에 먹여줘. 조금 더 체력이 돌아온 뒤가 아니면 회복약도 몸에 부담을 주거든."

"알았어. 하지만 나는 아직 마력이 있으니까 예비로 남겨둘게. 여차할 때를 위해서."

역시 이 중에서는 제일 연장자구나. 냉정한 판단 감사합니다! 상처약은 어떻게 할지도 물어봤는데, 지금은 통증을 참으며 체력을 온존해 두는 게 낫다는 답이 돌아왔다. 응, 내 생각에도 그래. 리히토는 고든에게 몇 번씩 걷어차였는데도 태연하다는 듯행동하는 게 참 대단하구나. 사실은 무척 아플 텐데. 나도 여기저기가 무척 아프지만 견딜 수 있다면 견디는 게 낫다. 도망칠수 있는 기회가 왔는데 움직이지 못하는 게 제일 뼈아프니까.

약은 만능이 아니다. 체력과 맞바꿔서 치유하는 거니 남용은 금물! 루드 선생님이 귀에 딱지가 앉을 만큼 신신당부했었다. 선생님은 화나면 되게 무서워……. 화나게 한 적은 없지만, 본능이 감지했다. 아마 오르투스 전원의 공통 인식일 거다.

그런 생각을 하는 사이에 리히토가 바닥에 쓰러진 로니를 부축해서 자신에게 기대게 했다. 힘없이 고맙다고 인사하는 로니의 모습에 가슴이 아팠다. 마력 회복 속도를 올려주는 저 마법진이 없으니 한동안은 괴로운 상태가 이어지겠지……. 미안해, 로니. 내가 최대한 쉴 시간을 벌 테니까.

"메구. 나는 뭘 하면 돼?"

로니에게서 시선을 뗀 리히토는 이번엔 진지한 눈빛으로 나를 바라보며 조용히 물었다. 이 상태가 오래 가지 않는다는 걸 알아차린 모양이다. 이해가 빨라서 다행이야. 나는 살짝 고개를 끄덕인 후 내 생각을 설명했다. 물론 고든을 비롯한 적에게는 들리지 않도록 소곤소곤. 이렇게 안 해도 고든은 혼자 마구 아우성치고 있기 때문에 안 들릴 것 같지만. 당연하게도 무시 중이다.

"내 마력이 떨어질 때까지는 이대로 조금이라도 체력을 회복하면서 작전을 회의하고 싶어. 분명 잠시 기다리면 구조가 올 테니까, 그때까지 우리끼리 어떻게든 버텨야 해……!"

"구조를 부른 거야? ……메구는 대단하네. 이렇게 어린데. 그에 비하면 나는 악쓰기만 했고."

한심하다면서 어깨를 축 떨구는 리히토. 그걸 본 나는 쓴웃음을 지었다. 나도 그렇게 유능한 사람은 아닌걸. 나만 아는 정보가 이것저것 있으니까 약간 여유가 있는 것뿐이다. 오르투스 길드원을 신뢰하지 않았다면 분명 나도 엉엉 울기만 하는 시끄러운 어린이였을 거야. 리히토보다 몇백 배는 더 손이 많이 갔을 걸. 말하다 보니 슬퍼졌다. 혼자가 아니라 다행이야!

"그야 살아온 햇수는 나와 로니가 훨씬 긴걸? 나는 이미 50살을 넘겼으니까."

"위화감밖에 안 들지만, 그래도 너희 종족 기준으로는 아직 어린아이인 거지? 사실 내가 나에게 제일 화나. 이렇게 되는 원인을 만든 셈이기도 한데, 아무것도 못 하다니……. 너무 분해."

리히토가 그렇게 말하며 또 침울해졌다. 윽, 그렇지. 나였다면 그렇게 쉽게 회복하지 못했을 거야. 하지만 어떻게든 시선을 다른 곳에 돌리게 할 수는 없을까. 이후 작전을 위해서도 조금이라도 기운을 되찾아야 할 텐데. 리히토는 여태까지 너무 많이 고생해왔다. 일본에서 떠나 간신히 이곳 생활에 익숙해졌다 싶더니 이런 일이 일어나고……. 그러니 어떻게든 리히토는 행복해지길 바란다. 자기만족일지도 모르지만, 그래도!

아…… 이거 지금 아닌가? 말한다면 지금밖에 없는 건지도. 이런 상황에 할 말인가 싶기도 하지만, 어차피 지금은 체력 회복을 위해 쉬어야 하니까 조금쯤은 딴 이야기를 해도 괜찮겠지? 좋아. 나는 각오를 다지고 몰래 비밀을 털어놓기로 했다. 나와 리히토의 비밀을.

"저기, 리히토는…… 일본에서 왔지?"

"어?! 응, 뭐?! 내, 내가, 그런 말을, 했, 던가…… 어어어?!"

너무 예상했던 반응이라고 해야 할까, 대놓고 눈을 휘둥그레
진 리히토가 웃겨서 그만 웃음이 터져 나왔다. 웃어서 미안해!
하지만 덕분에 마음은 편해졌다. 뭐, 갑자기 그런 말을 들으면
그렇게 되겠지. 서프라이즈 대성공이다. 그리고 역시 짐작이 맞
아서 다행이다. 아니, 현상만 놓고 봤을때는 전혀 다행이 아니
지만.

"이건 비밀인데……. 들어줄래? 로니도. 그 자세 그대로여도
괜찮아."

나는 그렇게 서두를 깐 뒤 리히토와 로니에게 전부 털어놓기
로 했다. 리히토의 비밀도 로니가 알게 되지만, 다름 아닌 리히
토가 로니에게 시선을 줬다가 그대로 다시 이쪽으로 고개를 돌
렸으니 아마 괜찮다는 거겠지. 뭐니 뭐니 해도 같이 이 여행을
헤쳐온 로니니까. 안 된다고 하지는 않을 거라고 예상했지만 그
모습을 보고 안심했다. 그래도 막상 이야기하려고 보니 왠지 좀
긴장되네. 하지만 뒷일을 생각하면 더욱 지금 미리 이야기해두
고 싶다. 분명 기르 씨나 아빠가 구하러 와 줄 거라고 믿으니까,
그 전에.

"나도 원래는 일본인이었어."

"뭐?! 아니, 하지만, 그 모습은……."

리히토의 반응은 타당하다. 지금 내 모습으로 일본인이라고
해도 믿을 수 없겠지. 나는 쓴웃음을 지으며 설명을 이어갔다.

"응. 리히토처럼 그 모습 그대로 넘어온 게 아니라, 저쪽에서

한 번 죽고 영혼만 이쪽 세계의 이 몸에 빙의했거든. 그래서 일본인이었던 시절의 모습과는 당연히 달라. ……믿어지지 않을지도 모르지만 진짜야."

한 번 죽었다는 지점에서 리히토의 목이 쌕 숨을 삼키는 걸 들었다. 미안, 그런 표정을 짓게 하고 싶었던 건 아닌데. 일본의 어둠을 건드리게 되니 과로사였다는 건 말하지 말자.

"일본에 있을 때는 아빠와 둘이서 살았어. 엄마는 내가 어릴 때 돌아가셨으니까……. 아, 하지만 어릴 때는 아빠 말고 할머니와 할아버지도 있어서 부족함 없이 행복했어. 조금 쓸쓸할 때도 있기는 했지만, 고통스럽진 않았으니까!"

어째 내 전생은 자꾸 걱정하게 만드는 에피소드구나. 하세가와 메구일 때도 편부모라는 걸 털어놓으면 듣는 사람은 다들 걱정하는 표정을 지었다. 하지만 그게 제일 반응하기 난감하다. 나 자신은 정말로 불행하다고 생각한 적이 없었으니까. 이것도 다 주변 사람들이 애정을 쏟으며 키워준 덕분이다. 내 가족은 최고라고 자랑스럽기까지 하다. 그렇게 말하자 그제야 리히토가 안도한 표정을 지었다. 음음, 알면 됐어!

"아, 하지만 인생 후반부는 확실히 고통이었어. 할아버지와 할머니가 돌아가신 뒤에 아빠랑 둘이서만 살게 되었는데…… 아, 그건 괜찮아. 나도 컸으니까. 하지만 어느 날 경찰에서 전화가 온 거야. 아빠가 탔던 택시가…… 벼랑에서 추락했다고."

지금도 이 이야기를 하는 건 괴롭다. 이상하지. 아빠와는 무사히 재회했는데. 하지만 그때의 충격은 잊히지 않는다. 유일한 가족이 갑자기 사라졌다는 충격은 말로 다 표현할 수 없었으니까. 리히토를 힐끔 살피자 괴로운 듯 표정이 일그러져 있었다. 아, 자기가 갑자기 사라진 뒤 가족의 기분을 상상하게 만든 걸까. 눈앞에서 남겨진 측의 괴로움을 들었으니 당연히 힘들겠지. 배려가 부족했던 건지도.

"……미안해, 생각나게 했어?"

"……아니, 아니야. 괜찮아. 계속해."

그렇게 말은 했지만, 리히토는 어딘가 괴로워 보였다. 그렇겠지……. 하지만 여기서 이야기를 끝내버리면 의미가 없다. 본론은 아빠에 대해 알리는 거니까. 나는 말을 마저 이었다. 어느새 로니도 흐릿하게 눈을 뜨고 듣고 있었다. 힘든 상태일 테니 어디까지 이해하고 있는지는 모르지만. 로니는 애초에 일본이 뭔가 할 테고. 언젠가 차근차근 설명하고 싶다. 아니, 설명해야지. 무사히 여기에서 나갈 거니까!

"정신을 차리자 이 모습이 되어 이세계에 있을 땐 정말 놀랐어. 마법도 있지, 이상한 생물도 있지, 나는 인간조차 아니었지. 게다가 머리로는 생각할 수 있는데 정신은 어려져서 금방 울고 불안해하고, 감정기복이 심해서 정말 당황했어. 내가 이미 일본에선 죽었다는 걸 알았을 때도 아주 충격이었고."

하지만 그걸 극복할 수 있었던 건 오르투스의 길드원들이 있어 준 덕분이다. 이 세계에서도 애정이 나를 구해주었다. 나는 옛날에도 지금도 가족운이 좋다. 이건 정말 대단한 일이잖아? 아주 행복한 거야. 그래서 나는 이 행복을 지키고 싶고, 되찾고 싶다. 실컷 폐를 끼친 지금 가족에게 은혜도 갚고 싶고, 효도도 하고 싶다. 모두가 나눠준 만큼 행복을 돌려주고 싶다. 괜찮아, 할 수 있어. 하고 말겠어.

그 후 나는 나를 보호해준 길드의 두목이 실종되었던 친아빠였다는 것, 그 아빠가 놀랍게도 200년 전에 이 세계에 전이되었다는 걸 살짝 웃기게 이야기했다. 조금은 마음이 가벼워지길 바라면서. 게다가 말을 함으로써 내 마음도 편해지니까. 이기적이라 죄송합니다.

"소설 같지? 하지만 그런 기적 같은 일이 일어났어. 그러니까 나는 지금도 행복해. 길드원들도 그렇지만, 계속 만나지 못했던 아빠와 같은 길드에서 살고 있으니까. 그, 지금의 리히토에게는 자랑으로 들릴지도 모르지만……."

리히토의 가족은 분명 아직 일본에 있을 테니까. 이젠 만날 수 없다고 포기했던 그 얼굴을 안다. 이렇게 다시 만난 내 이야기는 리히토의 상처를 후벼팠을지도 모른다. 미움받으려나……? 하지만 이것만큼은 알아주길 바랐다.

"그래서 무슨 이야기를 하고 싶었냐면, 리히토의 고민이나 괴로움……. 그런 걸 조금은 알고 있다는 거야. 하지만 나보다 같은 처지인 아빠가 리히토의 마음을 더 잘 알아줄지도 몰라. 그러니 언젠가 아빠에게 리히토를 소개하고 싶어."

한차례 이야기를 마친 나는 살그머니 리히토를 살폈다. 살짝 입을 벌린 채 멍하니 있던 리히토가 몇 초 후에 간신히 툭 중얼거렸다.

"그래…… 그랬구나……."

리히토는 그 사실을 천천히 곱씹는 모양이었다. 놀라기는 했지만 충격을 받은 건 아닌, 것 같지? 이 이야기가 리히토의 과거를 떠올리게 하거나 상처 주진 않았을지 걱정인데……. 으음, 모르겠다. 괜찮을까. 리히토가 무언가 생각에 잠긴 걸 보고 불안해진 나는 먼저 입을 열었다. 가만히 있지 못했다고도 할 수 있다. 나는 참을성 없는 어린이……!

"저, 저기! 리히토에 대해 물어보고 싶은 게 많은 건 사실이야. 이 세계에 오기 직전에 일본이 어땠는지, 정말로 내가 있던 일본과 같은 곳인지 확인도 해보고 싶고, 많이 이야기하고 싶어. 하지만."

나는 리히토의 손을 두 손으로 살며시 잡은 후 그 눈을 똑바로 응시했다. 검은 눈동자에 불안해 보이는 내 모습이 비쳤다. 부디 전해지기를.

"지금 이야기를 리히토가 제대로 받아들인 뒤에. 게다가 말하고 싶지 않은 건 안 해도 돼. 아예 아무 말도 안 해도 괜찮아. 나는 그냥 리히토의 힘이 되고 싶어."

"메구……."

리히토의 눈동자가 조금 젖었다. 그에 전염되듯 내 안에서도 무언가가 훅 치밀어 올랐다. 하지만 참아야지. 울 때가 아니니까. 그런 내 심정을 헤아린 건지 리히토는 한 번 시선을 내린 뒤 몇 초 후에는 고개를 번쩍 들고 씩 웃었다. 자주 봤던, 리히토가 나를 놀릴 때의 얼굴이다.

"네 사고방식이 유독 어른스러웠던 것도 알맹이는 어엿한 할머니였기 때문이구나!"

"할……! 너, 너무하잖아! 리히토, 너무해! 50살은 아직 팔팔한 나이라고!"

생각지도 못한 대답에 무심코 불만을 터트리며 뺨을 부풀리는 나. 확실히 인간이 보기엔 그럴지도 모르지만 말이야! 이미 환생했으니까 노카운트! 물론 평범한 어린아이라고는 못 하지만! 훌쩍. 살짝 우울해지자 푸핫 웃음을 터트리는 리히토의 얼굴이 눈에 들어왔다. 화를 내버릴까 했지만, 그 눈이 따뜻하게 나를 바라보았기에 턱 끝까지 치밀었던 말을 바로 삼켰다. 그런 눈으로 보면 아무 말도 못 하게 되잖아. 치사해. 나는 계속해서 뺨을 부풀렸다.

"그리고, 신경 쓰지 마. 조금 부럽기는 하지만……. 네가 친아빠와 만났다는 걸 들었을 땐 순수하게 잘 됐다고 안심했거든."

리히토는 통통하게 부풀린 내 뺨을 검지로 찌르며 그렇게 말해주었다. 푸식하고 바람 빠지는 소리가 나버리긴 했지만, 뭐 됐고. 정말로? 그렇다면 다행이지만, 무리하는 건 아닐까? 걱정돼서 리히토의 얼굴을 들여다보았다. 그러자 생각을 읽은 건지 뭔지 부루퉁하게 눈을 흘긴 리히토가 갑자기 두 손으로 내 머리카락을 마구 헝클어트렸다. 으앗! 뭐 하는 거야?!

"내가 그렇다고 남의, 그것도 메구의 불행을 바라지 않는다고. 아니면 내가 그런 녀석으로 보여?"

"아아아안 보여, 안 보이는데에에! 아, 알았어, 내가 잘못했어!"

"아하하."

이런 상황에 어울리지 않는 밝은 목소리로 웃는 리히토. 어쩐지 완전히 이전의 리히토로 돌아온 것 같다. 하지만 조금만 더 힘 조절해 줄 수 있지 않아? 앗, 거기, 로니도 웃지 마! 조금 회복된 것 같아 안심은 되지만 복잡한 심경이다. 간신히 손을 뗀 리히토를 흘겨봤다. 으으.

"……고마워. 조금 기운이 났어."

하지만 갑자기 얌전해진 얼굴로 그런 말을 했기에 마음이 넓은 내가 용서해 주기로 했다.

Welcome
to the
Special
Guild

3 단련의 성과

얼마나 시간이 지났을까. 나는 틈을 봐서 간이 결계를 해제했다 펼쳤다를 반복하고 있었다. 공격하지 않을 때는 펼쳐둘 필요가 없으니까. 마력 절약을 위해서다. 이것도 상대가 마력을 감지하지 못하는 인간이라 가능한 일이다. 도중에야 알아채는 바람에 그때까지는 계속 결계를 펼치고 있었지만. 그래도 저쪽도 확인하기 위해서인지 가끔 공격해오니 방심할 수 없다. 그만큼 남은 마력을 조금씩이지만 정령들에게도 나눠줬다. 아까 시즈쿠와 후우의 힘을 빌렸으니 분명 녹초가 되었을 테니까. 시간 벌이를 위해서는 조금이라도 온존해 두는 게 나을지도 모르지만……. 마력 고갈은 굉장히 고통스럽고, 정령에게는 존재를 유지할 수 있냐가 달린 생명줄이다. 조금이라도 회복해주고 싶다. 여기에는 마소가 없으니 이젠 마법을 사용할 수 없겠지만, 그래도. 정령들이 사라지면 절망해서 마음이 꺾일 것 같으니까! 백 번 천번을 후회하겠지. 절대 무리시킬 수 없다. 그렇기에 쇼가 너무 걱정이었다. 으으, 답답해. 부디 무사하길……!

중간에 자력으로 일어날 수 있게 된 로니는 리히토가 마력 회복약을 먹인 덕분에 조금 기운이 돌아온 모양이었다. 그만큼 체력은 깎였겠지만, 그게 느껴지지 않도록 행동하는 점이 든든하다. 원래 체력만큼은 좋았다며 수줍게 웃는 로니의 미소를 보고 힐링했다. 하지만 역시 로니의 정령도 이젠 마법을 쓰지 못할 것 같다고 한다. 그리고 로니는 아직 땅의 정령하고만 계약했다고 했다. 애초에 여러 정령과 계약하는 게 드물다나. 어라? 슈리에 씨는 여러 정령과 계약했는데. 아, 하지만 커터 씨에겐 못 들은 것 같기도? 어쩌면 종족과 관련이 있는 걸까. 그럴싸한데?

"나는…… 앞으로 얼마나 쉴 수 있을지 모르지만, 간단한 마법이라면 다섯 번이 한계야. 위력을 내기 위해선 회복약을 먹어야 해. 여기서부터 승부겠는데……."

리히토는 그렇게 말하며 약을 먹었다. 체력을 빼앗기는 만큼 지금 미리 먹어두기로 판단한 모양이었다. 응, 좋은 생각이다. 자, 상황을 정리하자. 우리가 다음으로 택할 선택지는 한정적이다. 호무라의 불꽃 마법과 리히토의 공격 마법 다섯 번. 그때 상황에 따라 사용하는 마법도 달라질 테니까 확정은 아니겠지. 그야 그런가.

세 명을 데리고 전이할 수준은 아니라고 했다. 단기간에 마력을 몇 번씩 고갈시켜가며 사용했는걸. 아무리 약을 먹었다고 해도 전이처럼 무지막지한 마력을 쓰는 마법을 쓸 수 있을 리 없지. 사실은 우리 셋 다 쓰러져서 움직이지 못할 만큼은 지쳐있다. 훈련해놔서 정말 다행이다. 안 그랬다면 지금쯤 나는 그냥 짐짝이었을걸. 방심하면 의식이 날아갈락 말락 할 정도로 피폐해졌지만 날아가진 않았으니까. 장기간에 걸친 이동과 훈련 덕분에 조금은 체력이 붙은 모양이다. 힘냈구나! 그러니 지금의 나는 그냥 짐짝이 아니다. 아직 약하긴 해도 제대로 싸울 수 있다.

——오르투스의 메구로서.

"저기, 내가 생각한 작전을 말해 볼게. 개선점이 있다면 그때그때 바로 말해줘."

"응, 알았어."

"좋아, 들려줘."

잘 된다는 보장은 없다. 내 생각은 기껏해야 어린이 수준인 걸. 그래도 지금까지 배운 것이나 경험, 지금 할 수 있는 것을 고려해서 작전을 세워봤다. 게다가 나는 혼자가 아니다. 리히토와 로니도 있으니까 의견도 교환할 수 있다. 셋이서 협력해 이 상황을 빠져나가는 거야! 무서워서 떨릴 것만 같은 몸을 기합으로 눌렀다. 오르투스의 일원이라는 마음가짐으로 나 자신을 다독였다. 포기하지 않아. 절대로……!

마침내 마력이 떨어졌다. 하지만 조직원들이 그걸 알아차리는 건 곤란하다. 조금이라도 시간을 벌어야 하니까! 목소리를 내면 이쪽 상황을 알아차릴 우려가 있다. 하지만 어떻게든 마력이 떨어졌다는 걸 리히토와 로니에게 전해야 한다. 사실 두 사람에겐 마력을 다 쓰기 전에 결계를 걸으라는 말을 들었다. 마력 고갈의 고통을 아니까 나를 걱정해서 한 말이었다. 하지만 두 사람이 최대한 오래 쉬길 바라는 마음에 살짝 무리해 버렸다. 들키면 무지막지 혼나겠지. 사실 혼나도 어쩔 수 없을 만큼 지금의 나는 걸레짝이다. 마력이 거의 바닥을 치고 있는 상태니까. 조금만, 조금만 하면서 미루다가 이렇게 되어버렸다. 반성은 하고 있습니다! 전이 마법진에 마력을 계속 주입할 때에 비하면 정신적 부담이 없는 만큼 훨씬 낫지만, 그래도 마력 고갈은 굉장히 고통스럽다. 하지만 중요한 건 지금부터. 두 사람은 눈치채지 못하도록 기력을 쥐어짜야지. 말로 전할 수 없으니 나는 눈짓으로 두 사람에게 신호를 보냈다. 그걸 수신한 리히토와 로니도 말없이 고개를 작게 끄덕였다. 아까 작전 회의 때 숙지했으니까. 역시나.

좋아, 괜찮아. 이제는 '그때'를 위해 각자 역할을 제대로 완수하면 된다. 남은 건 조금이라도 내 마력을 회복시키는 것. 이 장소에선 그것도 거의 기대할 수 없지만. 컵에 뜨거운 물을 받아 욕조를 채우는 거나 마찬가지니까. 심장이 쿵쿵 뛰는 게 슬슬 밖으로 뛰쳐나올 것 같다. 크게 심호흡하고 싶은데, 그 움직임만으로도 의심받을 것 같은 느낌이 들어서 포기했다. 너무 의식하는 건지도 모르지만. 그래도 훈련 전에 매번 했던 거라 안정된단 말이지. 머릿속으로는 계속 이후 전개를 시뮬레이션하며 그저 상황이 움직이는 걸 기다리는 그 시간은 무척 길게 느껴졌다.

"하아……. 너희들. 이제 그만 포기하고 이쪽으로 오라고."

질린다는 듯한 태도로 고든이 다가왔다. '그때'가 와 버린 모양이다. 기다리는 동안은 길게 느껴졌지만, 마력 회복 상태로 본다면 조금 더 늦게 오면 좋았을 텐데. 하지만 배부른 소리를 하고 있을 때가 아니다. 괜찮아, 괜찮아. 스스로를 다독이며 우리는 서로 손을 잡았다. 리히토도 로니도 손이 차갑다. 긴장한 거야. 분명 나도. 좋아, 심호흡하자. 지금이라면 조금쯤 의심받아도 괜찮으니까. 나는 크게 숨을 들이마셨다가 천천히 내쉬었다.

『이건 나도 긴장했을 때 꼭 하는 건데. 심호흡이야.』

『심호흡?』

『그래. 위험하다고 느꼈을 때야말로 침착해져야 해. 당황해서 이상하게 행동했다가 괜히 더 꼬여버리면 안 되잖아?』

머릿속에 그때의 대화가 되살아났다. 좌우에 있는 리히토와 로니도 심호흡을 하는 걸 느꼈다. 고든이 눈앞까지 다가왔다.

『자, 그럼 여기서 문제. 심호흡해서 냉정해진 머리로 무슨 생각을 할까? 위험한 상황은 바뀌지 않았어. 어떻게 할래?』

『도망친다……?』

떠오른다. 그때의 대화가 어제 일처럼 생생히 떠올라. 콧속이 찡하니 매웠다. 진정하고……. 할 수 있다. 그 가르침은 우리 안에 단단히 뿌리내렸으니까.

『대전제가 위험한 상황을 피할 것이니까, 도망치는 걸 생각하는 게 당연한 흐름이지.』

고든이 사벨을 들어 올렸다. 어차피 또 결계에 튕길 거라고 생각하는 건지, 그 손에는 별다른 힘이 담겨 있지 않아 보였다. 우리는 바로 움직일 수 있는 자세를 취했다. 도망치는 것만 생각하면서. 반격은 못 해도, 도망칠 틈을 만드는 것 정도는 지금의 우리도 할 수 있을 터. 칼끝의 행방을 눈으로 추적했다.

『아무튼 크게 소리치면서 도망치는 거야. 갑자기 큰 소리를 들으면 상대방도 순간 움츠러들거든.』

고든이 내리그은 사벨이 내 눈앞의 땅에 깊게 박혔다. 여태 내내 튕겼으니까 적당한 장소를 노렸던 모양이다. 고든은 방심한 것이다. 엉뚱한 장소에 박힌 사벨을 보고 고든의 한쪽 눈썹이 올라가는 걸 보았다. 좋아, 예상대로. 1타를 확인한 우리는 바로 일어나 자세를 잡았다. 그리고 나는 수납 팔찌에 들어있던 목도를 꺼내 로니에게 던졌다. 오랜만에 본 그 목도의 감촉에 아주 조금이지만 마음이 따뜻해졌다. 이 목도는 언젠가 원정 선물이라면서 쥬마가 가져온 무슨 나무를 아빠가 재미있어 하면서 목도로 만든 것이기 때문이다. 여러 자루 만들었다며 나에게도 나눠줬지. 쥬마도 아빠도 너무 기뻐하면서 웃는 바람에 거절할 수도 없었는데, 들고 다닐 수도 없으니 우선 팔찌에 수납했다는 참으로 심심한 이력을 지닌 목도이다. 아빠나 쥬마는 수학여행 선물로 목도를 사서 돌아오는 타입이라며 웃던 것도 그리운 추억이다. 아니, 설마 여기서 도움이 될 줄은 아무도 몰랐겠지만! 인생은 뭐가 도움이 될지 알 수 없다는 좋은 예시다. 이런 실적을 만들어버리면 더욱 물건을 버리지 못하게 될 것 같다. 언젠가 어딘가에 도움이 될지도 모른다니, 물건을 못 버리는 사람의 입버릇이잖아.

그런 추억을 떠올린 덕분에 딱 좋게 힘이 빠진 느낌이 들었다. 음, 여유가 생긴 것 같아. 좋아, 다음은……! 우리는 서로에게 눈짓을 보내 타이밍을 맞췄다.

""""와아아아아아아아아아아악!!!!""""

숨을 크게 들이마신 뒤 셋이서 입을 모아 크게 소리쳤다. 만약 근처에 구조가 와 있다면 들리라는 의도도 있다. 기척을 느끼지 못했으니 그건 기대하지 못하지만. 그래도 오직 그 이유만으로

소리친 건 아니다. 이것도 그때의 가르침이었다. 게다가 기합도 들어가잖아! 바닥에 사벨이 꽂히는 바람에 이미 당황했던 고든은 이어서 우리가 큰 소리를 내자 눈이 휘둥그레져서 놀랐다. 좋아, 좋았어. 여기까지는 순조롭다. 이런 건 지금 이 순간밖에 못 쓴다. 하지만 그래도 괜찮다. 이다음 작전은 무작정 도망친다 하나뿐이니까. 또 잡힌다는 미래는 상정하지 않았거든. 이렇게 가까스로 만들어낸 빈틈을 노리고 로니가 고든을 향해 목도를 휘둘렀다. 직격했나? 하지만 고든도 상당한 실력인 모양이다. 억지로 사벨을 빼내더니 손잡이로 목도를 받아내고 말았다. 막힐지도 모른다고는 생각했다. 하지만 하다못해 한 대라도 때릴 수 있다면 멀리 도망칠 가능성이 커지는 만큼 아쉬움을 숨길 수 없었다. 물론 로니가 잘못한 건 아니지. 우리의 예상보다 더 고든이 강했다.

로니가 두 손에 힘을 실었다. 그 탓에 쭉 밀린 고든도 조금 당황한 건지 두 손으로 사벨을 고쳐 잡았다. 로니는 드워프라는 종족 특성상 상당한 괴력이다. 전투에 익숙한 고든과 겨뤄서 힘으로 비등한 게 대단하다. 하지만 역시 경험과 나이에서 차이가 나는 걸까. 로니가 조금 밀리기 시작했다. 손목과 발목에 심한 화상도 입었고 피로도 누적되었으니 어쩔 수 없지.

"먼저, 가!"

"윽, 알았어. 가자, 메구!"

"으, 응! 로니! 바로 와!"

로니가 괴로운 듯 신음하며 목소리를 쥐어짰다. 로니가 마음

에 걸리긴 했지만 모처럼 만들어 준 시간을 날릴 수는 없지. 로니도 그 가르침은 머릿속에 똑똑히 넣어두었다. 그러니까 빈틈을 만들어 바로 도망칠 것이다. 믿을 테니까……!

『잡힌 상황이라면 분명 기회는 찾아올 테니. 그때를 기다렸다 허를 찌르고 도망치는 거야. 이걸 머릿속에 꼭꼭 담아두도록!』

네, 스승님! 나는 머릿속에 스친 그녀의 미소를 향해 그렇게 외친 뒤, 고든에게 등을 돌렸다. 먼저 달려간 리히토의 등을 죽어라고 쫓아갔다. 내 뒤에서 먼저 따라잡는 사람이 로니임을 믿으며.

"호무라! 부탁해!"

『드디어 내 차례구나! 맡겨줘!』

리히토와 함께 유일한 출입구에서 뛰쳐나오자 역시라고 해야 할지 조직원들이 득시글거렸다. 그렇죠. 여기가 본거지일지도 모른다고 막연히 예상은 했지만, 아마 빙고다. 어쩌면 오직 우리를 잡아두기 위한 장소일지도 모른다는 생각도 했으나, 동료가 자주 바뀌면서 감시하는 걸 보니 본거지인 것 같다고 짐작했었다.

밖으로 나가기 위해, 그리고 뒤에서 쫓아올 로니를 위해서도 도주로를 확보해야 한다. 나는 리히토보다 한 걸음 앞으로 나와 호무라에게 부탁해 불꽃을 최대한 멀리까지 날렸다. 아마도 지하에 있는 이 길. 분명 위로 가는 계단이 있을 테니 그 계단의 장소도 알고 싶었다. 이렇게 하면 호무라에게 찾아달라고 할 수 있을지도 모르잖아. 날아간 불꽃을 보며 조직원들도 허둥지둥 도망치고 있으니 일석이조!

"호무라, 계단 어디 있는지 알겠어?"

『찾았어! 이대로 쭉 가서 막다른 곳이 계단이야.』

쭉쭉 뻗어나간 그 불꽃이 닿은 것은 자신의 수족처럼 감각을 알 수 있다고 한다. 대단하구나, 호무라.

『으억, 미안해 주인님. 나 이제 무리야…….』

"고마워, 호무라. 무척 도움이 됐어! 푹 쉬어."

이렇게 힘을 잔뜩 쓴 호무라는 이어 커프 속 마석으로 돌아갔다. 한숨 돌리고 나면 또 마력을 나눠줄게. 그때까지 참게 해야 한다는 게 마음이 아프지만 나도 노력할 테니까……! 참고로 호무라가 방출한 불꽃에는 누군가를 다치게 할 정도의 위력은 없다. 마력을 절약하고 싶었기도 하고, 최대한 멀리까지 뽑아내는 걸 우선하려면 이렇게 할 수밖에 없었기 때문이다. 그리고 가능하면 누가 다치는 걸 보고 싶지도 않았고! 무른 생각이라는 자각은 있다. 하지만 뜨거운 건 느껴지니까 가까이 가면 위험하다고 경계하겠지! 아니나 다를까, 적은 우스울 정도로 쌩 도망쳤고!

"메, 메구. 그렇게 큰 마법을 써도 괜찮아?"

사람들이 도망쳐서 깔끔해진 길을 달려가며 리히토가 어이없다는 듯 물었다. 지금 그건 겉으로 보면 상당히 위력이 강한 마법으로 보였을 테니 당연하지. 하지만 애초에 마법을 사용하는 방식이 리히토와는 다르기도 하다. 나와 로니는 자연 마법. 정령만 활발하게 움직일 수 있다면 마력은 꼭 당장 필요하지 않단 말씀!

"마소가 없어서 정령들은 이제 움직이지 못하니까 사용할 수 있는 마법도 없어. 하지만 마법의 규모나 위력은 정령의 여력에 달려있으니 문제없고. 정령에게 주는 마력은 비축과 후불이 가능하거든!"

"비축에 후불······. 그런 게 가능한 거야? 정령은 신기하네."

리히토도 자연 마법에 대해서는 몰랐던 모양이니까. 뭐, 이건 나중에 설명하겠다고 대답한 뒤 우리는 곧장 계단을 향해 달렸다. 달리는 게 느린 나를 배려해 리히토가 힐끔힐끔 이쪽을 쳐다보는 게 면목이 없다. 미안해. 느린데다 벌써 숨이 차버려서. 으윽, 더 힘내자 내 몸아! 잠시 후 로니가 우리를 부르는 목소리가 들렸다. 그 목소리에 우리 둘은 한번 멈춰서 로니를 기다렸다. 하지만 떨어진 장소에 있는 로니는 그대로 달리라고 말하는 것 같은데?

"으, 로니도 쫓기고 있잖아."

"로니, 따라잡히거나 하진 않을까······?!"

"좋아, 이번엔 나에게 맡겨! 메구는 먼저 가."

리히토의 말에 고개를 끄덕인 뒤 나는 다시 달리기 시작했다. 사실은 이제 한 발짝도 못 걷겠다고 우는소리를 하고 싶었다. 마력은 고갈 직전이지, 다친 곳도 아프지, 긴장과 공포와 불안에 짓눌릴 것 같다. 하지만 여기서 지면 끝장이다. 뭘 위해 지금까지 노력했는지 알 수 없게 된다. 포기한 순간 모든 게 엉망이 될 거야······. 그런 건 절대로 싫다. 얼마 안 되는 오기가 나를 달리게 했다. 느려지는 건 어쩔 수 없지. 한 걸음이라도 많이, 1 초라도 빨리, 1mm라도 앞으로 가는 거야!

　잠시 후 로니가 나를 따라잡았다. 로니도 숨이 턱 끝까지 차 있었다. 내가 상당히 한계이리라는 걸 알아차린 건지, 로니는 리히토의 상황도 걱정되니까 잠시 멈추자고 제안했다. 내가 너무 한심했지만 리히토가 걱정되는 것도 사실이다. 우리는 흐트러진 호흡 때문에 어깨를 크게 헐떡이며 발을 멈추고 뒤를 돌아봤다. 몇 미터 정도 앞에서 리히토의 뒷모습을 보고 조금 안도했다. 마침 리히토는 등 뒤에서 달려드는 적을 향해 마법을 발동하고자 마력을 움직이기 시작한 참이었다. 그 모습에 무심코 넋을 놓아버렸다. 마력 운용은 거칠지만 역시 질도 양도 뛰어나구나. 제대로 훈련한다면, 장래에 리히토는 틀림없이 오르투스의 길드원에게도 지지 않을 만큼 강해지지 않을까. 운용법만이 너무 아쉽다. 내 눈으로 봐도 그러니 어른들이 보면 더욱 아쉬워하겠지.

　"물이여!"

　리히토가 외치자 즉시 그 손끝에서 힘차게 물이 분사되었다. 그 물은 강물처럼 꿈틀거리며 단숨에 적을 밀어냈다. 와, 이런 마법도 쓸 수 있구나! 리히토 대단해. 하지만 어딘가 표정이 고통스럽다. 마력 잔량은 아직 여유가 있을 텐데, 역시 마력을 사용하면 힘든 걸까? 적이 쓸려가는 걸 잠시 지켜본 후 리히토는 우리에게 달려왔다. 아직 숨을 덜 골랐지만, 우리도 거기에 맞춰서 발을 움직였다.

"리히토, 괜찮아? 그, 왠지 괴로워 보이던데."

돌아온 리히토와 함께 달리며 물어봤다. 그러자 리히토가 뺨을 검지로 긁적이며 민망한 듯 대답했다.

"어어, 이건 좀 달라. 강에 사람이 휩쓸리는 걸 보면 좀. 아무튼 이제 당분간 쫓아오지 못할 테지만, 계단을 올라간 곳에서도 적이 있을 테니까 방심하지 마!"

좀 다르다. 뭔가 생각하는 바가 있는 모양이다. 하지만 지금 고찰할 일이 아니지. 무언가를 털어낸 것처럼 보이기도 하고, 리히토가 괜찮다면 그걸로 됐다. 생각을 전환하자. 이건 결국 시간 벌이에 불과하다. 원래 우리는 이렇게 많은 사람을 쓰러트릴 수 있을 만한 마법은 사용하지 못하니까. 지금처럼 아슬아슬한 상황이라면 더욱 그렇다. 계단 위로 올라가도 바로 밖으로 이어진다는 보장도 없고, 밖으로 나와도 현재 위치를 파악할 수 있을지 알 수 없으니까! 희망이 보였다고 생각하면서도 현실은 불안 요소가 너무 많다. 지금은 여기서 나가는 것만 생각해야 한다. 도망치기만 한다면 그 후의 일은 한 번 더 숨을 돌린 뒤 생각할 수 있고, 시야에서 숨을 수 있는 장소에 간다면 간이 텐트로 피난 갈 수도 있다. 으윽, 간이 텐트가 그리워라. 가능하다면 당장 거기로 도망치고 싶다. 하지만 그럴 수 없는 이유가 있다. 텐트의 마력 잔량도 불안불안하니 여기서 꺼내봤자 여럿이서 공격한다면 어떻게 될지 모르고, 애초에 너무 좁아서 꺼낼 수도 없다. 여기에서 나가면 골인인 것도 아니니까. 무사히 이 장소에서 도망친 뒤에 사용할 수 있도록 텐트의 마력은 온존해

놔야 하므로 지금은 참자. 가장 좋은 전개는 밖에 나간 순간 쇼가 불러온 누군가와 합류하는 거지만⋯⋯. 너무 거기에만 의존할 수도 없다. 우리끼리 어떻게든 할 수밖에 없다는 걸 상정하고 움직여야지. 언제든 최악을 가정하고 행동한다. 이건 오르투스의 가르침이니까.

쌕쌕 가쁜 호흡이 이어지며 폐가 비명을 지른다. 장거리 마라톤을 달렸을 때처럼 입 안에 피의 맛이 퍼졌다. 내장에서 치밀어 오르려는 무언가를 견디며 끊임없이 발을 앞으로 내밀었다. 거듭되는 긴장과 마력이 고갈되었을 때의 피로. 욱신거리는 상처를 감싸면서 움직이니 달리는 자세가 이상할지도 모르겠다. 훈련 때는 이렇게 금방 숨이 차지 않았는데. 아니, 애초에 어느 정도 속도로 얼마나 멀리 왔는지조차 감각이 없다. 하지만 이런 울퉁불퉁한 길에서 넘어지지도, 휘청거리지도 않고 달릴 수 있는 건 여태까지 노력한 결과일 테지. 단기간이었지만 제대로 몸에 익혔다고 생각하면 역시 고맙다. 고맙다고.

"⋯⋯라비."

마침 생각하던 사람의 이름을 중얼거린 리히토가 갑자기 멈춰섰다. 나와 로니도 함께 멈췄다. 세 사람의 거친 숨소리만이 귀에 울리는 것을 들으며 리히토의 시선 끝을 보았다. 우리에게서 몇 미터 앞, 출두로 이어지는 그 계단 앞에 그 사람이 서 있었다. 이마와 등을 타고 흐르는 땀이 묘하게 차갑다.

"⋯⋯도망치는 거야?"

우리의 생명의 은인인 라비 씨. 팔짱을 끼고 표정을 읽을 수 없는 얼굴로 서 있는 라비 씨 앞에서 나는 형용할 수 없는 감정을 느꼈다. 너무 복잡해서 이 감정에 이름을 붙일 수 없었다. 순간 그 움직임을 모두 멈춰버린 우리였지만, 곧바로 경계에 들어 갔다. 우리 앞을 가로막고 서 있다는 건 **그런 것**이라고 생각하고서. 하지만 정작 라비 씨는 딱히 무기를 드는 기색도 없이 힘을 빼고 그 자리에 서 있다. 우리가 옆을 지나가도 아무것도 안할 것 같다는 생각이 들 정도다. 뭐라고 해야 하지. 무기력? 뭘까. 패기 같은 게 일절 느껴지지 않는다. 왜 저러지?

"도망쳐야지. 라비…… 너희들에게서."

리히토가 침묵을 깨고 조금 갈라진 목소리로 그렇게 대답하자 라비 씨는 쓴웃음을 지었다. 리히토는 라비 씨를 빤히 쳐다본 채 시선을 돌리지 않았다. 그런 리히토 또한 라비 씨와 마찬가지로 감정을 읽을 수 없는 표정이었다.

먼저 시선을 돌린 건 라비 씨였다. 아래를 보며 후 숨을 내뱉고 입을 열었다. 웃은 거야……?

"그래. 그럼 조심해. 아직 위엔 내 동료들이 많이 있으니까."

"……안 막는 거야?"

놀란 듯, 의아해하는 듯한 리히토의 목소리에 라비 씨가 고개를 들었다. 왠지 전부 다 체념한 듯한 그런 분위기였다. 동시에 어딘가 기대가 담긴 눈빛이기도 했다. 어쩐지 모순이 느껴지는데. 역시 상태가 이상하다. 그런 태도로 그런 말을 하면 기대하게 되잖아.

"내 임무는 너희를 여기에 데려오는 거야. 그 이후 일은 내 임무가 아니지. 무보수 노동은 사양하겠어."

라비 씨는 어깨를 으쓱이며 농담처럼 그렇게 말했지만, 본심이 아니라는 것은 알았다. 그걸 느낀 건 나만이 아니었던 모양이다. 아무리 봐도 눈앞에 있는 라비 씨는 무리하는 것처럼 보였는걸. 하지만 그걸 캐물을 수는 없었다. 왜냐하면 우리 사이에는 눈에 보이지 않는 선이 그어져 있었고, 로니와 내 손목과 발목의 화상이 눈에 보이는 분명한 흉터로 남아있기도 하니까. 무엇보다 라비 씨에게선 이 이상 파고드는 건 용서하지 않겠다는 분위기가 느껴졌다. 하지만, 하지만……! 내버려 둘 수 없다. 이대로 도저히 라비 씨를 두고 도망칠 수 없어서, 잠시 서로 미동도 하지 못하고 있었다. 그렇게 간신히 결의한 듯 입을 뗀 사람은 리히토였다.

"……라비. 역시 같이."

"빨리 가라고, 망할 꼬맹이들."

하지만 리히토가 말을 마치기 전에 라비 씨의 차가운 목소리가 가로막았다. 빤히 응시하는 눈빛에서는 말대꾸하지 말라는 흉흉함이 감돌았다. 지금까지 느껴본 적이 없을 만큼 강한 박력에 우리는 무심코 숨을 삼켰다.

"너희를 배신한 게 누군데?"

그 목소리는 조금 떨렸지만, 분명한 거부를 드러내고 있었다. 듣고 있으니 가슴이 꽉 조여들었다.

"지금까지도 죄 없는 사람을 납치해서 팔아치운 게 누군데? 그걸 숨기고 마치 국가가 악당이라는 것처럼 속인 건?"

라비 씨는 봇물이 터진 듯 잇달아서 말을 쏟아냈다. 여태까지 계속 참았던 걸 이제 와 한꺼번에 방출하는 것 같았다.

"그 팔의 화상을 만든 게 누구냐고 물었어!!"

우리에게서 시선을 돌리고 소리치듯 토해낸다. 라비 씨는 우리를 밀어낼 생각으로 말하는 건지도 모르지만, 나에게는 다른 의미로 들렸다. 그 말 한마디 한마디가 마치…….

"나야! 전부 나라고! 나는 중범죄자야. 그런 나에게……."

독백으로도 들렸다. 이건 참회다. 그래서야 우리에게 거듭 사과하는 것처럼 들린다고, 라비 씨. 그렇게 괴로워하는 얼굴로, 슬퍼하는 얼굴로 말하니까.

"손을! 내밀지 말라고!! 빨리 가! 너희 얼굴 따윈 다시는 보고 싶지 않아……!"

그건 마음의 절규였다. 아아. 그때도, 그때도 왜 나는 제대로 이야기를 듣지 않았던 걸까. 혼자서 마을에 조사하러 갈 때도 고집을 부려서 따라갔으면 좋았을걸. 그러면 그곳에 도는 소문의 모순을 알아차렸을지도 모른다. 분명 고민했겠지만 그때 라비 씨에게 캐물었다면, 그럼 같이 도망치자고 끌고 갈 수 있었을지도 모른다. 최악의 경우 실패한다고 해도 라비 씨의 손을 더럽히지 않을 수 있었을지도 모른다. 기사단이 코앞까지 왔던 그날 밤에 싸운다고 해도 라비 씨의 이야기를 들어야 했다. 그게 마지막 기회였을지도 모르는데. 이제 와서 이런 생각을 해봤자 의미가 없다는 건 안다. 현실은 지금 여기 있는 게 전부니까. 하지만 후회하지 않을 수 없었다. 우리 세 사람은 도저히 그 자리에서 바로 떠날 수가 없어서……. 몸을 움직이는 법을 잊어버린 것처럼 굳어버렸다.

"……배신하는 거냐, 라비."

하지만 등 뒤에서 들린 그 목소리에 우리는 퍼뜩 돌아보았다. 예상했던 것보다 더 가까이서 들린 고든의 목소리. 눈치채지 못했어……. 이런. 생각보다 더 시간을 잡아먹은 모양이다.

"너를 배신하진 않아. 그러기로 약속했었잖아……?"

동요하는 우리 옆을 슥 지나가 고든 앞에 선 라비 씨는 조용히 그렇게 말했다. 마치 우리를 등 뒤로 감싸는 것 같은 그 위치 선점에 시야가 눈물로 흐려질 것만 같았다.

"그럼 그 행동은 뭔데?"

당연히 그걸 알아차린 고든은 목소리를 한층 낮게 깔고 라비 씨에게 물었다. 왠지 목소리에 두려움이 섞인 것 같은데? 이 상황에서 화를 낸다면 이해할 수 있지만, 무언가를 두려워하는 것처럼 보이기도 했다. 착각일지도 모르지만……. 쇼가 있다면 진의를 알 수 있었을지도 모르지만 아쉬워해봤자 소용없지. 두 사람 사이에 급박한 분위기가 감돌았다. 우리는 그저 말없이 그 모습을 지켜보았다.

"서로 의견은 존중하자고도 약속했을 텐데. 그렇다면 그 약속도 지켜줘, 고든."

라비 씨는 고든과 태평하게 대화하는 것처럼 보였다. 약속이라. 두 사람은 오래 알고 지낸 친구라고 했었지. 우리가 모르는 두 사람의 과거에 무슨 일이 있다는 건 알았다. 하지만 그런 오래된 사이라면 저 행동은 뭐지? 우리 사이는 그에 비하면 아주 짧은 시간이었는데. 믿어도 되는 거야? 되는 거지? 그렇게 등 뒤에 돌린 손으로 우리에게 도망치라고 신호를 보내고 있으니까. 역시, 역시 라비 씨는——.

"고든. 이 애들 넘어가주면 안 돼? 부탁할게. 평생 소원이야."

——우리의 아군이었던 거야.

뭐야. 왜 지금인데? 더 빨리 말해달라고. 그렇다면, 그렇다는 걸 알았다면 더욱 같이 가고 싶어지잖아. 같이 마대륙에 가서 매일 평화롭게 지내자고 했을 때 난처한 듯 웃었지. 분명 그런 건 불가능하다고 포기했던 거겠지만, 불가능하지 않을지도 모르는데. 그때라면 아직 늦지 않았는데. 있잖아, 라비 씨. 나는 진심으로 라비 씨와 같이 마대륙에 가는 걸 꿈꾸고 있었어.

『다만 한 가지, 마에 속한 자와 인간 사이에 공통점이 있다면 그건——. 어떤 악인이라고 해도 마음속 깊은 곳에는 반드시 작은 양심이 남아있으리라는 게야. 나는 그렇게 믿는단다.』

불현듯 떠오르는 레오 할아버지의 이야기. 늘 이야기가 끝날 때면 꼭 붙이던 말이 내 마음속에 따뜻하게 울렸다. 그래, 정말로 그랬어. 레오 할아버지. 하지만 나는 중간에 의심했지 뭐야. 처음부터 끝까지 제대로 믿어주지 못했어. 가장 어중간하게. 난참 어마어마한 바보라니까. 그렇게 레오 할아버지가 거듭 가르쳐 주었는데. 정말, 바보야……! 흘리지 않으려고 꾹 참고 있었지만 결국 버티지 못한 눈물이 한 방울 흘러내렸다.

"……그럴 수는 없지. 왜냐하면 배신하지 않는다는 게 가장 중요한 약속이니까. 너는 배신했어. 배신했다고! 이 나를! 빌어먹을, 그 각오는 되어있겠지? **세라비스!**"

세라비스……? 낯선 이름에 정신이 팔릴 뻔했지만, 리히토와 로니가 내 손을 잡아당겨서 그 이상은 듣지 못했다. 그래, 도망쳐야지. 지금 여기서 우리가 멈춰 섰다간 라비 씨의 마음마저 짓밟게 되는 거야. 아무리 두고 가기 싫어도, 아무리 라비 씨와 같이 가고 싶어도 우리는 여기서 무사히 도망쳐야만 한다. 리히토와 로니도 눈에 살짝 눈물이 맺혀 있었다. 그래, 마음은 모두 같아. 울고 있을 여유는 없다며 나는 앞을 보았다. 우리는 더는 아무도 길을 가로막는 사람이 없는 눈앞의 계단을 서둘러 올라갔다.

"라비의…… 각오를 수포로 돌리지 마!"

누구보다 그 자리에 남고 싶었을 텐데, 리히토는 오직 앞만 바라보며 그렇게 말했다. 로니도 이를 악물고 있다. 왜 이렇게 괴로워해야 하는 걸까. 우리는 그저 다 함께 이 여행을 무사히 마치고 싶었을 뿐인데. 라비 씨도 포함해서 다 함께. 행복한 미래를 의심조차 하지 않았던 나는 얼마나 안이하게 생각했던 건지 뼈저리게 느꼈다. 하지만, 그렇기에 우리는 셋만이라도 무사해야 한다. 계단 아래에서는 사벨과 검이 부딪치는 금속음이 들렸지만 돌아보면 안 돼. 앞으로 가자. 가는 거야! 그리고 이건 역시 안이한 바람일지도 모르지만……. 부디 무사해줘. 라비 씨!

4 라비의 과거

【라비】

내 가장 오래된 기억은 지옥이다.

"야, 뭘 쉬는 거야?! 지쳤어? 못 움직이겠다? ……흥, 쓸모없는 꼬맹이구만!"

"끅, 으, 으윽……."

뭘 위해 일하는 건지도 모른다. 조금이라도 쉬는 걸 들키면 발로 차이는 나날. 이 일이 어디에 도움이 되는 건지, 언제까지 계속되는 건지. 그런 건 물어보는 것조차 허락되지 않았으니 그저 시키는 대로 매일매일 일했다. 추운 날도, 더운 날도, 비 오는 날도, 눈 내리는 날도. 계속 밖에서 무거운 짐을 나르고 돌아오길 반복하며 하루에 딱 한 끼, 반쯤 상해서 식사라고도 부를 수 없는 무언가를 먹고 잠든다. 우는소리나 불만은 무슨 일이 있어도 삼킨다. 그런 걸 입 밖에 냈다간 밥을 받을 수 없으니까. 반쯤 상했어도 귀중한 영양원이었으니까. 심지어 대신 몸 어딘가에 멍이 늘어날 뿐이니 이득이라고는 무엇 하나 없다. 그런 사실을 그곳에 사는 사이에 알아서 이해하게 되었다. 지금도 몸에 남아있는 흉터는 전부 그때 생긴 것들이다. 성인이 된 지금도 남아있을 만큼 심한 폭력이었다는 거지. 뭐, 치료받을 수도 없었으니 흉터가 남는 게 당연한가. 참고로 일하지 못하는 날도 처우는 마찬가지였다. 설령 피로나 열이 나서 앓아누웠다고 해도 녀석들에게는 일을 할 수 있냐 없냐만이 중요하지, 이쪽의 사정은 알 바 아니었으니까.

아주 어릴 때부터 그렇게 생활했으니 괴롭다거나 구해달라거나, 그런 생각조차 한 적이 없었다. 의문으로 여길 새도 없었지. 그저 살기 위해 일할 수밖에 없었으니까. 아무리 괴로워도, 살기 위해서. 여기서 이렇게 일하기 위해 태어났다고 믿었고, 그게 당연했다. 그게 내 세계의 전부였다.

"진짜 어린애는 못 써먹겠다니까. 생긴 게 유달리 좋은 것도 아니고, 특별한 기술이 있는 것도 아니고. 그냥 움직이는 짐짝이야! 너희들에게 먹이는 밥이 아깝다!"

그런 말을 매일 들으면서 일했다. 어릴 때는 무슨 의미인지까진 몰랐다. 아직 다섯 살 정도였으니까. 나중에 이해했는데, 그때 이해하지 못해서 다행이라고 진심으로 안도했다. 바보라서 이득을 보다니. 웃기지도 않아라. 뭐, 이해했다고 해도 별 차이는 없었겠지. 어차피 밑바닥 인생이었으니까.

그런 나날이 지옥이라는 걸 처음 깨달은 건 이곳의 높으신 분들이 한꺼번에 죽고, 그 후로도 한참 지난 뒤였다. 누군가가 그들을 잡았다거나 살해한 건 아니었다. 전파력이 세고 치사율이 높은 전염병이 원인이었다. 덕분에 의미도 알지 못한 채 일하는 지옥의 나날은 끝났지만, 전염병으로 주변 사람들이 잇달아 죽어가는 걸 지켜보는 건 그거대로 또 다른 지옥이었다. 나를 포함한 몇 명에겐 병의 증상이 나타나지 않은 건 참으로 신기한 체험이었다. 이건 최근에 알게 된 거지만, 몸에 항체를 갖고 태어나는 사람이 있는데 그런 사람은 전염병에 걸려도 무사하다나. 어느 마을에서 그런 이야기를 들은 적이 있다. 자세한 건 모르지만 아마 그 덕분에 목숨을 건진 거겠지. 조직의 높으신 분들에게 그 항체라는 게 없었다는 것도 운이 좋았다. 아니, 그걸 행운이라고 부를 수 있는지는 조금 고민되는 부분이지만.

아무튼 드디어 우리는 자유의 몸이 되었다. 하지만 갑작스럽게 자유를 받아도 어떻게 해야 할지 알 수 없었다. 나는 그곳에서 시키는 대로 일하는 것만이 전부였으니까. 그것 말고는 어떻게 살아가야 하는지 전혀 몰랐다. 반쯤 상한 밥조차 어떻게 해야 손에 넣을 수 있는지 몰랐다. 이대로는 죽겠다 했지. 지옥에 있었는데도, 우리를 혹사시킨 녀석들이 사라졌다는 건 나에겐 불행한 일이었다. 이상한 이야기지. 하지만 당시 나에게는 '자유'는 '죽음'과 마찬가지였다.

살아남은 몇 명이 각자 마음대로 그곳을 떠났다. 그 녀석들의 행동은 조금도 이해할 수 없었다. 어디에 간다는 건지, 가서 뭘 한다는 건지. 그저 나는 그런 녀석들의 등을 바라보며 떨었다. 이대로 여기에서 천천히 찾아올 죽음을 기다릴 뿐인 걸까. 아무것도 하지 않고, 알지 못하고, 멍하니 멈춰있는 사이에 나는 어떻게 되는 걸까. 언제 힘이 다해 쓰러지는 걸까. 그런 생각만 했었고……. 나는 이때 난생처음으로 '공포'를 알았다.

그런 나를 '공포'에서 구해준 게 고든이었다.

"같이 갈래?"

"······그래."

나보다 10살 정도 연상인 고든은 무척 의지가 되었다. 다혈질이고 언동이 거친 녀석이지만 그런 건 아무래도 상관없었다. 나에게는 고든이 유일하게 기댈 수 있는 오빠였고 가족이라 부를 수 있는 존재였다.

어딜 어떻게 걸어갔는지는 모른다. 나는 고든을 따라갔을 뿐이었으니까. 그렇게 도착한 곳은 무슨 인과인지 지금 내가 몸을 두고 있는 인신매매 조직이었다. 그곳에서 **상품**들이 비인간적인 대우를 받는 걸 보고, 그들이 노예라는 걸 듣고 처음으로 우리는 우리가 노예였다는 걸 알았다. 이상하다고 생각할지도 모르지만 그걸 깨달았을 때조차 딱히 무언가 생각하는 바가 있었던 건 아니었다. 왜냐하면 노예는 **물건**이니까. 작동하지 않으면 때려서 움직이는지 아닌지 확인한다. 약간의 동력을 줘서 움직이면 쓰고, 움직이지 않으면 폐기. 새 물건과 교환한다. 그게 상식이다.

고든이 17살을 넘긴 성인이었기에 우리는 그 조직에서 일하게 되었다. 나는 자칫 또 노예가 될 뻔했지만 고든이 이 녀석은 자기 동생이고 제대로 일할 수 있다며 보장해 주었다. 나는 아직 7살이었지만 나를 감싸준 고든을 위해서라도 반드시 잘해야 한다고 필사적이었다. 그래서인지는 모르지만 반대 입장이 되어도 딱히 비관하는 일은 없었다. 여태까지 실컷 괴로움을 겪어놓고 태연하게 그 가혹 행위를 노예들에게 저질렀지. 죄책감 같은 건 없었다. 왜냐하면 이게 상식이니까. 게다가 여기에서 일하면

상하지 않은 음식을 하루에 세 번이나 받을 수 있었고, 놀랍게도 열심히 하면 그만큼 돈도 들어왔다. 내가 마음대로 써도 되는 돈은 처음이라, 가장 먼저 노점의 꼬치구이를 사 먹었을 때는 정말로 감동했다. 일을 하면 돈이 들어오고 맛있는 걸 먹을 수 있다. 그런 상식을 이곳에서 배웠다. 순조로운 생활이었다. 괴로워하는 노예들 같은 건 염두에 없었다.

"쯧. 갑자기 마대륙 쪽에서 상품이 오지 않게 되었어. 이렇게 되면 범죄자만 기다려서는 장사가 안돼. 마법을 쓰지 못하는 인간은 저렴하지만 그런 말을 할 때가 아니지. 가난해 보이는 집에 가서 돈이 필요하다면 누군가를 팔라고 말하고 와."

"안 판다고 하면 납치하고."

하지만 그런 생활에도 변화가 찾아왔다. 그건 내가 8살이 된 뒤였던가, 전이었던가. 어느 날을 경계로 노예 수가 급감했다. 마대륙에서 보내는 귀중한 마력 보유자 노예가. 마대륙에서 보내오는 노예에겐 폭력을 휘두르면 안 된다거나 판매처가 정해져 있는 등 여러모로 귀찮은 상품이긴 했지만 값비싼 상품이었고 그게 조직의 수입을 지탱했으니 이건 심각한 사태였다. 그 점을 이해하고 있었으며 우리는 그 조직에 고용된 몸으로서 불평 없이 착착 일을 처리해왔으니 당연하다는 듯 시키는 일을 순순히 따랐다. 그게 범죄라는 건 생각지도 못했으니까 망설임도 없었다. 당연하지.

나는 특히 성적도 좋았다. 힘을 써서 억지로 데려오는 남자들에 비해 친절하게 말을 걸면 쉽게 데리고 돌아올 수 있다는 걸 알았으니까. 상처도 없이 건강한 노예를 입수한다며 중용되었다. 힘없는 약한 여자가 이 세계에서 살아가기 위해서는 지혜를 굴릴 필요가 있었다. 나 나름대로 이것저것 생각해서 고안한 방법이었으니 자랑스럽기도 했다. ……그때까지는.

"역시 마력이 없는 어린애만으로는 장사가 안돼. 세라비스. 너 마력을 지닌 노예를 판 손님에게서 노예를 납치해 와. 그 노예를 또 다른 곳에 팔아야겠어. 또 없어지면 납치하고. 이걸 반복하면 돈이 무한으로 들어오잖아?"

조직의 지시는 점점 무모한 것으로 변해갔다. 최근에는 우리에게 주는 돈도 줄어들었고, 식사도 소박해졌으니 조직의 재정 상태가 상당히 기울었다는 걸 알 수 있었다. 한 번 팔아치운 손님의 집에 몰래 숨어들어서 노예를 납치하는 건 꽤 위험한 임무였다. 하지만 나에게 거부라는 선택지는 없다. 머리를 열심히 굴리고 온갖 수단을 동원해 임무를 수행했다. 용케 안 잡히고 성공했다 싶다. 지금 생각해보면 나는 아직 어렸으니까, 주변에서 이런 어린애가 그런 짓을 할 리 없다고 여겼던 덕분인지도 모른다.

"세라비스. 노예는 왜 인간의 모습을 하고 있는 걸까……?"

그렇게 외줄 타기를 하는 나날을 보내는 사이에도 자기 전에는 고든과 싸구려 술을 마시며 대화하는 게 일과였다. 술을 마시는 건 고든뿐이었지만. 어느 날 밤, 그 녀석은 진심으로 의아하다는 듯 중얼거렸다.

"역시 인간의 모습이 여러모로 편리하기 때문일지도 몰라……."

나와 다르게 주로 잡혀 온 노예를 파는 일을 담당하던 고든은 **평범한** 인간과 만나는 일이 없었으니 아무리 시간이 지나도 노예는 물건이라는 생각을 유지했다. 한편으로 사람들과 대화하게 된 나는 상식을 많이 알게 되었다. 나는 똑똑하지 않지만, 생각하게 된 뒤로 머리도 그럭저럭 굴러가게 되었다. 그래서 위화감을 느끼기 시작했다. 고든의 사고방식이 일그러져 있는 건 아닐까. 내가 하는 일은 어쩌면 나쁜 일인 게 아닐까.

"우리는 운이 좋았어, 세라비스. 노예였는데 인간이 될 수 있었으니까."

고든, 노예도 같은 **사람**이야. 그 말은 하지 못했다. 나는 사람들과 만나면서 그런 당연한 것을 깨닫기 시작했다. 하지만 말할 수 없었다.

"노예는 사람으로 사는 게 허락되지 않은 생물이야. 우리는 허락받았다는 거잖아? 우리는 사람으로서 가치는 없지만, 노예로서 가치는 있었어. 분명."

기쁘게 웃는 고든을 보며 대체 무슨 말을 할 수 있었을까. 진심으로 그렇게 믿는 사람을 상대로 상식을 뒤엎는 말을 할 수 있을 리 없잖아. 나도 눈치챈 지 얼마 되지 않아서 아직 제대로 이해하지 못했는데. 그런 내가 고든에게 뭘 가르칠 수 있다는 거야. 사람으로서 가치? 모든 사람은 다 평등하게 삶을 허락받았다고? 허락은 누가 내리는데? 신? 나는 믿지 않는다. 만약 신이라는 게 있다면 왜 사람은 평등하지 않은 건데? 뭘 평등하게 삶을 허락받았다는 거야. 신도 뭣도 아닌 인간 따위가, 수많은 노예에게서 살아갈 권리를 빼앗고 있는데.

마을 사람들은 살다 보면 좋은 일과 나쁜 일은 적절히 균형을 맞추게 되어있다고 했다. 하지만 나는 그 말도 믿지 않는다. 그렇다면 나는 앞으로 어마어마한 행복이 기다리고 있다는 소리니까. 그런 건 말이 안 되잖아. 행복의 무게는 다들 제각각이다. 나는 밥 한 끼 먹을 수 있는 것만으로도 행복했는데, 지금은 세끼를 다 먹지 않으면 괴로워졌다. 행복에 한도는 없다. 인간은 추한 생물이다. 신이나 행복처럼 아무도 그 눈으로 본 적이 없는 애매모호한 것이 그런 걸 멋대로 정하는 건 싫었다. 내 삶의 방식이 잘못되었다는 걸 인정하고 싶지 않았다.

세월이 흐르고 나도 20대 중반이 되었다. 고든은 완전히 아저씨다. 어느새 고든과 내가 조직의 리더 같은 존재가 되어있더라. 그렇게 되기 전에도 리더는 휙휙 바뀌었지만. 다들 수완이 나쁘다고. 순식간에 잡히고 말이야. 마무리가 어설프다니까. 분명 앞으로도 계속 이렇게 살고, 죽어가겠지. 그 무렵에는 내 손이 악에 물들어 이미 돌이킬 수 없는 곳까지 와 있다는 걸 알고 있었다. 그런 나를 인정하고 이 일을 계속해 나갔다. 많은 것을 포기하면서 살아갔다.

그런 때에 만난 게……, 리히토였다.

리히토를 주운 건 변덕이었다. 나는 일 관계상 가끔 마을 근처의 오두막에서 머물렀으니까. 주운 것까진 좋았어도 일할 때 방해되니까 바로 내쫓을 생각이었다. 하지만 이런 일을 하는 주제에 어째서인지 리히토를 상대로는 어린아이니까 딱 좋은 상품이 되겠다는 생각이 조금도 떠오르지 않았다. 그건 지금까지도 의문이다. 하지만 뭐, 아마 출신도 불분명한데다 납치할 예정도 없는 어린애를 잡아가는 건 위험하고 귀찮다고 생각했던 거겠지. 하지만 이건 조금 변명할 수 없을지도 모르겠네. 왜냐하면 리히토에게 마력이 있다는 걸 알았을 때 이렇게 생각했으니까. ……고든에게는 들키면 안 된다고.

왜 안 되는데? 스스로도 내 생각을 잘 알 수 없었다. 그저 이 이상은 안 된다고 생각했다. 내 마음속에서 그런 목소리가 들렸다. 의미는 모른다. 무서워진 나는 깊게 파고들지 않도록 조심했다. 켕기는 일은 전부 국가 탓으로 돌리고 리히토에게 진실을 숨기기에 급급했다.

"너 뭐야! 나 보내 줘…… 집에 돌려보내 줘!!"

"오냐, 그럼 알아서 돌아가. 잘 살아라."

리히토는 성가신 꼬맹이였다. 나가겠다고 하니까 내버려 두려고 했는데 결국 돌아오질 않나. 숲은 위험한 게 많은데도 몇 번이나 그런 일을 되풀이했다. 돌아오지 않으면 그걸로 됐는데. 개운한데. 어째서인지 몸이 멋대로 움직여서 매번 리히토의 뒤를 쫓아갔다. 도망치는 게 원패턴이라니까. ……걱정, 되잖아. 정말 리히토는 바보다.

그런 생활을 보낸 것도 몇 년. 슬슬 예의 전이 마법진을 발동시킨다는 연락이 왔을 때는 마침내 때가 왔다며 마음을 다잡

을 필요가 있었다. 리히토와 함께 생활하면서 나도 많이 풀어졌으니까. 이게 성공하면 조직도 평안해진다. 정기적으로 마력을 지닌 아이를 손에 넣을 수 있다면 장사도 잘 풀리겠지. 그럼나는……, 조직에서 빠져나올 생각이었다. 이젠 굳이 어린아이를 납치할 필요가 없어지니까. 내 일거리가 사라지는 셈이니 빠져도 괜찮겠지. 그때처럼 혼자서 어떻게 살아가야 하는지 알 수없어서 막막할 일도 없고.

오랫동안 마력을 지닌 아이를 긁어모았다. 다들 약간의 마력밖에 없으니 여기까지 모으는 것만으로도 긴 시간이 걸렸다. 그래서 드디어 계획을 실행한다고 듣고 나는 조금 들떠 있었다. ……리히토가 있다면 더 빨리 필요한 마력을 모았으리라는 건 생각하지 않기로 했다.

고든은 정말로 이 마법진이 마력을 많이 지닌 아이만 부를 수있는지 의심했다. 나도 그런 것까진 모른다. 하지만 성에 마법진 책을 훔치러 들어간 녀석은 오랫동안 성의 마법 연구자로 잠입하여 꼼꼼하게 조사했다고 들었다. 그러니 그 녀석을 믿을 수밖에 없다. 성공하지 않으면 곤란하다. 아니면 나는 아무리 시간이 지나도 조직에서 빠져나올 수 없으니까. 전이 마법진을 기동시켜서 모은 마력을 많이 지닌 아이들은 다른 마법진에 마력을 주입하게 한다. 이번에는 조금이라도 마력을 지닌 아이를 불러내기 위한 전이 마법진에. 반영구적으로 이어지니까……. 불러내는 아이들에게는 미안하지. 하지만 나는 이제 그만 해방되고 싶었다. 이게 마지막이니까. 그 아이들에게는 미안하지만 희생당해 달라고. 계속 그런 이기적인 생각을 했었다. 죄책감에 짓눌릴 것 같을 때는 다른 일을 생각했다. 마법진은 한 번에 몇 명이라는 제한도 걸려있다고 했다. 너무 많은 수가 오면 대처할 수 없다며 추가했다는 모양이다. 복잡한 설정까지 가능하다니, 마법이란 뭐든 가능하구나. 마법이라는 기묘한 것에 대해 아는 건 의식을 분산시키기에 딱 좋았다.

전부 잘 된다고, 그렇게 생각했다. 리히토도 많이 컸으니 분명 혼자서 살 수 있겠지. 슬슬 헤어질 때라고 생각했다. 이러니 저러니 이유를 붙여서 오랫동안 여기에서 살았지만⋯⋯. 이제 나도 본거지에 한번은 돌아가야 하니까. 아무리 그래도 거기에 리히토를 데려갈 수는 없고, 본거지에서 담판을 지으면 그대로 여행을 떠나야겠다고 각오했다.

그래서 밖에 있던 리히토가 돌연 사라진 것을 보고──. 나는 창백하게 질렸다.

질겁한 나는 바로 밖으로 나와 정신없이 리히토를 찾았다. 어디야? 어디로 사라졌어⋯⋯? 하지만 침착하게 생각하면 바로 알 수 있는 일이었다. 왜냐하면 리히토는 인간인 주제에 마력을 많이 지닌 어린아이니까. 예의 전이 마법진에 걸려서 본거지에 가 버린 거겠지. 이런 건 당연하게 예상할 수 있는 일이었는데. 그런데 나는 어째서인지 리히토는 앞으로 혼자서도 잘 살 수 있을 거라고 굳건히 믿었다. 정말 바보다. 현실을 제대로 보려고 하지 않았던 나는 누구보다도 바보였다. 더 바보인 건 리히토를 찾아 숲속을 돌아다녔다는 거지. 먹지도 않고 계속, 계속. 절대로 찾을 수 없는데도. 알고 있는데, 몸이 멋대로 움직였다. 그래서 리히토를 찾았을 때는 눈을 의심했다. 어째서? 본거지에 소환되었을 텐데. 하지만 동시에 몹시 안도했다. 그 후, 나 자신에게 화가 나서, 짜증이 나서……. 반사적으로 리히토에게 발차기를 날렸다. 하하, 이유는 모르고.

"뭐 하는 거긴! 갑자기 사라져서 지금까지 뭘 한 거야!"

"사정이 있었다고! 게다가 내 잘못이 아니야! 봐, 저기에 두 명이 있잖아? 쟤들도 휘말린 녀석들이야!"

평소와 같은 대화, 평소와 같은 감정. 아니, 어떻게 여기에 돌아올 수 있었는지 의문은 끊이지 않았다. 하지만 내 마음을 점령한 건 안심이었다. 우선 생각은 나중으로 미루자. 본거지에 있어야 하는 녀석이 어떻게 여기에 있는지도, 어째서인지 늘어난 어린아이들에 대한 것도. 무슨 일이 있었는지는 오두막에서 물어보기로 결심했다.

설명을 듣고 나는 전부 알아차렸다. 동쪽 왕성 녀석들이 그냥 얼간이가 아니었다는 거구나. 방해 마법진 같은 걸 쓴 거겠지. ……우습게 볼 수 없군. 하지만 전이 마법진에 상당한 마력을 사용한 걸 생각하면 왕성의 방해도 비슷한 양의 마력을 소모할 것이다. 분명 그렇게 자주 사용하진 못하겠지. 뭐, 지금 그건 됐다. 문제는 내가 이 아이들을 데리고 이동해야만 한다는 점이다. 아직 어린 여자아이도 있고, 분명 나는 쫓기는 몸이 될 테니 예상하지 못한 미션이다. 그것도 고난이도. 모처럼 오랜 시간에 걸쳐 마력을 모아 간신히 불러낸 아이들을 두고 간다는 선택지는 없다. 물론…… 리히토도. 동쪽 왕성에서 도망쳤다는 이 상황은 운이 좋았다. 이건 운명이다. 나에게 도망치지 말라고 말하는 거야. 각오해라, 세라비스. 그래, 나는 냉철한 범죄자 세라비스. 라비라는 이름은 일할 때 쓰려고 적당히 붙인 가명이니까. 떠올려야지. 그 시절을.

　몇 번 심호흡을 반복해서 냉정해진 머리로 그날 밤 나는 계획을 세웠다. 어떻게 해야 무사히 아이들을 본거지에 데려갈 수 있을까. 경로는 아이들에게도 설명한 대로 간다고 치고, 그 외에 조심해야 하는 건 뭐지? 고든에게는 사정을 적은 편지를 보내면 되겠지. 여행 도중에 들른 마을에서 보내면 꼬리를 잡기 어려울 거야. 내용은, 그래……. 우연히 숲에서 길을 잃고 헤매던 아이들을 발견했으니 회유해서 데려가기로 했다고 적으면 괜찮으려나. 고든은 인간관계에 둔하고 머리도 좋지 않으니까 다소의 위화감은 눈치채지 못할 거야. 음, 충분해. 남은 건 세부 루트인데. 우회로를 써서 마을에는 최소한으로만 들르기로 하고. 여행에 필요한 도구와 식량, 그리고 정보는 최대한 나 혼자서 조달해야겠다. 아이들을 데려갔다간 어디에서 소문이 퍼져 잡힐지 알 수 없고, 무엇보다 아이들이 소문을 들을지도 모르니까. 그래서 위화감을 알아차리고 의심하기라도 했다간 끝이다. 절대 의심받지 않으면서 본거지까지 데려가야지. 그 점은 여태까지 어린아이를 속여서 데려간 숱한 경험이 도움이 됐다. 익숙하거든. 평소처럼 하면 돼. 남은 건 전부 예정대로 흘러간다고 생각하지 말 것. 예정은 무너지는 법이라고 생각하자. 그때그때

임기응변으로 대응할 수밖에 없지. ……좋아. 설령 시간이 걸린다고 해도 할 수밖에 없잖아. 데려갈 수 있어, 괜찮아.

이때 처음으로 내 안에서 리히토가 '상품'이 되었다. 인정하고 나니 싱거웠다. 원래 리히토는 상품이 될 운명이었다고, 그렇게 생각하기로 했다. 그리고 나도. 앞으로 계속 조직의 인간으로서 이 아이들을 지켜보기로 각오했다. 그게 최소한의 속죄고, 내 운명이라고. 그렇게 생각했다.

여행 도중 나는 필사적으로 이 녀석들은 상품이라고 나 자신에게 거듭 주입했다. 그렇지 않으면 정에 넘어가 버릴 것 같았으니까. 특히 메구가, 순수하고 의심할 줄 모르는 반짝반짝한 눈으로 똑바로 바라보거나, 나를 염려하는 모습을 볼 때마다 마음이 흔들렸다. 하지 마. 나는 너희를 배신하는 최악의 어른이니까. 어째서 그렇게 쉽게 남을 믿을 수 있는 건지 참 신기하다니까. 어떤 식으로 자라면 저렇게 되는 걸까. 여태까지 납치해 온 아이 중에서도 메구는 가장 속이기 쉬운 아이라는 걸 바로 깨달았다. 나에게는 다행이지만, 너무 위태롭지 않나. 그래서인지 뭔지, 나는 진지한 부탁을 받았다고 아이들을 수행시켜주겠다는 약속까지 해버렸다. 그것도 적당히 그럴싸한 말을 늘어놓으면 됐을 텐데 진심으로 가르치고 말이야. 우리에게 불리해질지도 모르는데. 필사적으로 훈련을 따라오는 아이들을 보자 그만 열중해 버렸단 말이지. 하지만 그래도 상관없. 언젠가 자신들의 힘으로 도망칠 수 있게 된다면 그것도 괜찮겠지. 나는 분명 도망치는 걸 막지 않을 것이다. 도와주지도 않겠지만. 오히려 자기들의 힘으로 도망치는 걸 어느새 바라고 있었다. 그 시점에서 완전히 정에 넘어가 버린 거겠지. 진짜 한심하다니까.

이제 조금만 더 가면 본거지에 도착할 때. 나는 마지막 온정이라는 걸 베풀었다. 약한 소리를 했다고도 할 수 있다. 여기까지 필사적으로 도망치면서 경계했던 만큼 아무리 나라고 해도 정신적으로 한계가 와 있었다.

"여, 역시 됐어. 한시라도 빨리 가고 싶으니까! 이상한 소리 해서 미안!"

'그러게 말이야' 하고 불평하기를 바랐다. 빨리 가자고 말하기를 바랐다. 그러니, 나는.

"이상한 건 라비야! 쓸데없이 사양하지 마! 이제 와서 조금 정도 늦어진다고 해도 신경 안 써. 나는, 그렇다는 거지만……."

"나도, 괜찮아."

"나도! 라비 씨, 인사하러 가자."

이대로, 같이 도망칠 수 있었는데──.

지금이라면 아직 늦지 않았을지도 모른다고. 전부 내던지고 이대로 도망치고 싶었다. 본거지가 아니라 정말 광산까지 가버리자고. 하지만 이 세 사람이 이렇게 대답하리라는 것도 알았다. 정말, 너희는 너무 착하다니까. 그리고 나는 뭘 기대했던 걸까. 내가 너무 어리석어서 자조가 흘렀다.

그렇게 지금이 되었다. 이제 뒤로 물러날 수 없다. 돌아갈 수 없다. 나는 냉철한 세라비스로 돌아왔다.

"어린애 뒤치다꺼리 같은 건 사양하고 싶었어. 임무가 아니면 누가 정체불명의 꼬맹이를 돌봐줬겠냐? 그것도 신뢰를 얻어내라니, 무모하기 짝이 없는 명령이나 내리고. 보수를 넉넉히 줬으니 망정이지, 제법 힘들었다니까. 그것도 이렇게 오랫동안."

아아, 하지만 무리다. 완전히 그 시절로 돌아가지 못한다. 이건 거짓말. 명령 같은 건 받지 않았고 보수도 없다. 내가 내 의사로 널 돌봐준 거였어. 리히토와 같이 살았던 나날은 내 인생에서 가장 빛나는 소중한 추억이다. 하지만 리히토. 부디 나를 원망해줘. 진심으로 나를 미워해.

"라비……?"

"라비 씨!!"

더는 무리다. 무리라고, 너희들. 나도 포함해서, 기회를 놓쳐버렸으니까. 이젠 전부 다 늦었어. 처음으로 터트린 홍소는 내가 듣기에도 소름 끼쳤다. 하지만 크게 소리 내지 않으면 이상한 목소리가 나올 것 같았으니까. 눈에서 멋대로 물이 흐르는 걸. 어쩔 수 없어.

라비라는 이름은 그냥 가명이다. 일할 때 오랫동안 사용한 이름이니 애착은 있지만. 본명이 아니다. 아무리 불러봤자 내 마음에는 와닿지 않아! 나는 세라비스다. 악명 높은 중죄인 세라비스. 친절한 라비는 이미 어디에도 없다. 염치도 없지. 그래, 염치가 너무 없는 생각이었다. 이렇게 많은 죄를 저질러놓고 여행을 떠나려고 했던 것 자체가 고든을 배신하는 행위였는데. 애초에 내가 용서받을 수 있을 리 없었다. 고든은 내 생명의 은인. 그런 인간이지만 그 점은 바꿀 수 없는 사실이다. 설령 우리의 행동이 잘못되었다는 걸 알았어도 고든만큼은 배신할 수 없다. 그러니 나는……!

"하, 하지 마, 하지 말라고! 라비!!"

"시끄러! 그만두길 원하면 빨리 시키는 대로 마력을 주입해!!"

떨릴 것 같은 손으로 로니와 메구의 몸에 묶인 사슬에 횃불을 가져갔다. 리히토가 울면서 마력을 주입하고 결과를 확인할 때까지. 눈을 감고 두 사람의 피부를 지글지글 태우는 소리를 들었다. 이따금 로니와 메구의 억누른 신음이 들렸다. 참고 있는 거야. 아직 어린아이인데, 리히토가 괴롭지 않도록. 그렇게 생각하자 가슴이 찢어질 것 같았다. 하지만 나는 퇴로를 끊고 싶었다. 두 사람의 짓무른 손목과 발목을 보며 나는 마침내 이 건의 **공범자**가 되었다. 이 건에 관여했다는 증거를 만들었다. 이제 도망칠 곳은 없다. 도망칠 마음도 없다. 그 무렵의 지옥 같은 나날 따위는 별것 아니었구나. 진짜 지옥은 여기에 있었어. 봐, 역시 신 같은 건 없다니까.

……아니, 신은 역시 있는 건지도 모른다. 그야 그렇겠지. 신은 나 같은 것에겐 구원의 손을 내밀지 않는다. 신은 결코 포기하지 않고, 열심히 노력한 그 아이들에게 웃어주었다. 기회를 제대로 포착한 그 아이들은 이렇게나 빨리 자신들의 힘으로 도망치려 하고 있으니까. 아아…… 아니야. 그것마저도, 아니었어.

"……라비. 역시 같이."

"빨리 가라고, 망할 꼬맹이들."

신이 있다면 이 아이들이야말로 신이다. 자신들의 힘으로, 자신들을 믿고 행동한 결과다. 신 덕분이라고 한다면 이 아이들에게 실례잖아? 부끄러워라. 역시 나에게 너희들은 너무 눈부셔. 나는 소리쳤다. 마음에 담아두었던 답답함을 전부 토해냈다. 신인 아이들에게 참회를. 충분하다. 나는 만족했다. 그러니까. 너희들은 나 같은 녀석에게 손을 내밀면 안 돼.

"그 각오는 되어있겠지? 세라비스!"

가. 돌아보지 말고. 나는 기도를 담아 아이들 앞에 섰다. 어중간한 짓을 한다는 건 안다. 이제 와서 뭐냐고. 이것만큼은 지키려고 굳게 맹세했던 것도 깨버리고, 결국 이렇게 고든을 배신하고. 뭘 하고 싶은 걸까. 그렇다며 더 일찍 각오했으면 좋았을 텐데. 그러면 아이들이 괴로워하지도 않았을 텐데. 하지만 어쩔 수 없잖아. 나는 바보니까. 이제 와서 소중한 것을 깨닫고 말았으니까. 그 아이들의 미래를 빼앗으면 안 된다는 걸. 나에게 그 아이들의 존재가 무엇보다 소중해졌다는 걸.

이기진 못하겠지. 고든의 실력은 내가 제일 잘 안다. 게다가 만약 이긴다고 해도……. 나에게는 고든을 다치게 할 자격이 없다. 나는 그 아이들에게도, 고든을 비롯한 동료들에게도 배신자 세라비스니까. 내 자리는, 이제, 없다. 나는 허리에 찼던 검을 빼 들었다.

"봐주는 것 없이 간다."

"알아. 당신이 동료라고 해도 가차 없다는 것 정도는."

캉, 금속음이 울렸다. 아직 대화하는 도중이었는데, 고든 녀석은 변함없이 성질머리가 급하다니까. 조금이라도 시간을 벌게 해주진 않는 거냐.

"실력은, 둔해지지, 않은 것 같은데?"

"너야말로 둔해진 거 아니냐? 머리도 그렇고."

아슬아슬하게 힘겨루기를 하면서 서로를 노려본다. 하지만 아무리 용을 써봤자 나는 고든을 힘으로 이기지 못한다. 뒤로 밀리는 걸 가까스로 버텨서 그 자리에 멈췄다. 후우, 냉정해지자. 고든과 힘으로 승부하면 안 된다. 내 무기는 속도와 정확도. 그렇다면 그걸 사용해서 싸워야지. 나는 숨을 내쉬며 머리를 낮게 낮춘 뒤 바로 고든의 품으로 뛰어들었다.

"어설프다, 고!!"

"윽, 아, 아아아아악……!"

그렇지만 고든은 자세를 낮춘 내 오른쪽 아래에서 대각선 위로 사벨을 그었다. 주변에 선혈이 튄다. 틀림없는 내 피다. 당했다. 당하고 말았다. 나는 그대로 뒤로 쓰러졌다.

"……흥, 날 이기려고 하다니 백 년은 일러."

고든은 그 말을 끝으로 그 자리에서 떠나갔다. 아이들을 쫓아가기 위해 주저없이 계단을 올라가는 그 뒷모습을 곁눈질로 쳐다볼 수밖에 없었다.

"아, 아하하…… 한심, 해라…… 큭…….."

그나저나 나 너무 쉽게 져버린 거 아니야? 이래 봬도 실력에는 그럭저럭 자신이 있는 편이었는데. 발을 묶지도 못했다니.

이 출혈량을 보면 그리 오래 버티지도 못하겠구나. 고든이 숨통을 끊지 않았던 건 나에게 베푸는 자비였던 건지, 아니면 괴로워하며 죽으라는 건지. 뭐, 어느 쪽이든 상관없나.

하지만 모처럼 즉사는 면했다. 그렇다면 아직 쓰러질 수 없지. 나는 마지막을 지켜봐야만 한다. 그 아이들의 결말을. 도망쳤든, 잡히든. 하다못해 수긍한 뒤에 가고 싶다. 알아. 이건 그냥 내 자기만족이다. 하지만, 그래도. 전부 잃어놓고, 이렇게까지 했는데 아이들이 도망치지 못했다면 너무 우스꽝스럽잖아. 나는 마지막 힘을 쥐어짜서 몸을 질질 끌다시피 하며 계단을 올라갔다. 한 칸 올라갈 때마다 계단이 내 피로 더러워진다. 당장에라도 의식이 날아갈 것 같다. 하지만 아직 죽을 수 없다. 마지막으로 잘 도망친 아이들의 모습을 보고 웃으면서 가야지. 그렇게 필사적으로 움직이는 통에 바로 눈치채지 못했다. 계단 위가 묘하게 조용하다는 걸. 고든의 목소리도, 동료들의 목소리도, 아이들의 목소리도 들리지 않는 데다 싸우는 듯한 소리도 없는 완전한 무음. 이런 건 이상하잖아? 너무 조용해서 소름이 돋을 정도다.

"대체…… 하아, 무슨, 일이……?"

이렇게 계단을 다 올라간 곳에서 보인 광경에 나는 숨을 삼켰다. 왜냐하면 그곳에 펼쳐져 있는 것은, 내 앞날처럼 캄캄한 어둠이었으니까.

5 희망의 그림자

【메구】

계단을 올라가자 들은 대로 적이 잔뜩 기다리고 있었다. 여기서 단숨에 우리를 잡겠다는 작전인 모양이다. 하지만 우리는 강했다. 리히토가 물이며 바람 마법을 써서 길을 뚫고 많은 적을 물리쳤다. 물로 쓸어버리거나 바람으로 날리는 등 마력을 절약하는 것치고는 제법 위력이 강하다. 로니는 다가오는 적을 목도로 퍽퍽 쓰러트렸다. 다친데다 지금은 체력도 저하되었는데 어른이 휙휙 날아가는 걸 보면서 새삼 로니의 괴력을 실감했다. 둘 다 대단해! 참고로 나는……. 솔직히 지금은 할 수 있는 일이 없으므로 방해가 되지 않도록 공격을 피하며 도망치는 것에만 집중했다. 정말 도움이 안 되는구나. 부, 분해! 하지만 어쩔 수 없다. 지금은 두 사람에게 뒤처지지 않도록 따라가는 게 내 일이다.

"출구가, 보이기 시작했어!"

리히토의 외침에 우리는 각자 출구를 확인했다. 리히토와 로니가 날려버린 사람들이 쓰러져있거나, 비틀비틀 일어나거나, 아직 타격을 받지 않은 사람들이 이쪽을 경계하며 쫓아오거나 하는 사이로 얼핏 출구인 듯한 구멍을 발견했다. 바위로 둘러싸여 있으니 여기는 동굴 같은 곳인 모양이다. 그렇다면 아마 밖은 숲이겠지. 지금이 아침인지 낮인지 밤인지도 알 수 없으니 밖이 얼마나 밝은지 궁금하다. 밤이면 무서운데……. 하지만 설령 밖이 캄캄하다고 해도 그 속을 달려야만 한다. 무서워할 때가 아니니까. 내가 그렇게 결의를 다진 그때였다.

"아악!! 윽……."

"메구?!"

오른쪽 다리에서 격통이 느껴졌다. 무슨 일이 일어났는지 알 수 없다. 나는 달리던 관성에 따라 그대로 미끄러지듯 넘어졌다. 까끌까끌한 것이, 흙바닥이라 찰과상도 생긴 모양이다. 하지만 지금은 그런 건 전혀 신경 쓰이지 않았다. 그럴 때가 아니었다.

"윽, 다리, 가……."

격통의 정체를 찾기 위해 오른쪽 다리를 보자 종아리 부근에 나이프가 깊게 박혀 있었다. 아플 만도 하네! 이렇게 아픈 건 전생을 포함해서도 처음 아닐까. 서둘러 출구에 가야 한다며, 거기에만 정신이 팔려서 공격을 알아차리지 못했다. 더 주변을 살펴야 했었다. 아파, 못 일어나겠어……! 하지만 일어나야 한다. 도망쳐야 한다. 조급함만이 커졌다. 이렇게 된 거 기어서라도 도망쳐야겠다며 팔을 움직여 앞으로 나아갔다. 그러는 사이에 리히토와 로니가 나에게 달려오는 게 시야에 들어왔다.

"나는, 괜찮으니까……! 먼저 가!"

"바보야! 어떻게 그래!"

"메구, 내 등에, 업혀."

하지만 이대로는 셋 다 잡힐 텐데. 로니도 이미 녹초고⋯⋯! 하다못해 두 사람만이라도 도망쳤으면. 도움을 불러올 수 있을지도 모르잖아. 하지만, 그래. 나도 반대 입장이었다면 두고 가지 못했을 거야. 착한 두 사람이 이렇게 돌아오는 것 정도는 안다. 속상해⋯⋯. 마지막 순간까지도 발목을 잡는 내가. 로니가 나에게 등을 보이며 쪼그려 앉자 리히토가 나를 부축해서 업히는 걸 도와주었다. 하지만 등 뒤에서 우리를 한층 절망에 빠트리는 목소리가 날아오자 셋 다 움직임을 멈추고 말았다.

"이제 술래잡기는 끝내자고, 꼬맹이들아."

고든?! 이 나이프를 던진 게 고든이었어? 아니, 그보다도⋯⋯. 어, 그럼 라비 씨는? 보아하니 고든이 든 사벨에는 피가 흠뻑 묻어있었다. 설마. 거짓말이지?!

"너! 메구에게 무슨 짓을⋯⋯! 라비는?! 라비는 어떻게 했어!"

"글쎄다? 네가 직접 확인해 보지 그래?"

격노하는 리히토를 향해 고든은 히죽히죽 징그러운 미소를 지으며 천천히 이쪽으로 걸어왔다. 저 피는 역시 라비 씨⋯⋯? 충격이 너무 커서 머리가 돌아가지 않는다. 경악한 사이에 여태까지 쓰러트렸던 적이 하나둘씩 일어났다. 가벼운 공격밖에 못 했으니 부활하는 게 빨랐던 모양이다. 밖으로 도망칠 타이밍을 완전히 놓쳐버렸다. 아무리 로니가 업어준다고 해도 이제 우리에겐 여기를 돌파할 수 있을 만한 수단이 없다. 고든도 벌써 눈앞까지⋯⋯!

"아파 보이는구만? 안 그래!"

"윽! 아아아악!!"

찰나의 방심이 치명적이었다. 그 땅딸막한 체형에 어울리지 않는 재빠른 움직임으로 내 눈앞까지 온 고든이 오른 다리에 박혔던 나이프를 거칠게 빼냈다. 옆에 있던 리히토도 로니도 그 움직임에 반응조차 하지 못했다. 물론 나도. 그 탓에 다리에는 한층 큰 격통이 퍼지며 피가 분출되었다. 그런 내 눈에 비친 건 다리에서 뺀 나이프를 왼손에 들고 휘두르는 고든의 모습. 아, 무리야. 못 피하겠어.

"메구!!"

그저 그 광경을 멍하니 올려다볼 수밖에 없었던 그때, 리히토가 두 팔을 벌리고 나를 감싸듯 앞으로 나섰다. 그리고 그대로 나이프를 든 고든의 팔이 움직였다. 푹, 하는 둔탁한 소리.

"으극, 악······!!"

고든이 바로 나이프를 힘차게 빼내자 주위에 피보라가 튀었다. 신음을 흘리며 천천히 무릎을 꿇는 리히토. 어? 뭐야······. 무슨 일이, 일어난 거야? 아연해 하는 사이에 리히토가 풀썩 쓰러지는 소리가 귀에 들어왔고, 이어서 서서히 퍼져나가는 붉은 물웅덩이가 시야에 들어왔다. 이건, 피? 누구의? 리히토······?

"아, 아, 아······ 시, 싫어! 리히토! 리히토오오오!!"

"리히토!!"

내 눈앞에서 쓰러지더니 신음하며 희미하게 경련하는 리히토. 이렇게 소리치는 사이에도 바닥에 피가 퍼져나간다. 나는 바로 리히토에게 매달렸다. 호흡이 거칠다. 하지만 아직 살아있어!

지혈해야 한다. 오직 그 마음 하나로 패닉에 빠지면서도 어떻게든 리히토를 똑바로 눕힌 뒤 두 손으로 상처를 눌렀다. 내 두 손이 순식간에 새빨갛게 물들었다. 싫어, 싫어, 멈춰! 멈추라고!! 말도 안 될 만큼 손이 떨렸다. 시야에 가득한 붉은색에 눈이 멀어버릴 것 같다.

"이 이상, 다치게 두지, 않아……!"

로니가 우리와 고든 사이에 서서 목도를 거머쥐었다. 안 돼. 로니도 이미 한계일 텐데. 그 이상으로 이렇게 많은 적에 둘러싸이면 이젠 어떻게 할 수 없다. 포기할 수밖에 없는 거야? 다시 잡혀서 마법진에 마력을 주입해야만 하는 거야? 이대로 저항했다간 로니마저 피를 흘리게 될까? 그건 절대 싫어! 하지만, 하지만……! 리히토의 피도 전혀 멈추지 않는다. 내 오른쪽 다리에서 흐르는 피도. 무엇부터 생각해야 하는지 알 수 없다. 다음엔 어떻게 움직여야 하는지 아무것도 떠오르지 않는다. 머리가 전혀 돌아가지 않았다.

"부럽다니까……. 사람으로서 가치가 있는 녀석은."

"어……?"

혼란스러운 머리로도 작게 중얼거린 고든의 말은 유독 귓가에 남았다. 무슨 의미인지는 알 수 없었지만, 비정한 고든의 입에서 처음으로 들은, 감정이 느껴지는 말이었다.

"죽이진 않을 테니까 안심해라. 하아, 처음부터 이렇게 할 걸 그랬어. 그럼 이렇게 귀찮아지지도 않았을 텐데……. 이제 다시는 자력으로 도망칠 수 없는 상처를 만들어 주지. 묶어놓기만 하면 너희는 금방 또 도망칠 테니까."

고든이 나이프를 던지더니 사벨을 들었다. 피투성이가 된 나이프가 바닥으로 떨어지자 동굴 안에 캉 하는 소리가 울렸다. 주변에 모인 적은 다들 히죽거리고 있다. 리히토의 마법과 로니의 목도로 치워버렸던 사람들이다. 이런 어린아이에게 당했다고 자존심이 상했기 때문에 고통스러워 하는 우리를 보며 통쾌해하는 게 선명히 보였다. 악의다. 이렇게나 많은 사람에게 악의를 받는 건 처음이다. 전신이 덜덜 떨린다. 로니, 도망쳐. 아직 달릴 수 있는 로니만이라도 어떻게든 도망쳐. 우리를 지키기 위해서지 마. 싸우려고 하지 않아도 돼. 도망치는 것만 생각하라고 실컷 배웠잖아. 부탁이야, 도망쳐. 그렇게 소리치고 싶은데 목소리가 나오지 않는다. 싫어, 싫어, 싫어! 로니마저 다치지 마! 고든이 사벨을 들어 올리는 모습이 슬로모션으로 보인다. 싫어, 그만해. 이 이상 피를 흘리지 마. 보기 싫어. 보기 싫다고.

　　──도와줘!!!!

"르, 씨……! 기르 씨이이이이이!!"

비명을 지르듯 입에서 멋대로 튀쳐나온 것은 소중한 사람의 이름이었다. 어째서인지는 모른다. 그저 그렇게 외치는 게 당연하다는 것처럼, 숨 쉬듯이 자연스럽게 나온 이름이었다. 불러봤자 의미는 없다는 건 안다. 그래도 착각일지도 모르지만, 가슴이 떨렸다. 안 되는 걸까? 희망에 매달리면. 하지만 이 상황에서 어떻게 해야 무사할 수 있을까. 사벨이 로니의 눈앞으로 다가오고 있는데. 내가 곧바로 보게 될 처참한 광경을 각오한 다음 순간.

──공간이, 어둠에 뒤덮였다.

새카만 어둠이다. 하지만 따뜻해. 나는……. 이 온기를 안다. 어둠이 아니야. 이건 그림자. 희망의 그림자다.

"기르 씨……."

이번에는 확신을 갖고 조용히 그 이름을 부르자 점차 그림자가 걷혔다. 눈앞에는 계속 만나고 싶었던 사람의 등. 전신을 검은 옷으로 덮고 후드를 쓴 장신의 남성. 너무나도 든든한 모습. 방금 전까지 서서 목도를 들고 있던 로니가 얼떨떨한 얼굴로 바닥에 주저앉아 있다.

기르 씨. 기르 씨다. 내 간절한 마음이 보여준 환각은 아니지? 정말로 와 준 거지? 축축해지려는 눈을 깜빡여서 버렸다. 사실은 당장에라도 달려가고 싶고, 목소리를 듣고 싶다. 존재를 확인하기 위해서라도 매달려서 엉엉 울고 싶고, 들려주고 싶은 이야기도 많다. 하지만 재회를 기뻐하는 건 조금만 더 미뤄야지. 나는 바로 주변 상황을 관찰했다. 먼저 아까까지 사벨을 들어 올리고 있던 고든은……. 기르 씨를 앞에 두고 새하얘져 있었다. 응? 어라? 고든 맞지? 아니, 진짜로 하얗거든. 40대 후반 정도로 보이던 고든이지만 머리카락은 진갈색이었고 같은 색의 수염도 풍성했다. 정돈은 안 되어 있었지만. 그런데 지금 눈앞에 있는 고든은 머리카락도 수염도 새하얘져서 보는 사람이 불쌍해할 만큼 덜덜 떨고 있다. 어쩐지 살이 빠진 것처럼 보이기도 했다. 어, 어떻게 된 거지?

잠시 생각한 뒤 나는 깨달았다. 고든은 기르 씨의 살기에 짓눌린 거다. 아무것도 하지 않았는데 살기만으로 고든은 죽음을 각오한 것이다. 그 정도로 강렬한 공포. 그 정도로 극심한 힘의 차이. 문득 주변으로 시선을 돌리자 여기저기 있던 고든의 동료들도 머리카락이 새하얘졌거나 눈을 뒤집고 기절했거나 거품을 문 사람으로 가득했다. 그중엔 발광해서 울부짖는 사람도 있어서 시산인해라고 해야 하나 이걸……. 이 광경을 직시하는 건 다양한 의미에서 얼굴이 뻣뻣해지겠네. 새삼 내 보호자들은 말도 안 되는 실력을 지닌 사람들이라는 게 절절히 느껴진다니까. 이 상황에선 기르 씨이기 때문인 건지도 모르지만. 우리가 이렇게 고생하고, 이런 상태였기 때문에 그걸 뼈저리게 실감할 수 있었다.

　그나저나 기르 씨가 다들 이성을 잃어버릴 만큼 강렬한 살기를 뿌렸다는 소리잖아. 아무래도 나와 로니와 리히토에게는 영향이 없어 보이지만……. 기르 씨가 인간을 상대로 이렇게까지 가차 없이 나오다니. 어안이 벙벙해서 기르 씨의 등을 쳐다보자 대체 어디에서 목소리를 내는 건지 알 수 없을 만큼 낮은 목소리가 '어이' 하고 부르는 게 주변에 울려 퍼졌다. 그 목소리의 박력으로 인해 의식을 잃었던 사람들이 반강제로 눈을 뜨고 벌떡 일어나 떨기 시작했다. 그, 그 정도야?!

　"누가. 메구에게. 이런 상처를 입혔지……?!"

　……네?! 기르 씨가 분노한 원인이 나였구나! 나는 새삼 나를 돌아봤다. 얻어맞은 뺨은 아직 살짝 부어 있을 테고, 손목과 발목에는 화상으로 엉망이 되었지, 다리에서는 피가 계속 흐르고

있지, 리히토의 피로 손도 옷도 피투성이지, 아마 피보라를 맞아서 얼굴까지 피로 범벅이 되었을 테고……. 와우, 스플래터! 아니, 잘 보지 않아도 나 상당히 중상이잖아? 마력도 거의 남아 있지 않고. 아드레날린 같은 거라도 분비되었나? 별로 느끼지 못했지만 이제 와 뒤늦게 다리가 무지막지 아프기 시작했고 여기저기 죽겠어! 무릎이 좀 까진 정도로 야단법석을 떠는 보호자에게 이런 모습을 보여주면? 응, 그야 화나겠지……. 아니, 안돼! 현실도피 하지 마! 먼 산을 쳐다볼 때가 아니다. 어, 어떻게 이 상황을 수습하지?! 지금까지 살면서 가장 큰 난제잖아!

"윽…… 저, 저기……. 메구와, 아는 사이, 인가요?"

그렇게 카오스한 분위기를 어떻게든 깨트린 건 리히토였다. 익숙하지 않은 주제에 어째서인지 존댓말을 쓰는 건 어쩔 수 없지. 오히려 이 상태의 기르 씨에게 말을 걸었다는 용기에 성대한 박수를 보내고 싶다. 심지어 말을 하는 것도 버거운 중상인데!

"구하러, 온, 거죠……? 먼저, 메구를, 치료해, 줄래요……?"

리히토는 나를 위해 용기를 내서 말을 건 거야? 자기가 훨씬 위험한 상태인데. 뚝뚝 끊어지는 목소리로 그렇게 호소하는 리히토의 목소리에 간신히 기르 씨가 돌아봐 주었다. 마물형 때처럼 번들거리는 눈동자. 그걸 보고 리히토도 로니도 순간 힉 소리를 냈다. 나도 이런 기르 씨의 눈은 처음 봐서 조금 놀랐다. 하지만 그걸 바로 알아차린 건지 기르 씨는 한 번 눈을 감았다가 천천히 떴다. 완전히 눈꺼풀이 올라갔을 때는 평소와 같은 사람다운 눈으로 돌아와 있었다. 휴, 다행이다. 그보다!

"나보다, 리히토……. 리히토가 중상이야! 부탁이야, 기르 씨!"

"아니, 나는, 괜찮으니까, 메구가……."

그게 아니야. 리히토는 가만히 있어! 나는 리히토를 향해 손을 뻗어서 스톱 신호를 보냈다. 윽 하며 입을 다문 리히토를 확인한 뒤 이어서 기르 씨를 향해 두 손을 내밀며 외쳤다.

"마력 주세요!!"

내내 심각한 얼굴이던 기르 씨가 내 말에 어안이 벙벙해진 듯 몇 초 정지했다. 하지만 어쩔 수 없잖아! 정령들에게, 아니, 적어도 시즈쿠에게만이라도 마력을 주면 회복약을 부탁할 수 있으니까! 직접적으로 마력을 양도할 수 있는 사람은 소수이니 내가 마력을 받지는 못하지만, 정령에게라면 간접적으로 넘겨줄 수 있다. 방식은 지금 막 떠올랐다. 먼저 기르 씨가 마력을 방출한다. 그러면 이 주변에 잠깐 마력이 충만해진다. 하지만 여기는 인간 대륙이니 방출한 마력은 대부분 순식간에 사라져 버릴 테지. 그래도 방출되어 마소가 된 소량의 마력을 정령이 바로 흡수한다면 조금은 마법을 쓸 수 있지 않을까……. 효율은 아주 나쁘겠지. 아마 방출한 마력의 2할을 흡수할 수 있을까 말까 할 것이다. 즉 기르 씨는 마력을 낭비하는 셈이다. 그래도 지금은 긴급사태이니 양해해달라. 기르 씨라면 거절하지 않을 것 같고. 목적을 위해서는 가차 없이 마력을 가져가는 쇼의 마음을 잘 알 것 같았다.

"알았어. 그렇게 해 보도록 하지. 나는 치료마법은 서투니까. 루드에게 상처약을 받아왔지만 이렇게까지 심한 상처라면 네 정령이 만드는 약이 가장 좋은 게 사실이야. 이렇게까지, 심한, 상처를⋯⋯."

기르 씨는 거기서 말을 끊고는 주춤거리는 손길로 나에게 팔을 뻗었다. 가만히 그 모습을 지켜보자 부드러운 온기가 나를 감쌌다.

"미안해, 미안하다⋯⋯! 이렇게 될 때까지 기다리게 해서⋯⋯! 지켜주지, 못했어⋯⋯! 약속했는데."

강하게, 그러면서도 내 상처에 부담을 주지 않는 절묘한 힘으로 나를 껴안아 주는 기르 씨. 아아. 반가워라. 이 온기, 냄새. 귀가 기르 씨의 가슴에 딱 붙어있기 때문인지 그 목소리가 진동이 되어 전해졌다. 걱정 많이 끼쳤구나. 또 기르 씨를 무섭게 해버렸구나. 가슴이 꽉 조여들었다. 왜냐하면 그 기르 씨가 가늘게 떨고 있는걸. 나는 살며시 손을 뻗어 기르 씨의 등을 문질렀다.

"하지만 구하러 와줬잖아. 믿고 있었어. 제대로, 늦지 않았어. 기르 씨."

정말 고맙다고 속삭이자, 기르 씨가 나를 껴안은 힘이 아주 조금 강해졌다.

그 후 기르 씨는 솜씨 좋게 치료를 시작했다. 치료마법은 서툴다고 했지만 이걸 보면 익숙한 것 같단 말이지. 내 주변에 마력을 적절히 방출하면서 리히토를 응급처치하는 그 수완은 훌륭했다. 공기 중에 퍼진 마력이 마소로 바뀐 분량을 시즈쿠가 모조리 흡수하자 어떻게든 상처약 세 개를 만들어낼 수 있었다. 기르 씨도 조금 더 마력을 제공하겠다고 제안했지만 역시 자연에 발생하는 마소와는 디테일이 다른 건지 이 이상은 못 한다고 시 즈쿠가 사과했다.

『면목이 없군, 주인…….』

"사과하지 마, 시즈쿠. 오히려 내가 억지 부린 건데 열심히 해 줘서 고마워."

시즈쿠의 약은 효과가 굉장하니까 치명상 수준인 곳에만 사 용한다. 그래서 그리 많은 양이 필요하진 않았다. 너무 많이 써 도 몸에 부담이 가니까. 이걸 조절하는 게 무척 어렵다. 의료팀 은 늘 그 경계선을 꿰뚫어 보는 걸 보면 정말 대단해. 그러니 아 마추어의 판단으로 섣불리 약을 쓸 수는 없다. 우선 리히토의 찔린 상처와 내 오른쪽 다리의 피는 멎었으니 그걸로 충분하다. 덕분에 상당히 편해졌다. 주로 정신적인 면에서. 그 외의 상처 는 기르 씨가 루드 선생님에게 받아왔다는 진통제를 사용한 뒤 나와 기르 씨가 갖고 있던 붕대로 응급처치. 부은 뺨은 차갑게 식혀주기. 우선은 이걸로 끝이다.

"미안해, 로니. 나중으로 미뤄서."

"나는, 심각하지 않으니까."

하지만 로니는 마력이 거의 남아있지 않고, 손목과 발목엔 나 와 마찬가지로 심한 화상을 입었다. 그래서 기르 씨가 로니의 치료를 시작하려고 했는데 로니가 제지했다.

"저기, 저보다, 저 사람을, 구해주실 수 있을까요."

그렇게 말하며 손가락질한 곳에는 피를 흘리며 쓰러진 라비 씨가 있었다. 어느새?! 전혀 눈치채지 못했다. 나는 얼마나 내 일로만 급급했던 거야. 라비 씨, 저렇게 다친 몸으로 계단을 올라온 건가? 아직 살아있는, 거지……?! 심장이 경종을 울렸다. 피를 너무 많이 흘려서, 멀리서 봐도 알 수 있을 만큼 창백한 얼굴로 축 늘어져 있었으니까.

"기르 씨, 제발……!"

허둥지둥 그렇게 부탁하자 기르 씨가 얼굴을 찌푸렸다. 뭐, 뭐지? 시즈쿠의 약은 하나 더 있으니까 그걸 쓰면 살릴 수 있을 거다. 걱정할 요소는 없지 않아? 하지만 기르 씨의 말은 더없이 싸늘했다.

"……저 여자는 모험가 라비잖아? 너희를 납치했다는."

기르 씨는 낮은 목소리로 분노를 눌러 죽이듯 말했다. 진심 어린 분노가 전해져서 순간 말문이 막혀버렸다. 기르 씨, 엄청 화났구나.

"아, 알고 있었어? 하지만 그건 오해고……. 아니, 오해는 아니었는데……. 어라? 어, 하지만 그게 아니고!"

어떻게든 오해를 풀고 싶다. 하지만 그건 딱히 오해가 아니잖아! 아아, 뭐라고 설명해야 하지?! 끙끙 앓는 소리를 내며 당황하는 나를 보며 가볍게 한숨을 쉰 기르 씨는 내 머리에 부드럽게 손을 올렸다. 그리고는 말없이 일어나 라비 씨를 향해 걸어갔다.

"……나중에 이야기를 들어야 하니까. 죽으면 곤란한 것뿐이다."

"기르 씨……! 고마워!"

기르 씨가 말하는 이유는 조금, 음, 그랬지만 그래도 치료해 주려는 게 기뻐서 눈물을 매달고 인사했다. 생각하는 바는 있어도 제대로 내가 하고 싶은 말을 헤아려 준 거야! 기르 씨는 역시 자상해! 신사는 태도가 다르다니까! 나는 그대로 기르 씨를 눈으로 좇아갔다. 그때 또 하나, 듣고 싶었던 목소리가 내 귀에 도착했다.

『주인님! 다녀왔어!』

"쇼!"

나의 첫 계약 정령인 쇼가 내 주변을 살포시 날더니 얼굴 앞에서 멈추고 웃으며 인사해 주었다. 그 활기찬 모습에 진심으로 안도했다. 다행이야아아아!

『그림자독수리는 진짜, 사기급 이동력이었어!』

그래도 역시 조금 지친 모양인지 쇼는 내 앞으로 두둥실 내려와 앉더니 내가 예전에 가르쳐 준 단어를 구사하며 보고해주었다. 아하, 기르 씨는 그림자를 넘어올 수 있으니까. 말 그대로 사기, 반칙급 이동력이다. 이동에만 한정되지 않는 느낌도 들지만. 그런 대단한 기르 씨를 여기까지 안내한 게 쇼라고 한다. 쇼는 도움을 불러 와 달라는 내 지시를 더없이 완벽하게 수행해주었다. 유능하잖아!

"쇼, 정말 고마워. 덕분에 살았어! 사랑해!"

『에헤헤, 쇼도 주인님 사랑해!』

마주 보고 우후후 웃자 포근한 분위기가 감돌았다. 하지만 바로 정신을 차렸다. 지금 쇼의 일인칭이 '쇼'였잖아? 이럴 때는 힘들어서 어리광 부리고 싶은 때니까…….

『주, 인, 님? 쪼끔만 마력 나눠주라아아.』

"역시나?!"

쇼는 이번에 아주 열심히 해줬다. 말 그대로 내 생명의 은인! 분명 아주 많이 이동해서 마력을 소모했겠지. 맑게 말하고는 있지만 사실은 상당히 한계일지도 모른다. 이대로 쇼가 사라져 버리게 된다면 무덤에서도 후회할 거야! 좋아, 나도 버텨야지. 자, 쇼! 내 마력을 먹도록…… 아앗!!

쇼에게 마력을 빨려서 축 늘어진 나. 하지만 마법진에 억지로 마력을 주입하던 것에 비하면 아무렇지도 않다. 오히려 쇼의 안심한 듯한 미소를 보니 나도 만족이다. 괜찮아, 쇼. 여기는 아직 마소가 없는 장소니까, 마석 안에서 푹 쉬어.

"저기, 저 무서울 정도로 잘생긴 사람이 메구의…… 보호자야?"

은은한 행복을 느끼며 그 자리에 누워있었더니 옆에서 마찬가지로 누워있던 리히토가 살며시 물어보았다. 무서울 정도로 잘생긴 사람이라니, 참 절묘한 표현이다. 우리를 치료할 때는 마스크를 벗었으니까. 상대는 어린아이인데다 상황이 상황인 만큼 겁먹지 않도록 기르 씨 나름대로 배려한 건지도 모른다. 처음 만났을 때 겁먹었던 게 생각나는구나. 라비 씨에게 갈 때 바로 장착해버려서 지금은 얼굴이 잘 안 보이지만.

"응. 서류상의 파파야. 나를 주워서 구해준 사람에 대해 전에 말했었지? 그 사람이 기르 씨."

"파파라는 나이로는 안 보이는데. 게다가 되게 강자라는 아우라가 느껴져."

눈은 걱정을 담고 라비 씨를 보면서도 놀라움과 호기심이 더 컸는지 리히토는 그런 말을 중얼거렸다. 아마 라비 씨도 약을 썼으니 이제 괜찮을 거라고 본 거겠지. 게다가 설령 여기에 있는 적이 모두 덤벼도 기르 씨가 있다면 순식간에 전부 해결될 거라는 안심감이 어마어마하다. 아까 그 기르 씨의 모습을 봤으면 싫어도 알 수밖에. 물론 적도 그런 사람을 상대로 공격하려는 생각은 못 할 테지만. 이해해, 리히토. 그래서 나도 그냥 의식을 놔버리고 싶어졌다. 어디가 아프고 쑤시는지도 알 수 없을 만큼 전체적으로 엉망이니까. 하지만 여기서 쓰러졌다간 이 뒤에 다들 어떻게 되는지 지켜볼 수 없다. 으, 하지만 슬슬 한계가…….

『주인님! 이제 곧 두목이랑 마왕이 와!』

"어? 아빠랑 아버지가?!"

하지만 쇼의 보고에 내 의식이 되돌아왔다. 그 두 사람이 이 상태로 기절한 나를 보여줬다간 큰일이 난다. 최고 수준으로 과보호하는 콤비인걸! 기르 씨의 반응이 더없이 평화롭고 양심적이었다는 걸 깨닫게 되는 사태가 일어날지도 모른다. 실제로 적은 아무도 다치지 않았으니 평화적인 해결이라고 할 수 있잖아? 정신적인 타격은 아주아주 깊게 새겨진 모양이지만. 하, 하지만 그 둘은 안 된다. 자칫 잘못했다간 대륙이 가라앉는다. 견디자, 메구. 조금만 더!!

"잠깐, 지금 아빠와 아버지라고 하지 않았어? 너, 너 아버지가 몇 명인 거야?"

리히토의 얼굴 근육이 성대하게 꿈틀거렸다. 아, 그렇구나. 제대로 설명하지 않았지. 깜빡 잊었다. 나는 당황하는 리히토를 향해 웃으며 대답했다.

"괜찮아. 세 명뿐이니까!"

"잠깐. 세 명뿐이라는 것 자체가 이상하거든?"

뭐, 그렇겠지. 나도 기준이 상당히 이상해졌다는 자각은 있다. 하지만 어쩔 수 없잖아. 다들 아버지인걸. 관계가 좀 복잡하지만 다 아버지다.

"전에 말했잖아? 아빠가 전생의 친아빠고, 아버지가 이번 생의 친아버지야."

"그리고 저 기르 씨가 보호해 준 임시 아버지라는 건가. 복잡하기 짝이 없잖아."

"다들 자상해."

"그건 좋은 일이지만 그런 문제야?"

고개를 갸웃거리는 리히토. 사소한 부분은 뭐 어때. 아하하. 나는 웃으며 얼버무렸다.

"그, 두 명의, 아버지와는, 같은 길드에, 사는 거야?"

맞다, 로니도 그 이야기를 들었지. 일본이나 전생, 차원 이동 같은 건 자세히 설명하지 않았으니까 그 부분은 잘 모를 테지만. 이렇게 질문한다는 건 복잡한 사정임을 감안하고 받아들여 준다는 거겠지. 아무리 생각해도 평범한 아이가 아닌데 거부반응 없이 당연하다는 듯 평범하게 대해주는 게 기쁘다. 이건 리히토도 마찬가지지만.

"아니, 같이 사는 건 아빠……. 전생의 아빠만이야. 아버지는 같이 살진 않지만, 편지를 주고받고 있어."

모처럼의 기회이니 아버지에게서 오는 편지는 아주아주 길다고 역설했다. 내가 편지지 한두 장 정도인 것에 비해 아버지가 보내는 편지는 열 장을 가뿐하게 넘어간다. 덕분에 독해와 작문 실력이 상당히 늘었다. 평범하게 읽을 수도 쓸 수도 있지만, 전생의 내가 알던 것과는 다른 언어인 만큼 특히 쓸 때 계속 위화감을 느꼈었다. 하지만 편지를 쓰게 된 뒤로 상당히 익숙해졌으니 펜팔을 해주는 아버지에게 참 감사하다.

"메구도 그렇구나. 나도 모르는 말과 글자인데 어째서인지 자연스럽게 구사할 수 있었어."

"신기하단 말이지……. 나는 이 몸이 알고 있었던 게 아닌가 가정했었는데. 하지만 글을 읽을 기회가 있었다고 해도 이 나이에 그렇게 잘 알지는 못할 거 아냐. 역시 리히토와 같은 신기한 힘이 작용하는 걸까."

일본과의 연관점이나 전생, 차원 이동에 관련된 미스터리는 아직 수수께끼투성이다. 아빠도 미콜라슈 씨와 함께 오랫동안 연구하는 모양이지만 마땅한 성과는 얻지 못했다고 했고. 뭐, 아빠는 꽤 예전부터 그 연구는 포기했었고 나와 재회한 지금은 이미 목적조차 사라졌으니 그리 열심히 조사하는 건 아닌 듯하지만. 차원 이동으로 넘어온 아빠와 리히토가 둘 다 마력을 많이 보유하고 있다는 게 마음에 걸려……. 이 기회에 또 연구에 힘을 실어달라고 할 수는 없을까? 나도 여러모로 조사할 수 있다면 좋겠는데. 더 성장하지 않으면 어려우려나.

"글쎄. 뭐, 잘 모르겠지만 지금 생각해보면 말이 통해서 다행이었지. 마력량은……. 편하긴 해도 솔직히 성가신 게 더 크고."

한창 전쟁 중인 곳에, 그것도 마대륙으로 떨어진 아빠와는 달리 인간 대륙에 떨어진 리히토에게 마력은 확실히 방해였을지도. 이런 사건에도 휘말렸고 말이야. 그런 생각을 하고 있을 때였다. 갑자기 지면이 흔들릴 정도로 커다란 포효가 울려 퍼졌다. 피부를 찌릿찌릿하게 자극하는 위압감에 리히토와 로니의 몸이 뻣뻣해졌다. 하지만 나는 이 감각을 안다. 아니, 오히려 익숙하다.

"리히토, 로니. 괜찮아. 저건……."

내가 안심하게 해주려고 입을 열었을 때 '으앗!'하는 로니의 목소리가 귀에 들어왔다. 고개를 돌리자 얼굴이 새파랗게 질린 로니의 시선이 동굴 입구에 못박혀 있었다.

"말도 안 돼, 저, 저 사람…… 마왕님, 이야……! 게다가, 옆에 저 사람도, 본 적, 있어!"

아, 그렇구나. 광산에 살던 로니는 전이 마법진을 사용한 아버지를 본 적이 있는 건지도. 같은 이유로 아빠도. 와, 로니가 긴장해서 딱딱하게 얼었네. 그리고 보면 일반적으로 마왕이란 경외의 대상이었지. 사실 내 안에선 좀, 얼굴값 못하는 조각 미남이라는 카테고리로 분류되어 있다 보니 그걸 자꾸 잊어버리곤 하지만.

"어? 마왕?! 왜 마왕이 이런 곳에……."

리히토가 겁을 먹은 듯 그렇게 말한 덕분에 퍼뜩 생각났다. 아, 그렇구나. 이거 아직 말 안했지.

"진정해, 괜찮으니까. 마왕님이 내 아버지야."

참고로 그 옆에 있는 사람이 아빠라고 소개하자, 몇 초의 침묵 후 두 사람이 절규했다. 진정은커녕 반대로 더 흥분시키고 만 모양이었다. 어, 어라?

6 다녀왔다고 인사하기 위해

동굴 안으로 달려온 사람은 세 명이었다. 아버지, 아빠, 그리고 저 사람은 늘 접수대에 있는 아돌 씨다. 얼굴을 보면 인사하는 정도의 접점밖에 없지만, 체구가 작고 온화하며 정중한 사람이라는 인상이 있다. 특이한 인선이라고 생각하며 멍하니 쳐다보고 있었더니, 내 존재를 알아차린 세 사람이 몇 미터 정도 앞에서 우뚝 움직임을 멈췄다. 왜 그러지? 고개를 갸웃거리는 내 앞에서 세 사람이 각자 다른 반응을 보였다.

"메, 메구 씨?! 서둘러 의료팀에게 보여야겠어요!"

맨 먼저 입을 열고 가장 냉정하면서도 적확한 행동에 나선 아돌 씨는 서둘러 나에게 달려왔다. 그 얼굴은 안쓰러운 듯 구겨져 있어서, 진심으로 나를 걱정하는 게 전해졌다. 자칫 잘못 건드렸다간 아프게 할 거라며 손을 이리저리 배회하는 모습에 어쩐지 가슴이 따뜻해졌다.

"아돌 씨?"

"네, 맞습니다. 이름을 기억하고 계셨군요……. 이렇게 다치다니, 분명 힘드셨겠죠. 이제 괜찮습니다."

약간 울먹이는 목소리로 그렇게 말하는 아돌 씨 때문에 나도 덩달아 눈물이 맺힐 뻔했다. 겉으로 보이는 인상대로 다정한 사람이라는 게 느껴졌다.

"메, 구……?!"

이어서 반응을 보인 건 아빠였다. 그 자리에 멈춰서서 창백한 얼굴로 부들부들 떠는 게, 이 상황을 바로 이해하지 못한 듯했다. 응급처치를 했다고는 하나 한눈에 봐도 알 수 있을 만큼 크게 다쳤으니까. 몸 여기저기와 옷이 나와 리히토의 피로 더러워진 상태고. 하지만 아빠다……. 그 모습을 새삼 확인하자 진심으로 안도했다. 어마어마하게 걱정 끼쳐서 정말로 미안한 마음과, 역시 구하러 와 줬다는 게 기쁘고 재회한 것도 기뻐서 가슴이 벅차오른다. 나는 움직일 수 없는 상태이니 굳어있지 말고 이리 와 줬으면 좋겠는데.

"아빠."

"……메구!"

그런 마음을 담아 부르자 재기동에 성공한 아빠가 바로 이쪽으로 달려왔다. 그리고는 내 상처를 하나하나 확인했다. 부어버린 뺨을 살포시 만지고는 손목과 발목에 감긴 붕대를 측은해하는 눈으로 바라봤다가, 새빨간 피로 물든 오른쪽 다리의 붕대를 봤다.

"신경이 다치지 않았다면 좋을 텐데……."

"그건 모르겠어……. 하지만 시즈쿠의 약을 썼으니 괜찮을 거야! 진통제 덕분에 지금은 아프지도 않고."

"그러냐……. 하지만 만약 후유증이, 아니, 흉터가 조금이라도 남았다간 나는 이 대륙을 바다 밑으로 가라앉히는 것도 불사할 거다."

"사양해야지!"

뭔가 상당히 진심으로 말하는 게 무섭거든요. 그리고 진짜 가라앉힐 수 있는 실력을 갖춘 점이 골치 아프다. ……아, 이거 불길한 예감이. 그러고 보면 이 자리에는 누구보다도 나를 과보호하는 사람이 와 있었지. 나는 그 사람, 아버지를 향해 쭈뼛쭈뼛 시선을 옮겼다. 어라? 아직 얼어있잖아. 아니, 그건 그거대로 무섭지만 괜찮은가? 그렇게 생각한 그때였다.

"……!!"

아버지는 쾅! 하는 요란한 소리를 내며 충격으로 눈을 부릅뜬 채 그 자리에 쓰러지고 말았다. 뭐, 뭔데?! 쓰러지고 싶은 건 이쪽이거든요?! 얼굴값 못하는 마왕님은 건재하구나! 뭔가 참, 여러모로 예상할 수 없는 사람이다.

"아슈 녀석, 생각을 멈췄군. 하아, 일어났을 때 귀찮겠어."

한숨을 쉰 아빠가 고개를 내저으며 중얼거렸다. 확실히 힘들 것 같다. 아버지가 눈을 떴을 때 소란을 피우는 모습이 쉽게 상상이 간다니까. 조금 회복했으니 적어도 옷 정도는 갈아입을까? 나는 수납 팔찌의 디스플레이 창을 열고 갈아입기 쉬워 보이는 옷을 골랐다.

옷은 이 대륙에 왔을 때 입고 있었던 간소한 디자인의 원피스로 했다. 전투복을 입을 수도 있지만, 그건 좀 눈에 띄는 데다 조금이라도 편한 옷을 입고 싶었으니까. 참고로 발은 맨발로 뒀다. 양말도 신발도 상처에 안 좋으니까.

"메구 씨, 무리하시는 건 아니죠? 아아, 제게 의학 지식이 있었다면 좋았을 텐데! 더 공부해놓을 걸 그랬습니다……!"

몸에 묻은 피를 젖은 수건으로 살며시 닦고 옷도 갈아입어 조금 개운해졌을 때, 아돌 씨가 다시 말을 걸었다. 벗은 옷을 개어주고 마실 것을 건네는 등 정성스럽게 시중을 들면서 한탄까지. 어째 바쁜 사람이다. 나를 염려하는 마음에서 이런다는 걸 아니까 나도 같이 안절부절못하는 기분이다. 아돌 씨는 다정함의 화신 같은 사람이구나.

"괘, 괜찮아요, 아돌 씨. 기르 씨가 응급처치해 줬으니까요."

"하지만, 이건 너무합니다……! 빨리 제대로 치료받지 않으면 흉터가 남을지도 모르고요!"

흉터가 남는다는 단어에 아빠가 움찔했다. 지, 진정하자……? 아까 한 대화가 퍼뜩 되살아나서 간담이 서늘하다.

"……그건 심각한 사태로군. 무엇과 바꿔서라도 저지해야 하는 안건이야. 좋아, 당장 길드로 돌아가자."

"자, 자자자잠시만요! 저희에겐 이 처참하게 쓰러진 자들을 연행한다는 일이 남아있거든요?! 황제와 약속하셨잖습니까!"

폭주하기 시작한 아빠를 아돌 씨가 필사적으로 말렸다. 아니 근데, 황제?! 무, 무슨 약속을 한 걸까. 너무 굉장한 사람이 대화 속에서 튀어나오는 바람에 눈이 휘둥그레졌다. 리히토와 로니도 아연실색하고 있다. 그런데도 아빠의 폭주는 멈추지 않았다.

"시끄럽기는, 이런 잔챙이들은 알 바 아냐!! 재도 안 남기고 태워버려!"

"음, 태울까?"

"안 된다니까요! 마왕님도 이 타이밍에 눈뜨지 마시고요! 아아, 진짜!!"

태운다는 단어에 벌떡 일어난 아버지는 눈이 맛이 가서 완전히 공포 영화였다. 무, 무서워……! 리히토와 로니가 서로 바싹 붙어서 겁먹고 있잖아. 아니, 진짜로 왜 이런 타이밍에 일어나는 거냐고. 흥분한 아빠와 아버지 콤비를 어떻게든 진정시키려고 분투하는 아돌 씨가 불쌍해졌다. 아아……. 오는 동안 계속 이 사람들의 뒤치다꺼리를 했다고 생각하니 이 누나 눈물이 나올 것 같아! 죄송합니다. 죄송합니다. 제 아버지들이 좀.

"두목."

그때 라비 씨를 다 치료한 기르 씨가 돌아왔다. 다행이다, 기르 씨가 왔으니 이 두 사람도 진정하겠지. 안도한 것도 잠시…….

"태울 거면 밖에서 해."

"안 되거든!"

기르 씨도 여전히 극대노 상태였습니다. 아돌 씨의 마음이 꺾이는 소리가 들린 느낌이 든다. 움직임이 멈춰버렸는걸. 포기하고 싶어지는 것도 당연하지. 나는 이 보호자들을 우습게 봤던 모양이다. 하아. 쓰러지기 전에 일을 하나 처리할 필요가 있겠구나. 정말이지!

"아빠, 아버지, 기르 씨도. 잠깐 이리 와! 앉아! 지금 당장!!"

나는 아직 움직이지 못했기에 검지를 척 들어서 세 사람에게 말을 걸었다. 내 부름을 받은 세 사람은 어리둥절한 표정을 지으면서도 순순히 시키는 대로 따랐다. 다 큰 남자 셋이 얌전히 지시에 따라 내 앞에 앉는 모습은 참으로 괴랄했지만, 지금은 그런 걸 신경 쓸 때가 아니다. 나는 이번 사태와 내 마음을 간결하면서도 정중하게 설명했다.

"……그렇게 된 거니까. 나는 제대로, 끝까지, 마무리될 때까지 지켜보고 싶어. 태우면 안 돼! 알았어?!"

설명하면서 점점 흥분한 나. 팔짱을 끼고 화를 내며 설교하는 나를 아빠와 아버지는 감탄한 듯한 얼굴로, 기르 씨는 민망한 듯한 표정으로 끝까지 들어주었다. 참고로 아돌 씨는 감동의 눈물을 흘렸다. 어지간히 고생한 모양이다. 정말 제 아버지들이 폐를 끼쳤습니다!

"메구, 어쩐지 듬직해진 것 같은데……?"

"딸의 성장이라니, 가능하다면 이 두 눈으로 과정을 보고 싶었거늘……!"

"……미안하다. 이성을 잃을 뻔했어."

사과한 사람은 기르 씨뿐이다. 이 두 사람은 반성의 기색이 안 보여. 오히려 감격해서 눈이 촉촉해졌을 정도다. 답이 없는 팔불출 모드에 딸로서 참으로 기분이 복잡했다. 아니, 지금은 좀 더 반성해야 하는 타이밍이거든요! 나는 두 사람을 향해 다시 입을 열었다.

"아빠랑 아버지는 각자 해야 하는 일이 있는 거잖아? 나는 이렇게 무사히 구출되었으니까 이제 안심해. 일이 있다면 제대로 그걸, 해, 야……."

어라? 어라라라라? 왠지 힘이 안 들어간다. 잔소리하는 도중에 의식이 몽롱해졌다. 이제 진짜로 한계였구나. 여전히 앉은 자세였지만 그조차 유지할 수 없을 만큼 약해진 모양이다. 몸이 휘청 기우는 걸 느꼈다.

"메구! ……휴우, 놀랐군."

"나 원, 무리하기는."

그런 나를 아버지가 받아주었다. 머리 위에서 안도의 한숨이 내려왔다. 작은 목소리로 고맙다고 인사하자 아버지는 힘없는 목소리로 '당연하지 않으냐'라며 웃었다. 그런 우리를 보고 아빠도 걱정된 듯 내 얼굴을 들여다보았다. 아직 의식은 있지만 이젠 손가락 하나 까딱하지 못할 것 같다. 에헤헤, 아빠도 걱정 끼쳐서 미안해.

"너희도 아직 어린아이잖아. 무리하지 마. 뒷일은 우리에게 맡기고 푹 쉬라고."

그 후 바로 고개를 든 아빠는 여태까지 살짝 방치되었던 리히토와 로니를 향해 말을 걸었다. 제대로 염려하는 것 같아 안심이다. 그래, 이 두 사람도 소개해 줘야지.

"어, 아니, 하지만 나는……."

당황한 듯 대답하는 리히토. 사양하는 건가? 이런 일본인의 특성을 보면 왠지 친근감이 솟는다니까. 아빠는 그런 리히토를 보며 머리에 손을 툭 올리고 물었다.

"너 집은? 안전하게 바래다줄 거지만 그 전에 제대로 치료부터 해야 하거든. 잠시 데리고 있겠다고 가족에게 전해주고 싶은데."

가족이라는 단어에 흠칫 반응한 리히토는 그대로 입을 다물어 버렸다. 그야 그렇겠지. 일본에는 당연히 돌아갈 수 없고, 이

곳의 보호자인 라비 씨도⋯⋯. 그러자 그런 리히토를 본 아빠는
무언가를 알아차린 모양이었다. 아빠는 이런 걸 금방 눈치챈단
말이지. 그 이상은 묻지 않고 리히토의 머리를 쓱쓱 쓰다듬은
뒤 웃었다.

"뭐, 나중 일은 나중에 생각하기로 하자. 괜찮아. ⋯⋯고생 많
았어."

뒷일은 맡겨달라는 아빠의 든든한 말을 듣고 리히토는 어떤
반응을 보였을까. 눈물이 고였을까? 아버지의 품에서 축 늘어져
눈을 감아버린 나였기에 확인할 수는 없지만, 부드러운 분위기
라는 건 알 수 있었다.

"저기. 저는, 돌아갈 곳이, 있는데요."

이어서 로니의 머뭇거리는 목소리가 들렸다. 그래, 로니의 집
은 광산이지. 정말 앞으로 조금만 더 가면 되는데 이렇게 되어
버렸으니 빨리 돌아가고 싶겠지. 아, 하지만 로니는 드워프 사
이에서는 특이하다고 뭔가 응어리 같은 게 있는 것 같았는데.
막연히 얼굴을 보기 불편한 건지도 모르지만⋯⋯. 부모님과도
한 번 제대로 대화하게 된다면 좋겠다. 로니도 행복해졌으면 좋
겠는데.

"아, 너는 네 아버지에게 부탁받았어. 로나우드 맞지?"

"어, 그, ⋯⋯네."

로니의 말을 들은 아빠는 이번엔 로니를 향해 그렇게 물었다.
어라? 그런 거야? 하지만 잘 생각해보면 그런가. 아빠 일행은
광산을 통해 건너왔으니까, 거기서 로니의 부모님을 만났어도

이상하지 않다. 부모님도 갑자기 로니가 사라져서 걱정하고 있겠지. 그러니 이렇게 아빠에게 부탁한 거잖아? 그걸 안 것만으로도 다행이다.

"네 아버지와는 내가 교섭해두마. 우선 우리 길드에 와. 그 화상 흉터 정도라면 완벽하게 없앨 수 있는 의료팀이 있거든. 그 이야기를 꺼내면 로드리고도 길드에 한 번 가는 것 자체는 허락하겠지."

아빠의 말투로 봐선 로니의 아버지는 조금, 그, 완고한 면모가 있는 건가? 까다로운 사람이라고 해야 할까. 그건 어느 의미 아들을 아끼는 마음이 그렇게 드러나는 거라고 보는데.

"하지만 그 뒤엔……. 네가 직접 정해."

"어……?"

로니의 놀란 목소리가 이어졌다. 아빠는 다른 사람의 속내를 다 들여다보는 것처럼 말할 때가 있단 말이지. 옛날부터 그렇다. 늘 가장 원하는 말을 해주거든. 어쩌면 광산에서 로니의 아버지에게 무언가 이야기를 들은 건지도 모르지만, 그런 걸 제대로 기억해두고 알아채는 능력이라고 해야 하나? 그런 게 탁월하다.

"너도 싸웠잖아? 말하지 않아도 대충 알아. 전보다 훨씬 성장한 너라면……. 자신이 앞으로 어떻게 할지도 정할 수 있을 거야."

그리고 어린아이라고 해서 적당히 대하지도 않는다. 한 명의 사람으로 제대로 인정해 준다. 그런 대접이 아주 기뻐서 자신감으로 이어진다. 그래서 다양한 사람들이 아빠를 따르고 신뢰한다. 특급 길드 오르투스의 두목으로서 선두에 서서 걸어갈 수 있는 거다. 그런 아빠가 너무 자랑스러워.

"저에 대해, 무슨 말, 들었어요?"

"아니. 드워프치고는 드물게도 광산보다 숲을 좋아하는 특이한 녀석이라는 정도?"

아빠의 말을 들은 로니는 복잡한 기분인지 입을 다물어 버렸다. 아아, 역시 로니의 아버지와 로니는 근본적인 사고방식이 안 맞는 건지도 모르겠구나. 아마도, 제대로 광산에서 일하길 바라는 아버지와 다른 일에 관심이 있는 아들이라는 느낌. 여태까지 같이 여행하면서 느낀 바로는, 로니에게는 하고 싶은 일이 있는 듯했다. 자신의 감정이나 생각하는 바를 그리 겉으로 드러내지 않는다. 하지만 확실하게 주관을 갖고 있는, 심지가 굳건한 소년이라고 느꼈다. 동시에 로니는 아주 상냥하니까……. 아버지에게 본심을 말하지 못하고 있는 건지도 모른다. 자신이 특이하다는 걸 신경 쓰고 있었으니까. 그 점에 죄책감을 느끼는 것 같았다.

"우리 길드에도 드워프가 한 명 있거든."

침묵하는 로니에게 아빠가 불쑥 그런 이야기를 꺼냈다. 오르투스의 드워프라면 부끄럼쟁이 커터 씨를 말하는 거구나. 말을 심하게 더듬어서 쇼의 통역이 없으면 아직도 무슨 의미인지 알아들을 수 없는 사람이지만, 늘 나를 위한 맞춤형 가구를 만들어주는 친절한 드워프다.

"어? 길드에? 사람이 많은 장소인데……."

로니의 반응으로 보아 드워프는 보통 타인과 교류하지 않는 건지도 모른다. 종족 특성인 건가? 아, 커터 씨의 말더듬증은 그런 환경에서 자랐기 때문이라는 이유가 있는 건지도 모르겠네.

"특이한 드워프지? 그렇게 자신의 길을 제 힘으로 찾아내는 녀석은 의외로 있는 법이거든."

분명 해맑게 씩 웃고 있겠지. 그래, 타인과 교류하는 게 조금 어려운 커터 씨도 자신이 살던 고향을 떠나 오르투스에서 활약하고 있다. 아무리 아빠가 꼬셨다지만 그렇게 하기로 정한 건 커터 씨다. 커터 씨 본인에게도 하고 싶다는 강한 열의가 없었다면 불가능한 일이다. 커터 씨도 사실은 뜨거운 남자구나! 로니의 사정은 모르지만, 이런 드워프도 있다는 전례를 듣고 조금 마음이 편해졌으면 좋겠는데. 로니가 자신감을 가질 수 있게 되길 바란다.

시끌시끌. 아빠 일행이 분주하게 돌아다니는 기척이 느껴진다. 그도 그렇겠지, 여기는 범죄조직의 소굴. 기르 씨의 살기에 당해 전의를 상실했다고는 해도 전부 구속해야 하니까. 게다가 우리가 소환해 버린 마대륙의 아이들도 보호해야 하고……. 해야 할 일이 많다. 바쁘게 움직이는 사람들을 방해하지 않도록 나와 리히토와 로니는 구석에 놓인 간이 매트 위에 축 늘어져서 그 광경을 멍하니 바라보았다.

"구속 마도구가 부족해. 우리 쪽에서도 대량으로 가져올 걸 그랬어."

"음, 황제에게 받은 것으로는 턱없이 부족하군. 기르가 그림자로 묶어놓고 있다만……. 이 대륙에서 마법으로 구속하는 건 조금 불안정하니 말이다."

"귀찮지만 밧줄로 묶을 수밖에 없나……."

그렇게 말하더니 아빠 일행은 협력해가며 조직원들을 착착 밧줄로 묶었다. 그 솜씨가 너무 현란하네요……. 평소엔 마법으로 구속하면서 이런 작업도 익숙하다니, 역시 대단하다. 그 얌전해 보이던 아돌 씨조차 막힘없이 움직이며 묶어놓는 걸 보니 사람은 겉모습으로 판단하면 안 되는 법이다. 오르투스의 길드원이기 때문에 그런 건지도 모르지만.

그나저나 이렇게 사람이 많았구나. 우리 용케 이 인원에게서 도망치려고 했었네. 백 명은 넘어가지 않을까. 본거지에 이만큼 있으니 밖에 나가 있는 잔당도 상당하겠지. 정말 커다란 조직이었구나. 새삼스럽지만 그 무시무시함에 몸이 떨렸다. ……떨리는 게 멈추지 않는, 데? 어라? 어쩐지 더워. 설마 열이 나는 걸까. 칼에 찔리기도 했고 마력도 몇 번씩 고갈될 때까지 써야 했으니까. 열이 나는 게 어느 의미 당연한 건지도.

"리히, 토……?"

"응…… 메구? 아, 너도?"

옆을 보자 리히토도 눈이 젖은 채 숨을 헐떡이고 있었다. 칼이 배에 박혔고 마찬가지로 마력 고갈을 여러 번 겪었으니 그것도 당연한가.

"메구, 리히토. 괜찮아?"

로니는 어떻지? 힘들어 보이는 데다 뺨이 살짝 붉은 걸 보면 미열 정도는 있어 보였다. 로니도 괜찮냐고 물어보고 싶었지만 목소리가 제대로 나오지 않고, 대신 목에서 쌕쌕 숨이 새어나갈 뿐이었다. 호흡도 힘들어지면서 자연스럽게 숨이 찼다.

"메구, 리히토……!"

아무래도 리히토도 나와 비슷한 상태인 모양이다. 로니가 초조한 듯 우리를 부르는 목소리가 아득하게 들렸다. 그 목소리를 알아차린 건지 몇 명의 발소리가 이쪽으로 다가왔다.

"무슨 일이야?!"

"둘 다, 아마, 열이 많이……."

로니의 말과 함께 누군가의 손이 목에 닿았다. '둘 다 열이 상당히 높아……', 아빠의 중얼거림이 들렸으니 이건 아빠의 손이다.

"이거 위험한데……. 진통제도 썼고, 마력 회복약도 먹었다고 했어. 이 이상 약을 먹어도 괜찮은지 내가 판단할 수는 없으니까. 바로 오르투스에 돌아가야 하는데……."

아빠가 조급한 목소리로 몇 초간 침묵했다. 발목 잡아서 미안해. 아직 여기에서 벗어날 수 없을 텐데. 하지만, 괴로워……. 뜨거워…….

"좋아. 기르, 아돌. 광산에 가서 이동 마법진으로 한발 먼저 오르투스에 돌아가. 로드리고와 교섭하는 건……. 아돌. 네게 부탁해도 되지?"

"네, 네! 맡겨주세요!"

바로 결단을 내린 아빠는 기르 씨와 아돌 씨에게 지시했다.

"1초라도 시간이 아쉬워. 사실은 나도 지금 당장 돌아가고 싶지만……. 여기로 불려온 아이들도 제법 있으니까. 그나마 그 애들이 모두 건강히 잘 있다는 게 천만다행이지만, 당분간은 여기서 떠날 수 없어. 아슈, 너도 마찬가지야."

"아, 안다! 기르, 아돌. 둘 다 부탁한다."

그렇구나. 아빠와 아버지는 여기에 남는 거야. 모처럼 만났는데 좀 섭섭하다. 일이라는 건 안다. 하지만 열 때문에 금방 감정이 치밀어서 자꾸 눈물이 흘렀다. 서운해.

"아빠…… 아버지……. 빨리, 돌아, 와."

그래서 나도 모르게 그렇게 조르고 말았다. 지금 정도는 괜찮지? 당연하다고 즉답한 두 사람은 번갈아 내 뺨을 살며시 쓰다듬었다. 그 후 어른들은 내 머리 위에서 간단하게 상의한 뒤 바로 행동을 개시했다.

"조금만 더 참으면 된다. 분명 잠든 사이에 끝날 테니까. 잠시 자 둬."

"기르, 씨……."

기르 씨가 조심스럽게 안아 들더니 그대로 부드러운 쿠션 비슷한 것 위에 내 몸을 눕혔다. 잠시 후 좌우로 리히토와 로니도 데려다 놓은 기척을 느꼈다. 희미하게 눈을 떠 보자 본 적 있는 바구니 안에 우리를 옮겨놓은 모양이었다. 아하, 황새 택배구나. 좌우에도 번갈아 시선을 굴리자 둘 다 눈을 감고 괴로워하는 게 보였다. 아아, 로니도 열이 오르기 시작했나 봐.

"아돌은 세 사람 옆에서 지켜봐 줘. 평소보다 더 빨리 간다. 보호 부탁해."

"보조와 보호라면 제 특기 분야이니 맡겨주세요! 마음껏 속도 올리셔도 됩니다!"

그런 두 사람의 대화가 왠지 든든하다. 기르 씨는 물론이고 아돌 씨도 무척 믿음직스럽구나…….

아무래도 어느새 의식을 잃었던 모양이다. 불현듯 누군가가 소리치는 목소리에 일어났다. 처음 듣는, 조금 사납게 낮은 목소리와 잠든 애들이 깬다면서 상대방을 달래는 아돌 씨의 목소리. 뭔가 싸움이 일어난 건가? 눈을 감은 채 귀를 쫑긋 기울였다.

"로나우드! 어이, 무사히란 약속은 어떻게 된 거냐?!"

아, 그렇구나. 이 사람은 로니의 아버지인 거야. 그렇다면 지금은 광산에 도착한 건가? 하하, 계속 여기를 목적지로 삼고 여행했는데 이런 상태로 통과하게 될 줄은 몰랐는걸. 로니의 아버지는 어떻게 생겼을까. 역시 로니를 닮았나?

"네, 로드리고 씨. 그 말씀대로입니다. 저희는 약속을 아직 지키지 못했죠."

다급한 듯 소리치는 로드리고 씨와는 대조적으로 아돌 씨가 지극히 냉정한 목소리로 대답했다. 약속이라. 무사히라는 걸 보면 로니를 건강한 상태로 데리고 돌아오겠다는 약속이었던 걸까. 멍한 머리로 그런 생각을 했다.

"그러니까 여기를 지나가게 해주세요. 오르투스에 돌아가 의료팀의 진찰을 받으면 확실하게 건강해진 아드님을 데려올 테니까요."

와, 아돌 씨도 참 대단한데. 억지라고 할 수 있을 정도의 주장이기는 하지만, 사실이기도 하다. 루드 선생님이나 메어리라 씨, 그리고 레키가 있는 오르투스 의료팀의 실력은 굉장하니까.

"시끄럽다! 지긋지긋해! 너희는 약속을 깼어! 됐고 로나우드를 두고 꺼져라! 마법진 사용도 허락할 수 없다!!"

갑작스러운 노호성에 몸이 흠칫 떨렸다. 나만이 아니라 리히토와 로니도 희미하게 눈을 떴다. 그런 우리를 본 아돌 씨가 '깨워서 죄송합니다'라며 부드럽게 어깨를 토닥였다. 그리고 발끈한 듯 항의하는 목소리를 냈다.

"적당히……."

"적당히 해!!"

하지만 우리는 또다시 움찔하게 되었다. 아돌 씨의 말을 가로막듯 화낸 사람은……. 기르, 씨? 나를 포함해 아돌 씨도 놀라서 눈을 동그랗게 떴다. 기르 씨를 아는 사람이라면 다들 같은 반응을 보이지 않을까.

"이런 상태인 아이들을 보고도 너는 아무 생각이 없는 거냐!"

이런 식으로 언성을 높이는 기르 씨는 처음이다. 우리를 위해 어마어마하게 화내고 있다. 동굴에 구하러 왔을 때와는 또 다른 분노다. 하지만 조금 전과 달리 이 기르 씨는 전혀 무섭지 않다. 말에 힘을 주고 있을 뿐이라는 걸 아니까.

"……미안하다. 무서웠지?"

그래서 여느 때의 조용한 목소리로 우리에게 말을 건넬 때도 전혀 무섭지 않았다. 하고 싶은 말은 많았지만, 지금의 나는 고개를 느릿느릿 저을 수밖에 없었다. 그래도 기르 씨에게는 의도가 전해진 모양이었다. 안도한 듯 부드럽게 머리를 쓰다듬어주었다.

"……로드리고 씨. 아이들이 이런 일을 겪어서 화가 난 사람은 당신만이 아닙니다. 로나우드의, 아이들의 목숨이 귀하다는 걸 아신다면 지금 당장 전이 마법진을 쓰게 해주세요! 이러는 사이에 치료 시기를 놓쳐도 괜찮으신 겁니까?!"

짧은 침묵 후 이번에는 아돌 씨가 냉정하게 말을 이었다. 조금 전의 말투와는 다르게 어조에 힘을 줘서 말하는 게 느껴졌다. 아돌 씨도 진지하구나. 로드리고 씨에게 화난 게 아니라, 그저 알아주길 바라는 것뿐이야. 제발, 로드리고 씨. 기르 씨와 아돌 씨를 믿어주세요.

"……반드시, 회복되는 거지?"

몇 초 후, 로드리고 씨가 속삭이듯 말했다. 통한 걸까? 그렇겠지. 걱정되는 것뿐이지?

"약속합니다. 상태가 심하니 시간은 조금 걸릴 테지만요."

아돌 씨의 답을 듣고 다시 짧은 침묵이 흘렀다. 그 후 발소리가 들렸다. 어딘가로 가버리는 건가? 그 순간 로드리고 씨가 퉁명스러운 목소리로 말했다.

"……따라와."

그 목소리에 기르 씨와 아돌 씨도 걷기 시작했다. 발소리 때문에 조금 알아듣기 어려웠지만, 아까보다 더 작은 목소리로 '미안하다'라고 말한 것도 내 귀에는 들렸다. 감사합니다, 솔직하지 못한 로드리고 씨.

그렇게 몇 분 정도 바구니를 타고 이동했다. 광산 안을 걸어가고 있는 듯했다. 어린아이라고는 해도 세 명이나 들어있는 커다란 바구니를 기르 씨 혼자서 가뿐히 들고 가는 게 은근히 굉장하다. 캄캄한데다 누워있어서 풍경도 안 보이고, 여기저기 모퉁이를 많이 돌아서 어딜 어떻게 가는지는 통 알 수 없었다. 보였다고 해도 외우지 못했을 것 같다. 광산에 사는 드워프라면 다들 안 헤매나? 이쯤 되면 특수능력인데. 그렇지 않아도 툭하면 길을 잃어버리는 내가 보기엔 존경스러운 사람들이다. 잠시 후, 커다란 문이 열리는 소리가 들렸다. 아무래도 이 문을 열고 들어가는 모양이다.

"마력은 어떻게 할 거지? 전에는 마왕이었잖나."

"내가 하지."

그런 대화가 들린 걸 보니 분명 여기에 전이 마법진이 있는 거겠지. ……전이 마법진이라. 어쩐지 그 단어를 떠올리기만 해도 공포가 느껴진다. 지독한 일을 겪었으니까. 하지만 괜찮아. 지금 여기에는 기르 씨와 아돌 씨가 있잖아. 그렇게 거듭 스스로를 타일러 마음을 달랬다.

"기르 씨, 괜찮으세요? 이 대륙에서 은근히 마력을 사용하셨는데……."

마력 제공을 자청한 기르 씨에게 아돌 씨가 걱정하며 물었다. 하지만 기르 씨의 대답은 참으로 담백했다.

"어느 정도의 마력이 필요한지는 저번에 지나올 때 파악했다.

전혀 문제없어."

"정말 마력량이 얼마나 많은 겁니까…… 괜찮다니 다행이지만요."

아까 시즈쿠에게 마력을 나눠주기 위해 쓸데없이 방출하게 했으니 괜찮을지 걱정이었는데, 아무래도 정말 괜찮았던 모양이다. 광산의 전이 마법진에 마력이 얼마나 필요한지는 몰라도 우리가 마력을 주입했던 그 마법진과 같은 효과니까, 필요한 마력도 그리 큰 차이는 없는 걸까? 아니, 이곳 마법진은 애초에 물자를 주고받기 위해 쓸 테니 상당히 큰 규모겠지. 그야말로 이방 하나를 통째로 옮길 정도? 그렇다면 우리가 주입한 양의 수십 배의 마력이 필요하겠지? 그런데도 이리 여유롭다니. ……하하하, 정말 말도 안 되는 수준이라니까.

"나는 이번엔 안 간다. 이쪽에서 마왕과 오르투스의 두목을 기다리지."

"알겠습니다. ……신세 많이 졌습니다, 로드리고 씨. 당분간 계속 부탁하게 될 것 같지만요."

"흥……. 이번에야말로 약속을 어기지 말라고."

"한 번도 어긴 적은 없다고 보는데요……. 아뇨, 네. 반드시!"

그렇구나. 여기서 일단 로드리고 씨와는 헤어지는 거야. 언젠가 몸이 좋아지고 나면 나도 다시 인사하러 오고 싶다. 로니가 광산에 돌아갈 때 같이 갈 수 있다면 좋겠는데. 그런 생각을 하고 있을 때 막대한 마력이 방출되는 걸 느꼈다. 기르 씨가 마법진에 마력을 주입하기 시작한 모양이다. 마침내 인간 대륙을 떠나는 순간이 왔다.

걱정거리는 있다. 한둘도 아니지. 리히토와 로니가 앞으로 어떻게 할지도 걱정되고, 아직 그 동굴에 남아있는 아이들에게도 사과하고 싶다. 게다가…… 라비 씨. 또 만날 수 있을까. 제대로 대화도 나누지 못했으니까, 한 번만이라도 다시 만나고 싶다. 하지만 어렵겠지……. 나는 마대륙에 돌아가니까. 같이 지냈던 나날을 떠올리자 참지 못하고 눈물이 흘렀다. 배신당하고 심한 짓도 당했지만, 그래도 라비 씨에게 많이 신세 졌던 건 사실이다. 하지만 지금은 몸을 푹 쉬면서 회복하는 게 급선무라는 것도 안다. 응, 건강해지고 나면 그때 또 생각하자. 지금은 그저 다들 무사하게 해달라고 기도할 뿐이다.

잠시 후 전이 마법 특유의 감각이 밀려들었다. 이젠 익숙해지긴 했어도 지금처럼 몸이 약해진 상태에서 느끼는 건 상당히 힘들었다. 윽, 속이 울렁거려. 눈이 핑핑 돌아. 미리 의식을 놓아버릴 걸 그랬는데, 마음에 걸리는 게 많아서 잠들지 못했다. 몸이 너무 나른하면 또 잠이 오지 않는구나. 회사의 노예였던 시절에 너무 지쳐서 졸린데도 잠이 안 와서 고통스러웠던 기억을 이럴 때 떠올리게 되다니. 정말 쓸데없는 것만 기억한다니까.

속이 안 좋아서 눈을 질끈 감고 있었더니 갑자기 마력 순환이 순탄해진 걸 느꼈다. 그것만으로도 힘들었던 호흡이 조금 편해졌다. 바로 마대륙에 도착했다는 걸 알았다. 이렇게나 공기가 다르구나. 그러고 보면 인간 대륙에 떨어진 직후엔 몸 상태가 아주 나빴지. 그것도 왠지 머나먼 옛날 일처럼 느껴진다. 아아, 마소가 있다는 건 행복한 일이었어. 아, 맞아. 정령들에게도 가르쳐 줘야지.

『우와, 진짜다! 와아아! 후우, 호무라, 시즈쿠! 마소가 있어!』

쇼의 목소리를 듣고 다른 정령들도 일제히 밖으로 뛰쳐나왔다. 쇼는 로니의 정령에게도 알려준 건지 로니의 가슴께에서 주황색 빛이 퐁 날아오르는 게 보였다. 땅의 정령이랬던가. 저 아이에게도 도움을 받았지. 마소를 마음껏 흡수해서 다들 빨리 회복되면 좋겠다. 다행이다. 다들 기뻐 보여. 활발하게 날아다니는 모습에 자연스럽게 웃음이 흘렀다. 계속 마음에 걸렸으니까. 그야 좁은 마석 속에서 내내 참아야만 했는걸. 미안해, 당분간은 자유롭게 지내도 괜찮아. 마음속으로 그렇게 말을 걸자 정령들이 귀엽게 '알았어!' 하고 대답하는 게 들렸다. 힐링이다. 주인님 대만족입니다! 그나저나 정령의 빛으로 넘쳐나는 이 광경도 오랜만이구나. 정말로 마대륙에 돌아온 거야……. 절절히 실감하자 행복이 몸을 감쌌다.

"메구, 잠시 후면 오르투스에 도착하니까."

다정하게 알려주는 기르 씨의 말에 기대가 커졌다. 그러니까 가슴이 콩닥거린다는 소리다. 몸이 이렇게 나른한데 이상하지. 하지만 정신적으로 안정된 덕분에 기분은 상당히 개운했다. 그래, 이제 곧 돌아갈 수 있어. 돌아가고 싶었던 그곳에. 모두가 기다리는, 내 집에.

문득 시선을 위로 올리자 마침 기르 씨가 그림자독수리 모습이 되어 날개를 펼치는 중이었다. 푸른 하늘을 배경으로 보는 그 모습도 오랜만이라서 가슴이 벅차올랐다. 이번에는 꿈이 아니야. 괜찮아. 다음에 눈을 떴을 때는 모두에게 '다녀왔습니다'라고 인사할 수 있어. 그 순간을 기대하자 갑자기 졸음이 밀려들었다. 마소를 느끼고 간신히 안심한 모양이다. 나는 그제야 서서히 눈을 감고 꿈나라로 떠났다.

단풍잎 채집

어느 날, 여느 때처럼 전용 접수 카운터에서 열심히 일하고 있을 때 아빠가 굳이 나에게 용건이 있다며 말을 걸었다. 어? 일하는 거 맞거든요. 사람들에게 웃으며 인사하거나 소소한 잡담을 나누는 것도 어엿한 일이다. 이론은 인정 안 함.

"홍황(紅黃)의 숲?"

"그래. 이 세계에는 사계절이 별로 없잖아? 그래서 눈을 보고 싶으면 산꼭대기에 가야 하고, 벚꽃도 없지. 하지만 여기서 그리 멀지 않은 곳에 단풍을 볼 수 있는 숲이 있거든."

아무튼 아빠가 꺼낸 이야기는 이것이다. 오르투스가 있는 릴트레이 국에는 유명한 숲이 있다고 한다. 그곳은 땅에서 넘치는 마력의 영향인 건지 나뭇잎의 색이 빨간색이나 노란색으로 물든다나. 음, 단풍이구나.

"계절에 따라 색이 바뀌는 게 아니라 계속 그 색이니까 사계절을 느끼고 말고 할 것도 없지만. 막연히 일본의 가을을 떠올리게 하는 장소야. 메구는 가본 적 없을 것 같아서."

"응, 처음 들었어! 가보고 싶어!"

아빠는 그렇게 말할 줄 알았다며 씩 웃었다. 그리고는 여기서부터가 본론이라며 그 자리에 몸을 숙여 나와 시선을 맞췄다.

"거기 있는 이파리는 약으로도 쓸 수 있어. 그걸 모아오고 싶은데⋯⋯. 나는 바쁘잖냐."

아빠는 짐짓 팔짱을 끼고는 난감하다는 표정을 지었다. 그리고는 개구쟁이처럼 한쪽 눈만 떠서 나를 쳐다봤다. 일부러 이 이야기를 나에게 꺼낸다는 건.

"갈래! 내가 채집해 올래!"

"오오, 그래? 가 주는 거야? 어이쿠, 고마워라!"

두 주먹을 불끈 쥐고서 열렬하게 주장하자 아빠는 기쁘다는 듯 웃으며 내 머리를 마구 쓰다듬었다. 어, 어째 가증스러운데? 뾰로통하게 입을 삐죽이며 아빠를 살짝 노려보았다.

"뭐, 뭐야. 너무 어린애 취급하는 거 아니야?"

"무슨 소리야. 넌 어린애잖아. 포기해."

그렇긴 하지만! 그렇긴 하지만! 처음엔 거기에 홀딱 넘어가 버렸다는 점에서 나도 알맹이가 상당히 어린애가 되어버렸지만! 하아, 됐어. 아빠 말대로 순순히 포기하자. 하지만 이건 임무인 거지? 아무리 가까운 숲이라고 해도 이 동네에서 나가게 될 텐데, 그런 외부 임무를 허락해 준다는 건 흔한 일이 아닌데? 내 입으로 말하는 것도 좀 그렇지만……. 나는 길드원들이 애지중지하잖아? 마을 안에서 하는 일조차 길드 밖이라는 이유만으로 열렬하게 걱정하는데, 신기하네. 심지어 아빠가 말을 꺼냈다. 그건 즉, 아빠가 믿을 수 있는 사람이 동행자로 함께 가며 그 숲이 안전하다는 의미인 거겠지.

"그래서 누가 같이 가는 거야?"

그런고로 첫 질문은 이것이었다. 아빠의 눈이 살짝 커졌지만, 씩 웃으며 바로 대답해 주었다. 기르 씨인가 했는데, 그 입에서 튀어나온 건 뜻밖의 이름이었다.

"쥬마야."

"뭐?!"

쥬마라고? 그 쥬마 오빠? 빨간 오니에다, 쾌활함을 넘어서 말썽꾸러기에다 여러모로 덜렁대는 구석이 있는 쥬마 오빠?! …… 미안. 악의는 없는데. 그냥 그런 이미지라서 그만! 물론 쥬마 오빠가 실력자라는 건 안다. 하지만 유치원 선생님 타입은 아니라는 게 솔직한 감상이다. 뭐, 나는 기본적인 건 스스로 할 수 있으니까 그렇게까지 돌봐줄 필요는 딱히 없긴 한데.

"너는 장기 여행도 경험해봤고, 많이 성장했잖아? 호위만 제대로 해줄 수 있는 상대라면 괜찮다고 판단했지. 그 점에서 쥬마의 실력은 확실하잖아."

툭. 머리 위에 손을 올려놓고 하는 말에 순간 입이 떡 벌어졌다. 직후 그 말의 의미를 천천히 이해하자 슬금슬금 기쁨이 치밀었다. 나, 조금이지만 아빠에게 인정받은 거야……? 아니, 아빠가 아니라 오르투스의 두목에게.

"하지만 몸을 지킬 마도구를 잔뜩 들려 보낼 거고, 사우라도 같이 가게 할 거야! 너라면 괜찮다고 생각하지만 그것과는 별개로 걱정되는 건 걱정되니까."

아, 넵. 그렇죠. 쥬마 오빠와 단둘이 소소하게 다녀올 수 있을 리가 없지. 예상했어! 하지만 사우라 씨가 밖으로 나온다니 별일이네. 늘 접수 카운터 안쪽에서 일하는데. 그런 의문을 흘리자, 아빠는 쓴웃음을 지으며 사우라 씨에게 이 이야기를 전달했을 때 그럼 자기도 따라가겠다고 고집부렸다고 가르쳐주었다.

"사우라에게도 좋은 스트레스 해소가 될 테니까. 계속 길드에 틀어박혀서 일하는 것도 안 좋잖아. 이것도 임무이긴 하지만,

밖에 나가서 멋진 풍경을 보면 기분전환이 되잖아?"

오오, 부하를 배려할 줄 아는 상사다. 이래야 우리 아빠지! 확실히 사우라 씨는 유능하지만 가끔은 다른 장소에 가서 어깨의 힘을 빼줘야 한다.

"……으음, 하지만 전력이 영 불안하단 말이지. 사우라는 함정을 파지 않으면 싸울 수 없는데 여차할 때 쥬마가 두 사람을 지킬 수 있나? 역시 걱정돼. 사람을 더 붙일까? 쥬마잖아…….. 쥬마니까……. 으으음, 관둘까."

앗! 지금 막 감동했는데! 그리고 좀, 그렇게 말하면 쥬마 오빠가 너무 무능한 사람이 되어버리거든? 아니, 무슨 심정인지 모르는 건 아니긴 하지만.

"괜찮아! 응? 괜찮으니까! 이제 와서 취소한다고 하지 마!"

허둥지둥 아빠에게 매달리며 호소하자 쿡쿡 웃음소리가 돌아왔다. 노, 놀렸겠다?! 진짜 툭하면 이렇게 날 가지고 논단 말이지! 으으. 투덜거리면서 아빠를 찰싹찰싹 때렸다. 효과도 전혀 없고 반성도 하지 않는 듯한 반응에 더욱 뿔이 났다.

"두목? 그렇게 여유 부려도 괜찮아?"

"사우라 씨!"

그때 우리를 발견하고 접수 카운터에서 나온 건지 사우라 씨가 흐흐흥 웃으면서 허리에 손을 얹고 말을 걸었다.

"무슨 의민데?"

"글쎄다? 다만 딸을 대할 때는 한층 조심해야 한다고 생각한 것뿐이야. 지금은 바로바로 화내면서 항의하지만, 나이를 좀 먹고 나면 반응마저 안 해주게 될지도 모르잖아.”

소위 반항기를 말하는 거구나? 나는 바로 감이 왔다. 하지만 사실 하세가와 메구일 때도 반항기다운 반항기는 별로 없었단 말이지. 일한다고 바쁜 아빠와 얼굴을 볼 기회가 적었던 것도 있지만, 소위 ‘아빠 싫어!’ 같은 일이 없었다. 기본적으로 늘 아빠바라기 딸이었거든. 그야 아빠가 자주 놀리기는 해도 내가 아빠를 진심으로 싫어한 적은 없다. 그때그때 화를 내도 가족이니까 다 그런 법이라고 넘겼다. 하지만 당시 친구에게 그런 이야기를 했을 땐 ‘말도 안 돼’라거나 ‘엄마 남편에겐 가까이 가고 싶지도 않아’ 같은 소릴 하는 애들도 있었지. 나와 마찬가지로 아빠와 친한 애들도 절반 정도는 있었지만.

“아, 아니, 메구는 옛날부터 그런 태도를 보이는 아이가 아니었으니까⋯⋯.”

따라서 그걸 아는 아빠의 반응도 이런 식이었지만, 어딘가 불안해 보이긴 했다. 흠. 나도 앞으로 아빠를 싫어하게 되거나 무시하는 일은 없을 테지만, 조금은 반성했으면 좋겠는데. 당하기만 하는 것도 열받으니까 지금은 잠깐 사우라 씨의 주장에 편승해야겠다.

“아빠는 맨날 그렇게 놀리니까 싫어.”

단호하게 그렇게 선언한 뒤 휙 고개를 돌렸다. 가끔은 제대로 말해야지! 안 그러면 앞으로도 계속 놀려댈 테니까. ⋯⋯뭐, 한두 번 정도 단호하게 말해봤자 설령 반성했다고 해도 똑같은 짓을 반복할 것 같긴 하다. 아빠니까. 그런 식으로 가볍게 생각했는데…….

"메, 메구?! 그, 래……?"

어라? 어쩐지 생각했던 것보다 훨씬 큰 타격을 입은 것 같은데? 얼굴이 진지하다. 진심으로 상심한 얼굴이다. 어? 장난이지? 그렇게까지 충격받을 일이야?! 심지어 아빠는 그대로 나머지 설명을 부탁한다며 사우라 씨에게 맡기고 비틀비틀 떠나갔다. 어라라?

"……너무 괴롭혔나?"

"어어……?"

뒤에 남은 나와 사우라 씨는 난감한 얼굴로 고개를 갸웃거렸다. 좀 진심으로 침울해하는 것 같은데, 어떡하냐고 소곤거리면서.

"뭐, 두목이니까 금방 원래대로 돌아오겠지. 그보다 홍황의 숲에 가는 거 말인데."

"아, 네! 사우라 씨도 같이 가는 거죠?"

아빠가 약간 마음에 걸렸지만, 사우라 씨도 바쁜 몸이다. 지금 미리 당일 계획을 들어두기 위해 그 문제는 일단 제쳐두기로 했다.

"그래! 호위는 쥬마가 잘해줄 테니까, 우리는 이파리 채집에 집중할 수 있어. 열심히 하자."

채집할 이파리는 세 종류. 붉은색의 동글동글한 이파리, 노랗고 끝이 뾰족한 이파리, 그리고 불꽃처럼 새빨간 색의 가늘고 긴 이파리이다. 이 중에서도 첫 번째와 두 번째 이파리는 흔하지만 세 번째의 가늘고 긴 이파리는 찾기 힘들다나. 불잎이라는 이름을 지닌 이 세 번째 이파리가 마도구 제작에 필요한 재료라고 한다. 어? 약을 만드는 거 아니었어?

"이파리가 마도구가 된다니 특이하지? 하지만 이 이파리에 포함된 성분이 마도구에 마법을 정착시킬 때 적합하다고 해. 자세한 건 나도 잘 모르지만! 그리고 이건 홍황의 숲에만 있어. 그래서 우리 길드가 이곳을 본거지로 삼았지."

그랬구나?! 생각지도 못한 창설 비화를 들었는걸. 참고로 보통은 광산에서 채굴하는 마석으로 마법을 정착시킨다고 한다. 불잎을 쓴 마도구 제작은 오르투스의 독자적 기술이라나. 불잎을 사용한다는 건 숨기지 않았지만, 그 사용법은 오르투스만의 비밀이라고 한다. 뛰어난 기술력의 비밀을 조금 알았다! 오오, 그런 드물고도 귀중한 재료를 모으러 가는 건가. 열심히 해야겠는데!

"하지만 마도구를 꽤 많이 만들었는데, 불잎이 사라지거나 하진 않나? 거기에만 있다면, 그……."

언젠가는 다 써서 사라지는 게 아닐까. 귀중한 재료인 것치고 오르투스에선 다양한 마도구를 펑펑 만들어 내는 느낌이 드는데. 그러자 사우라 씨가 감탄한 듯 대답했다.

"메구는 착안점이 좋은데. 장해! 하지만 그건 괜찮아."

사우라 씨 왈, 불잎은 자라는 시기가 불규칙해서 한 번에 전부 채집해버리는 일은 애초에 불가능하다고 했다. 그 탓에 채집하러 갈 때마다 다른 장소를 찾아야 하는 게 발견 난이도를 올리는 이유 중 하나라고. 게다가 한 장의 불잎에서 추출하는 성분을 그대로 사용하는 게 아니라 희석해서 쓰기 때문에 그렇게 많은 양이 필요하지도 않다고 한다. 성분이라니…… 뭘까? 액체? 아니면 마력 같은 무언가? 이파리가 어떻게 마도구에 쓰이는지 수수께끼다. 사우라 씨에게 물어봐도 모른다고 하니 동료들에게도 비밀인 건지도 모른다. 오르투스만의 비밀 기술……. 파고들지 말자.

"게다가 오르투스에서 만드는 모든 마도구에 사용하는 것도 아니야. 일반에 판매하는 건 주류인 마석을 사용하거든. 특별히 제작하는 마도구에만 사용해. 비싸니까!"

아하, 그도 그런가. 하지만 오르투스 내부에서 사용하는 마도구는 전부 붉잎 제품이라고 한다. 이 팔찌나 내가 받은 마도구들도. 히이익. 아무 생각 없이 사용했는데 시각이 바뀔 것 같은 기분…….

그 후 사우라 씨와 날짜와 시간을 상의한 뒤 그날의 대략적인 흐름을 확인했다. 아침을 먹은 뒤에 홀에서 만나고, 전원이 모이면 즉시 출발. 한 시간도 채 되기 전에 도착하니까 바로 채집 개시. 중간에 점심을 먹고 쉰 다음 또 채집. 날이 저물기 전에 돌아온다는 일정이다. 당일치기로 충분해 보이지만, 나 혼자였다면 제대로 모아올 수 있을지 불안했을 것이다. 하지만 사우라 씨도 쥬마 오빠도 있으니까. 임무에 실패하는 미래는 전혀 상상할 수 없다. 새삼 다들 든든하다니까. 이렇게 확인을 마친 사우라 씨는 '쥬마에게도 전해줄게'라는 말을 남기고 접수 업무로 돌아갔다. 그 뒷모습을 바라보며 그러고 보면 이동 방법을 물어보지 않았다는 걸 깨달았다. 뭔가 탈것을 타고 가나? 이번에는 기르 씨도 없으니까 황새 택배는 아닐 텐데……. 뭐, 그때 가서 물어보면 되겠지. 많이 걷게 될지도 모르니까 전날엔 푹 쉬기로 했다. 후후, 어쩐지 기대된다!

임무를 위해 홍황의 숲에 가는 날이 찾아왔습니다! 숲에서 걸어야 하니 오늘은 긴소매와 긴바지 스타일이다. 전투복도 괜찮을 것 같았지만, 귀여우니까 이걸 입으라고 사우라 씨가 부탁했다. 뭐, 굳이 집착하는 것도 아니고 받은 옷도 튼튼해서 불만은 없었으니 오늘은 시키는 대로 입었지만……. 사우라 씨를 만나 옷을 지정한 이유를 알았다. 놀랍게도 사우라 씨도 나와 같은 옷을 입었으니까! 페어 살로페트(멜빵바지)다! 늘 입는 연두색 원피스 드레스 말고 다른 옷이라니 레어 스타일! 내가 하늘색이나 남색 등 파란색 계열인 것에 비해 사우라 씨는 연두색과 진녹색 등 녹색 계열로 색을 다르게 맞췄다는 점도 멋지다. '어때?'하고 웃으면서 그 자리에서 빙글 한 바퀴 돈 사우라 씨가 너무 귀여워! 서로 잘 어울린다고 칭찬했다. 상냥한 세계! 이거 더욱 기대되는데! 아니, 소풍이라도 가는 듯한 분위기가 되고 말았지만 제대로 임무이며, 일하러 간다는 건 압니다. 마음을 다잡아야지. 척. ……하지만 사실은 조금 신경 쓰이는 일이 있다.

"……아빠가 안 와."

그렇다. 그날 침울해져서 떠난 뒤로 아빠가 나에게 먼저 다가오는 일이 사라졌다. 내가 말을 걸면 대답도 해주고, 피하는 건 아니지만 어딘가 서먹함이 느껴지기도 하고 금방 어딘가로 가버린다. 오늘도 아빠가 꺼낸 임무인데 배웅하러 올 기색도 없다. 그야 아빠는 두목이니까 일 때문에 늘 바쁘다는 건 알지만, 최근엔 길드 안에 있다고 들었는데. 처음으로 도시 밖으로 임무하러 가는 거니까 잠깐은 보러 와줄 수 있잖아……. 아니, 어리광인가. 하아. 나도 정신적인 부분은 한참 어린아이라니까. 머리로는 잘 알고 있다는 이 민망함이란. 하지만! 그래도! 사우라 씨나 쥬마 오빠에게는 몇 번씩 주의사항을 이야기한 모양인데, 나한테는 아무 말도 없었다고! 상태가 이상한 것도 정도가 있지. 뭐야. 삐졌어? 아니면 내가 진짜로 싫어한다고 믿고 상심한 거야? 어느 쪽이든 이대로는 서운하다고.

"생각했던 것보다 더 신경 쓰네……. 으음, 나도 몰아세우긴 했으니까. 같이 고민할게! 하지만 우선 오늘 임무를 열심히 하자!"

"그렇, 죠. 응! 힘내야지! 고마워, 사우라 씨."

어쨌거나 일에 영향이 가는 건 좋지 않다. 머리를 비우고 임해야지! 아빠 문제는 돌아온 뒤에 생각하자. 나는 내 뺨을 가볍게 찰싹찰싹 두드렸다.

길드의 홀에서 사우라 씨와 함께 기다리자 곧바로 쥬마 오빠가 왔다. 무언가 대형 천을 몸에 엑스자로 걸치고 등에는 커다란 배낭을 메고 있다. 짐이 많네. 수납 마도구를 사용하지 않는 건가?

"오, 둘 다 일찍 왔네? 준비 다 됐어!"

사우라 씨가 '왔구나' 하고 중얼거린 뒤 성큼성큼 쥬마 오빠에게 다가갔다. 앗, 잠깐만.

"그런데 걸어서 가는 거예요?"

둘이서 쥬마 오빠 앞에 도착한 뒤 물어보자 사우라 씨가 '어라? 말 안 했던가?' 하며 뺨에 손을 댔다. 그러자 쥬마 오빠가 갑자기 내 앞에 쪼그려 앉았다. 그리고는 몸에 묶었던 넓은 천을 촥 펼쳤다. ……어쩐지 불길한 예감이 드는데.

"나를 타고 가면 돼! 메구는 이쪽!"

설마 했던 포대기?! 씩 웃으면서 천을 펼치고 당연하다는 듯 들어오라는 말을 하자 당황하는 나. 포대기라고는 해도 면적이 넓으니까 그물침대에 올라간 듯한 느낌으로 앉을 수 있기는 한데……. 왜 하필이면 포대기인 거지. 그리고 그러면 사우라 씨는? 그런 의문에 사우라 씨 쪽을 보고 깜짝!

"사우라 씨는 그쪽?!"

"응? 응. 나는 어지간해선 떨어지지 않으니까 여기로도 충분해. 하지만 메구는 떨어지면 큰일이잖아. 거기라면 쥬마도 위험하다고 느꼈을 때 메구를 받쳐줄 수 있으니 안전해!"

사우라 씨는 아주 당연하다는 얼굴로 쥬마 오빠의 배낭 위에 앉아 있었습니다. 쥬마 오빠도 딱히 별다른 말 없이 태연하다. 폴짝 뛰어서 올라갔는데도 몸이 기울기는커녕 미동도 하지 않는 점에서 쥬마 오빠의 코어 근육을 알 수 있었다. 체구는 작지만 오니족이니까. 하지만, 그래. 확실히 나는 배낭에 매달려 있지는 못한다. 떨어지지 않으려고 필사적으로 붙잡느라 그것만으로도 녹초가 되겠지. 아무렇지도 않게 저기에 앉아 있는 사우라 씨의 숨겨진 실력도 가늠할 수 있었다.

"안고 갈 수도 있지만, 무슨 일이 있을 때는 양손을 쓸 수 있는 게 낫잖아."

"어? 무슨 일?"

"커다란 마물의 습격 같은 거? 나는 대환영이지만, 이번에는 사우라와 메구가 있으니까 싸우지 않을 거야! 제대로 전력으로 피할게!"

그, 그렇구나. 마물의 습격이란 말이지. 뭐, 확실히 양손을 쓸 수 있는 게 당연히 낫다. 하지만 쥬마 오빠가 전력으로 피할 만큼 강한 마물이 습격했다간 나는 울어버릴 거야! 살짝 겁먹고 오들오들 떨자 사우라 씨가 까르륵 웃으며 괜찮다고 말해주었다. 릴트레이 밖으로 나갈 일도 없고, 이 나라는 비교적 안전하다면서. 적어도 쥬마 오빠를 고생시키는 마물은 없다고 한다. 그렇구나. 그럼 만에 하나를 대비하는 의미인 건가. 으으, 깜짝 놀랐잖아!

아무튼. 계속 머뭇거릴 수는 없지. 쥬마 오빠에게 안기는 게 가장 안전하다는 건 알기에 쭈뼛쭈뼛 포대기 안으로 들어가 천을 조금 넓혀서 앉았다. 오오오, 이 안정감 뭐지. 예상했던 것보다 더 착 붙는 듯한 승차감에 놀랐다. 천이 폭 감싸주는 느낌이 참으로 기분 좋다. 쥬마 오빠의 심장 소리도 들리고 적당히 따뜻하고. 이거 뭐지. 깜빡 방심하면 잠들어 버릴 것 같다. 진정하자. 그물침대, 그래, 이건 그물침대라고 생각하는 거야. 결코 포대기에 쏙 들어간 아기가 아니다.

"그럼 간다! 사우라, 떨어지지 마."

"날 누구라고 생각하는 거야? 신경 쓰지 말고 출발해!"

……응? 어쩐지 불길한 대화가 들리는데. 쥬마 오빠는 가볍게 다리를 굽혔다 폈다 하면서 몸을 풀고 있고. 그리고 나는 떠올렸다. 쥬마 오빠가 천상귀라고 불리는, 하늘을 달리는 종족이라는 걸.

"메구도 단단히 붙잡아! 출바아아알!!"

"으아아아악?!"

즉각 길드 밖으로 뛰쳐나온 쥬마 오빠는 그대로 통통 가벼운 발걸음으로 하늘을 달려 올라갔다. 빠, 빨라! 순식간에 길드 건물이 작아지면서 눈 깜짝할 사이에 나무보다 더 위로 올라갔다. 땅 위를 달리는 것처럼 하늘을 달리는 쥬마 오빠는 어쩐지 무척 즐거워 보였다. 나는 바로 이 감각에 적응하지 못하고 꽈아악 매달렸다.

"꺅! 최고야! 상쾌해!!"

사우라 씨는 잔뜩 신이 났다. 귀여워. 배낭 위에 앉아 있는 것뿐인데 어쩜 저렇게 여유롭지. 뛰어난 능력치가 얼핏 드러나면서 사우라 씨를 존경하는 마음이 한층 강화되었다. 두 사람이 되게 즐거워 보이는데. 나도 살짝 얼굴을 밖에 내밀어 볼까. 너무 속도가 빨라서 굳어버린 몸으로 쥬마 오빠에게 단단히 매달린 상황이지만. 치, 침착하자. 하늘이라면 황새 택배로 몇 번 날아본 적 있잖아. 괜찮아, 괜찮아. 뭐, 안전설계가 되어있는 비행선과 제트코스터 정도의 차이는 있긴 하지만, 지금은 그걸 신경 쓰면 패배다. 제트코스터도 안전하게 설계되어있긴 하잖아. 모처럼이니 즐길 수 있는 여유를 갖고 싶다고! 에잇!

"흡, 허어어…… 예뻐라!"

용기를 내서 본 풍경은 상상했던 것보다 훨씬 더 아름다웠다. 바람이 뺨을 쌩쌩 두드리고 가는 것도 제법 좋다. 황새 택배는 속도가 너무 빨라서 여유롭게 볼 수 있는 건 멀리 있는 풍경뿐이고, 발 아래쪽은 도저히 볼 수 없었으니까. 게다가 평소엔 보호 마법을 걸어주니 이렇게 피부에 직접 공기를 느끼는 건 신선했다. 사우라 씨가 까르륵거리며 즐거워하는 기분도 잘 알 수 있었다.

"메구, 저기야. 보이기 시작했어!"

어느새 방향을 바꿔 쥬마 오빠의 목에 목마를 탄 자세가 된 사우라 씨가 손가락으로 가리키며 가르쳐 주었다. 이런 식으로 이동하면서 용케 자세를 바꿀 수 있다고 놀라며 그 손가락이 가리키는 방향을 보자 붉게 물든 곳을 확인할 수 있었다. 아직 거리가 있지만 확실히 오르투스에서 꽤 가까운 장소에 있구나. 멀리서 보는 거라 자세히는 안 보이지만, 정말 단풍이 펼쳐진 것처럼 보여서 감탄하는 한숨이 나왔다.

"불잎이 많이 발견되면 좋겠는데. 쥬마, 더 높이!"

"아 좀, 사우라! 너 너무 움직이잖아! 메구를 좀 본받으라고!"

쥬마 오빠의 머리에 두 손을 올려놓고 재촉하는 사우라 씨가 천진난만해서 귀여워! 하지만 쥬마 오빠의 머리카락이 구깃구깃해지는 모습은 조금 동정했다. 우, 우리는 그, 운전기사님에게 신세를 지는 입장이니까……! 아니, 하지만 평소엔 쥬마 오빠가 사우라 씨에게 실컷 폐를 끼쳤으니 이 정도는 허용해야 하는 건지도 모른다. 음, 나는 얌전히 있자!

결국 홍황의 숲에 도착할 때까지 사우라 씨는 내내 신이 났고, 쥬마 오빠도 투덜거리면서도 하늘을 계속 달렸다. 체감상 40분 정도? 점점 숲이 가까워지며 풍경이 붉은색과 노란색과 오렌지색으로 물들기 시작할 무렵 사우라 씨가 '이쯤에서 멈추자'라고 지시를 내렸다. 쥬마 오빠가 그 지시에 따라 나선계단을 내려가듯 조금씩 고도를 낮췄다.

"음, 수고했어. 후후, 재밌었다!"

"나는 은근히 지쳤다고. 정신적으로!"

쥬마 오빠가 투덜투덜 불평하면서 나를 포대기 밖으로 내려주었다. 그런 쥬마 오빠에게 사우라 씨는 '어차피 체력에는 문제없으니까 상관없잖아?'라며 천연덕스럽게 대꾸했다. 뭐, 체력 괴물이니까……. 그러니까 정신적으로 지쳤다고 한 거라며 아우성치고 있고. 음, 쌩쌩해 보인다.

"그럼 바로 행동 개시! 나는 이 근방에 거점을 만든 뒤에 탐사하러 갈게. 두 사람은 같이 찾아다녀."

사우라 씨가 허리에 손을 올리고 내린 지시에 나는 눈을 동그랗게 떴다. 어? 사우라 씨가 숲속을 혼자 돌아다니게 되지 않아? 위험하진 않을까? 그런 내 걱정이 얼굴에 드러났던 모양이다. 사우라 씨가 '착해라'라고 칭찬하며 내 머리를 쓰다듬어 주었다.

"나는 이래 봬도 오르투스에 오기 전엔 혼자 여기저기 여행했거든. 그야 전투력은 없지만, 도망치는 거랑 숨는 기술은 누구에게도 지지 않아. 수색도 특기지. 각자 다른 장소를 찾는 게 효율도 좋잖아."

오오, 그렇구나! 사우라 씨는 꽤 아웃도어파로군. 평소엔 접수처에서 일하느라 밖에 나가지 않으니까 계속 그런 환경인 줄 알았는데! 내가 모르는 사우라 씨를 또 하나 알게 되었다.

채집해 올 재료는 쥬마 오빠가 알고 있다고 한다. 그 외엔 태양이 머리 꼭대기에 왔을 때 다시 여기로 집합한다는 것만 정한 뒤 나와 쥬마 오빠는 한발 먼저 탐사하러 가게 되었다.

"메구, 지치면 바로 말해. 안아줄 테니까."

"고마워, 쥬마 오빠. 하지만 최대한 노력할게! 정령들도 있고, 끝까지 내 힘으로 해보고 싶어!"

"오, 그래? 든든해졌는데!"

내 머리를 거칠게 쓰다듬는 쥬마 오빠였지만, 내 의견을 존중해주는 건 기쁘다. 성장한 모습을 보여주겠어! 나는 기합을 넣고 발을 놀렸다. 바스락바스락. 기분 좋은 소리가 들려서 아래쪽을 봤다. 발치에 나뭇잎이 잔뜩 떨어져 있으니 그걸 밟아서 난 소리다. 우와, 추억이네. 하세가와 메구였을 때 낙엽을 보면 일부러 그 위를 걸으며 소리를 즐기곤 했었지. 어른이 된 뒤에도 종종 그랬고. 일에 쫓기기 시작한 뒤로는 그럴 여유가 없어져서 이 감각은 정말 오랜만이지만……. 아아, 역시 좋아. 이 소리, 이 감각. 이 세계에서도 또 이걸 할 수 있게 될 줄은 몰랐어!

가르쳐 준 아빠에게 고마움을 느꼈다.

아빠, 내가 임무를 잘 마치고 돌아가면 제대로 칭찬해줄까? ……안 돼. 지금은 이파리 찾기에만 집중해야지. 먼저 그 임무를 달성하지 못하면 칭찬이고 뭐고 없으니까! 좋아, 해내겠어! 빨간색과 노란색, 가끔 갈색의 낙엽을 바스락바스락 밟는 소리를 즐기며 나는 주위를 두리번두리번 둘러보았다. 모아야 하는 이파리는 전부 세 종류였지. 금방 찾을 수 있다는 붉은색의 동글동글한 이파리는 관목에서 자라고, 노랗고 끝이 뾰족한 이파리는 그 잎이 나는 줄기까지 노란색인 나무의 높은 위치에서 자란다고 했다. 빨간색은 나도 쉽게 채집할 수 있을 것 같지만, 노란색은 모르겠네. 정령에게 도와달라고 하면 되나?

"쥬마 오빠, 불잎은 어떤 곳에서 자라는 거야?"

내가 그렇게 물어보자 쥬마 오빠는 씩 웃으며 '그게 재미있단 말이지' 하며 가르쳐 주었다.

"불잎은 땅 아래에서 자라!"

"어? 흙 밑에 파묻혀 있다는 거야? 뿌리?"

"아니, 진짜로 땅 아래에서 자라."

무슨 소리지? 나는 고개를 갸웃거렸다. 땅 아래인데 나뭇잎이 자란다고? 가늘고 길고 새빨간 나뭇잎이? 굉장히 이세계 느낌이 물씬 나는 현상이다.

"더 자세하게 말하자면, 불잎은 꽃이야. 새빨간 불꽃처럼 일렁이는 꽃. 뭐, 그렇게 보이는 것뿐이라고 하는데, 그게 땅 아래에 피거든. 재미있지?"

그래서 쉽게 찾을 수 없고 귀중하다나. 흐음, 그런 꽃이 있구나. 보고 싶다. 하지만 쥬마 오빠가 말하길, 꽃이 핀 뒤엔 약효가 없다고 한다. 봉오리가 맺힌 뒤 꽃이 피기 전의 짧은 기간에 채집한 이파리여야만 한다고.

그런데다 땅 아래에 있다니. 확실히 귀중한 것이라는 느낌이 난다. 드디어 찾았다! 하면서 파 봤더니 이미 꽃이 폈던 불잎이라는 경우도 자주 있다고 한다. 시든 꽃이 달렸고 이파리도 갈색이 되니까 바로 알 수 있다나.

"사실 꽃이 피어있는 것도 굉장히 드문 거야. 하룻밤 만에 시들어버린다고 하니까. 꽃이 핀 걸 본 녀석은 별로 없을걸. 나도 본 적 없어."

하룻밤 만에 시드는구나. 덧없는 아름다움……! 그러면서 불꽃처럼 일렁이는 꽃이라. 큭, 언젠가는 보고 싶다. 그런 이야기를 하던 도중 쥬마 오빠가 '앗!' 하면서 달려갔다. 그 뒷모습을 눈으로 따라가자 쥬마 오빠가 도착한 곳에 관목이 있었다. 이리오라며 손짓하는 쥬마 오빠에게 달려가자 관목에 둥글고 빨간 이파리가 가득!

"재료 하나 찾았네!"

"와! 이거구나. 어떻게 채집하면 돼?"

"이파리가 찢어지지 않도록 조심하기만 하면 되는 거 아닐까? 아, 전에 너무 아슬아슬하게 뜯지 말라고 혼났던가? 으음, 까먹었어."

세심하지 못한 쥬마 오빠다운 대답이다. 저런. 그럼 그 조언대로 조금 여유롭게 이파리를 뜯어야지! 찢어지지 않도록 하라고 했으니 상태가 좋은 걸 고르는 게 좋겠지. 그리고 한 곳에서 너무 많이 가져가지 않도록 조심하고. 전부 뜯었다가 다음부터 안 자라게 되거나 하면 곤란하잖아. 나는 수납 팔찌에서 전용 주머니를 꺼내 묵묵히 붉은 이파리를 모았다.

그 후 다시 걸어가던 도중 이번에는 내가 노란색 나무를 발견했다. 아마 쥬마 오빠도 봤을 테지만 일부러 내가 발견할 때까지 말하지 않았던 것 같다. 나무로 달려가서 '이거?'하고 물어보자 호들갑스럽게 '굉장한데, 메구!'하고 칭찬해 줬거든. 이런 배려도 할 줄 안다며 조금 감탄했다. 쥬마 오빠, 기뻐!

"어떻게 할래? 직접 뜯으러 가볼 거야?"

"응, 해볼게! 같이 가줄래?"

"하하, 당연하지! 맡겨둬!"

그럼 만에 하나 실패해서 떨어진다고 해도 괜찮겠지. 뭐! 후우가 날 떨어트릴 리 없지만! 후우를 믿기 때문이다. 그런 고로 바로 쇼에게 말을 걸었다. 이 나무 맨 위에 있는 이파리를 후우의 힘을 사용해 채집하러 가고 싶다는 이미지를 떠올리자 바로 '알았어!' 하는 든든한 대답이 돌아왔다. 너무 유능해.

"후우, 부탁할게."

『맡겨줘! 주인님.』

쇼에게서 상세한 지시를 들은 후우는 날개를 펼치며 대답한 뒤 바로 내 주변을 한 바퀴 빙글 날았다. 그 순간 부드러운 바람이 나를 감싸더니 천천히 위로 올라갔다. 아직 줄 수 있는 마력이 그리 많은 건 아니므로 똑바로 올라가기만 할 뿐이다. 하지만 그걸로 충분하다. 그런 내 옆을 쥬마 오빠가 폴짝폴짝 뛰어서 따라왔다. 공중에서 멈추는 건 불가능한 모양이다. 쥬마 오빠는 하늘에 떠 있으려면 계속 움직일 필요가 있는 건가.

"쥬마 오빠, 이걸 뜯으면 돼?"

그러는 사이에 이파리에 손이 닿는 높이까지 온 모양이었다. 어느 이파리인지 알 수 있을지 불안했는데, 눈에 확 띄는 샛노란 이파리였기 때문에 틀릴 걱정도 없어 보였다.

"어, 맞아. 이건 남기지 않고 다 뜯어도 돼. 또 얼마든지 자라니까!"

완전한 노란색이 아니라 군데군데 붉은색이거나 연두색인 것도 있었지만 그건 약에 쓸 수 없으니까 뜯지 않아도 된다고 한다. 전부 노란색인 걸 뜯으면 되는 거구나! 음, 기준이 쉬워서 좋다. 문득 아래로 시선을 내리자 꽤 높은 곳까지 왔다는 게 잘 보였다. 여기서 떨어지면 죽는다. 그런데도 별로 무섭지 않은 건 아까 쥬마 오빠의 품에서 더 높은 곳까지 올라갔기 때문이겠지. 적응이란 대단하다. 하지만 공중에 둥실둥실 뜬 상태로 이파리를 뜯는 건 상당히 어렵구나. 아까는 땅바닥에 발을 딛고 작업한 거라 아무런 문제도 없었는데. 찢어지지 않도록 조심하면서 뜯어야 하고, 이 이파리는 끄트머리가 뾰족해서 찔리면 은근히 아프고, 발밑도 조심해야 한다. 후우가 피곤하진 않을지도 걱정되어서 아까처럼 집중해서 채집할 수 없었다. 이런 재료 채집은 길드의 의뢰 중에서도 간단한 편이라고 하지만, 어떤 일이

든 어려운 부분은 있다는 걸 실감했다. 제대로 완수해야지!

다방면으로 신경 쓰면서도 열심히 뜬 덕분에 상당히 많이 모은 것 같았다. 추측형인 이유는 전용 주머니가 아무리 넣어도 무게도 생김새도 달라지지 않아서 실감이 안 나기 때문이다. 보이는 범위에 노란색 이파리가 없어졌으니, 슬슬 내려가려고 후우에게 말을 걸었다. '네에' 하는 귀여운 목소리와 함께 이번에는 천천히 아래를 향해 고도가 내려갔다. 천천히 내려준다는 점에서 후우의 배려심을 느꼈다.

"좋아, 이만큼 모았으면 충분하겠지! 이제 해도 머리 위에 왔으니까 일단 한번 돌아가자."

"어라? 시간이 언제 그렇게 됐지?"

쥬마 오빠의 목소리에 하늘을 올려다보자 나뭇잎 틈새로 들어오는 햇빛이 머리 꼭대기에서 쏟아지고 있다는 걸 깨달았다. 채집에 열중하는 바람에 눈치채지 못했다.

"하지만 아직 불잎을 못 찾았는걸? 찾지도 않았고……."

이번 임무의 가장 어려운 파트이기도 한 불잎 채집이 아직인데 괜찮은 걸까. 한 번도 찾지 않았는데. 그런 생각에 시무룩해지자 쥬마 오빠는 씩 웃으며 내 머리를 거칠게 쓰다듬었다.

"아마 사우라가 이미 찾았을 거야! 그 녀석은 엄청 잘 찾아내거든."

"진짜?! 사우라 씨 대단한데. 돌아가면 이미 기다리고 있을까?"

"글쎄. 돌아가 봐야 알겠지!"

어떤 이파리일까. 기대에 가슴이 부푸는 걸 느끼며 우리는 거점으로 걸어갔다.

"오, 어서 와! 나도 방금 막 돌아왔어!"

거점에 돌아가자 이미 간이 테이블을 펼치고 점심 먹을 준비를 하던 사우라 씨가 맞아주었다. 이 거점도 마련해놓고 자기도 채집하러 갔는데 우리보다 먼저 돌아와서 점심을 준비해 주다니! 유능한 여자. 그것이 바로 사우라 씨다.

"사우라 씨, 불잎 찾았어?"

한차례 인사를 말한 뒤 설레는 마음으로 사우라 씨에게 물어보았다. 내가 열렬하게 물어봤기 때문인 건지 사우라 씨는 순간 놀란 표정을 지었지만, 쥬마 오빠의 얼굴을 보고 이해한 듯 씩 웃으며 대답해주었다. 죄송합니다, 하지만 계속 궁금했던 거라 그만!

"후후, 찾았지! 하지만 아직 채집은 안 했어."

"어? 찾았는데 안 가져온 거야?"

찾는 것도 어렵다고 했는데 바로 해내다니 역시 사우라 씨. 하지만 아직 채집하지 않았다는 건 안 가져왔다는 걸까. 가져오지 못한 사정이 있나? 의아해하며 고개를 갸웃거리자 사우라 씨가 검지로 내 코를 톡 찔렀다. 아으.

"어떻게 자라 있는지 메구도 보고 싶어 할 것 같아서. 점심 먹은 뒤에 같이 채집하러 가자."

나, 나, 날 위해?! 사우라 씨, 너무 친절하잖아! 확실히 어떻게 돋아 있는지 궁금했던지라 너무 기쁘다. 점심을 먹은 뒤의 즐거움이 생겼다. 만세하며 폴짝폴짝 뛰자 사우라 씨도 쥬마 오빠도 웃었지만, 기대되니까 신경 안 쓸 거야!

"정말이지, 메구는 귀엽다니까. 평소 채집 작업보다 몇 배는 더 즐거워. 자, 그렇게 정해졌으면 빨리 밥 먹고 불잎을 채집하러 가자! 다른 두 재료는 모았어?"

"! 응! 사우라 씨, 봐봐! 제대로 혼자 뜯어왔어!"

사우라 씨의 그 말에 나는 기다렸다는 양 주머니의 주둥이를 쫙 벌려서 보여주었다. 얼마나 많이 들어갔는지는 모르지만, 많이 모았다는 건 보면 바로 알 수 있을 테니까. 칭찬해줘! 칭찬! 사우라 씨는 '어디 보자' 하며 주머니 안을 들여다보았다.

"대단한데, 메구. 많이 모아왔잖아. 나무 위에도 혼자 올라갔어? 역시 메구야!"

사우라 씨는 칭찬을 많이 해줘서 나도 신이 나 이것저것 이야기했다. 잘 들어주고 잘 칭찬하는 이상적인 상사 넘버원이다. 에헤헤, 기뻐라. 아름다운 단풍 속에서 사우라 씨의 친절한 말과 쥬마 오빠의 즐거운 미소와 함께 먹는 주먹밥은 아주 맛있었다. 정말 살짝 소풍 온 기분이다. 이건 임무이긴 하지만, 점심 먹을 때 정도는 그런 마음으로 즐겨도 괜찮겠지. 그나저나 쥬마 오빠는 되게 많이 먹는구나. 대체 저 주먹밥이 몇 개째지?

"슬슬 가자! 어두워지기 전에는 돌아가야지."

식후의 차 한잔을 마친 뒤 한발 먼저 식사를 끝냈던 쥬마 오빠가 뒤통수에서 손을 깍지 끼며 발언했다. 기다리게 해서 미안. 주먹밥 두 개밖에 안 먹었는데도 느려서……. 하지만 차도 다 마실 때까지 지켜본 후에 말을 걸었다는 부분에서 쥬마 오빠 나름의 배려가 엿보였다. 역시 쥬마 오빠도 처음 만났을 때에 비해 남을 배려하는 센스가 상당히 좋아진 것 같다. 남, 이라고 해야 할까 나에게 그렇다는 느낌이지만. 어른 상대로는 변함이 없으니.

"그러게! 메구, 이제 갈까?"

"네! 갈게요."

짐을 휙휙 빠르게 정리하며 물어본 사우라 씨에게 척 손을 들고 대답하자, 그럼 이만 가자는 미소가 돌아왔다. 이제 여기에 돌아오지도 않으니 전부 다 치우는 중이었다. 나도 사우라 씨에게 짐을 가져다주면서 도왔지. 다 같이 하면 빠르니까! 하지만 수납 마도구에 넣기만 하면 끝이라 그리 시간이 걸리지도 않았지만. 쥬마 오빠가 메고 온 배낭에 커다란 간이 테이블이며 의자가 쏙쏙 들어가는 건 구경하는 재미가 있다. 수납 마도구라 이렇게 커다란 배낭 타입이 아니어도 되지 않냐는 의문이 들어 쥬마 오빠에게 물어보자, 커다란 주머니 타입으로 해두면 안에 들어가는 용량도 더 늘릴 수 있고 가격도 저렴해진다나. 게다가 쥬마 오빠 본인이 짐을 들고 있다는 느낌이 들어서 그런 형태가 마음에 든다고 했다. 무기인 대검도 그렇고, 쥬마 오빠는 커다란 걸 좋아하는구나. 취향은 사람마다 제각각인 법.

"그럼 날 따라와. 그리 멀지 않으니까."

모든 짐을 정리하고 쥬마 오빠가 배낭을 멘 뒤 우리 세 사람은 사우라 씨를 선두로 걷기 시작했다. 드디어 붉은잎을 볼 수 있다고 생각하니 가슴이 두근거려! 낙엽을 바스락바스락 밟는 발걸음도 리드미컬해졌어요. 그도 그런 게, 나도 모르는 사이에 깡총거리며 뛰고 있었던 모양이다. 얼마나 신난 거냐.

"앗, 저기야! 메구, 이리로."

15분 정도 걸었을까. 빨간색과 노란색의 세계를 즐기며 갔기 때문에 순식간이었다. 이리 오라고 손짓하는 사우라 씨를 향해 종종걸음으로 다가갔다. 쪼그려 앉은 사우라 씨 옆에 나도 쪼그리자 그곳에는 재미있는 광경이 펼쳐져 있었다.

"어, 이거…… 뿌리?"

"후후, 정답! 불잎은 이렇게 거꾸로 자라거든. 재미있지?"

흙 위로 갈색의 가느다란 뿌리가 위를 향하며 돋아나 바람에 흔들리는 모습은 참으로 신기한 광경이었다. 주변에는 비슷한 색의 풀도 자라기 때문에, 이러면 확실히 발견하기 어렵다. 용케 찾았다며 감탄이 나올 정도다. 하지만 가까이서 잘 보면 명백하게 뿌리라는 걸 알 수 있다.

"불잎은 공기 중의 마소가 영양원인 게 아니냐는 말이 있어. 그래서 뿌리로 양분을 흡수한다는 점에서는 다른 식물과 다르지 않다고 할 수 있지. 뭐, 이것도 유력한 가설일 뿐이고 아직 명확하게 해명된 건 아니지만. 사실 연구소의 소장인 미콜라슈가 그 점에 관심이 없다 보니 연구에 진전이 없거든."

미콜라슈 씨는, 아니, 오르투스의 연구원은 대부분 자기가 관심 있는 분야에만 손을 댄다고 한다. 그만큼 전문 분야에서는 어마어마한 힘을 발휘하지만, 그 외의 연구는 정체되곤 한다.

자유롭구나. 그 점이 장점이기는 하지만. 좋아하는 것을 마음껏 연구할 수 있다니, 무척 좋은 환경이잖아. 언젠가 불잎의 신비에 관심이 생긴 연구원이 나타나길 기도할 수밖에 없다.

"이 주변을 찾으면 또 있을걸. 앗, 봐봐. 저기에도 뿌리가 있어!"

쥬마 오빠의 목소리에 나도 주변을 찾아보자 비교적 바로 비슷한 뿌리를 발견했다. 앗, 저쪽에도! 잘 보니 꽤 많이 있구나. 그래, 군생지인 거군. 하지만 예전에 그곳에 있었다고 다음에 왔을 때 또 같은 장소에 있다는 보장은 없다고 한다. 아아, 그러고 보니까 그런 말을 들었지. 끄으응, 만만치 않네. 더없이 신기한 식물이다.

"쥬마는 건드리지 마! 네가 하면 힘 조절에 실패해서 이파리가 다칠지도 몰라."

"알았어, 여기서 기다릴게."

흙을 파려고 손을 내밀던 쥬마 오빠를 사우라 씨가 제지했다. 음, 뭐. 아까 빨간 이파리나 노란 이파리 때도 몇 장 찢어먹었으니까……. 귀중한 불잎은 별로 낭비할 수 없을 테니 맞는 판단이다. 쥬마 오빠는 원래 채집엔 관심이 없어 보였으니 순순히 시키는 대로 그 자리에 책상다리로 앉았다.

"주변의 흙을 살살 치우는 거야. 그러다 보면 이파리가 보일 테니까. 아, 이건 꽝이네."

그렇게 말하며 사우라 씨가 보여준 건 갈색의 가느다란 이파리. 꽃이 폈다가 진 뒤에는 이파리가 이렇게 변한다고 했었지. 잘 보자 위쪽에 시든 꽃 같은 게 붙어있었다. 아하, 이렇게 뿌리를 많이 발견해도 약으로 쓸 수 있는 불잎을 찾는다는 보장이 없구나. 있었으면 좋겠는데.

"어, 으앗…… 사우라 씨! 이거?!"

줄기와 이파리가 다치지 않도록 조심조심 신중하게 흙을 파 내려가자 어두운 흙 속에서 새빨간 색이 눈에 들어와 깜짝 놀랐다. 무심코 그 자리에 엉덩방아를 찧어버렸을 정도다. 허둥지둥 사우라 씨를 부르자 바로 달려와서 확언했다.

"그래! 이거야, 이거! 메구, 대단해. 한 번에 바로 발견하다니!"

기뻐하면서 또다시 칭찬해준 사우라 씨는 끝까지 해보자며 내 손을 잡아당겨 일으켜 주었다. 조, 좋아. 끝까지 방심하지 않도록 조심해야지. 살며시, 살며시 주변의 흙을 치우자 그 선명한 빨간색이 한층 더 많이 모였다. 그리고 마침내 전체 모습이 보였을 때 조심조심 집어 들었다.

"우와, 너무 예뻐……."

불잎을 눈앞으로 들어 올려서 보자 불꽃처럼 새빨간 색의 가느다랗고 긴 이파리가 반짝반짝 빛나는 것처럼 보였다. 끄트머리에는 붉은 꽃봉오리 같은 게 달려있다. 꽃이 피지 않았으니 뭐라 말할 수 없지만, 아주 예쁘고 뾰족한 튤립이라는 느낌이다. 이게 불잎이구나.

"상태도 아주 좋아. 메구는 채집을 잘하네. 안심하고 맡길 수 있겠어! 누구랑 다르게."

"시끄러! 사람에게는 적성이라는 게 있다고! 그래도 메구는 대단한데? 잘됐다!"

두 사람이 칭찬해주자 의욕이 한층 급상승! 간단한 일이라는 건 압니다. 좋아, 더 많이 찾아야지! 나는 기합을 새로 넣으며 시간이 허락하는 한 흙을 계속 팠다.

"이제 곧 해가 저물기 시작할 거야. 지금 파는 그걸로 끝내자."

묵묵히 작업을 계속하길 몇 시간. 상당히 열중했구나. 오전에도 그랬지만, 나는 이런 작업을 꽤 좋아하는 건지도 모른다. 앞으로는 채집하는 일을 더 이것저것 받아보고 싶다. 그렇게 모은 붉잎은 전부 세 장. 적다고 생각할지도 모르지만, 대체로 이 정도라고 한다. 한 장밖에 못 건질 때도 있다고 하니까 충분한가? 아예 빈손인 날은 없다고 하니 여기서도 은근히 오르투스의 실력이 보이는구나…….

"응? 어라, 꽝인가? 아니 조금 다른가?"

마지막 하나를 캐자 빨간색은 아니지만 시든 것과도 좀 다른 색의 이파리가 보였다. 붉긴 해도 지금까지 본 그 선명함은 부족하다고 해야 하나. 신경 쓰여서 더 깊이 파 봤다. 그러자 줄기 끝이 조금씩 붉어지는 걸 깨달았다.

"어, 앗, 우와……!!"

그렇게 파 내려가다가 오늘 최대의 서프라이즈가! 놀랍게도 줄기 끝에는 화려한 꽃이 멋지게 피어 있었다! 이, 이거 혹시, 아니 역시, 붉잎의 꽃인 거지?! 우와, 우와, 우와아! 살랑살랑 일렁이는 듯한 붉은 꽃이 너무나 환상적이다. 봉오리 단계에서 튤립을 닮았다고 생각했는데, 역시 비슷하다. 꽃잎이 튤립보다 조금 많고 끝이 뾰족뾰족한 느낌?

"불잎의 꽃?! 우, 와! 나 처음 봤어!"

"나도! 흐음, 메구는 운이 정말 좋구나."

나는 아주아주 운이 좋은 모양이다. 두 사람도 처음 본다는 이 꽃을 처음으로 채집하러 와서 보게 되다니. 하지만 이 꽃은 희귀하긴 해도 약효가 없다는 건 판명이 났다고 한다. 그 점은 아쉽구나. ……문득 뇌리에 아빠의 얼굴이 스쳤다.

"이거 아빠에게 선물로 줘도 될까?"

화해할 계기가 되지 않을까. 딱히 싸운 건 아니긴 하지만……. 이대로 아빠가 나를 계속 피하는 건 싫으니까.

"후후, 그거 좋은 생각이네. 분명 두목도 솔직해질 거야. 이런 멋진 선물을 받았으니까!"

"에헤헤, 그렇다면 좋겠다."

사우라 씨의 허락도 받았으니 이 꽃만 내 수납 팔찌에 넣기로 했다. 시간 경과가 없으니까 이대로 가지고 돌아갈 수 있겠지. 꽃이 피어있는 시간은 짧다고 했으니. 이 꽃, 어떻게 압화로 만들 수 없을까? 돌아가면 미콜라슈 씨에게라도 상담해볼까. 그런 생각을 하며 사우라 씨와 함께 후후후 웃고 있을 때 갑자기 쥬마 오빠가 긴장감이 감도는 목소리로 '조용히'라고 말하는 게 귀에 꽂혔다. 바로 쥬마 오빠 쪽으로 시선을 돌리자 숲속 깊은 곳을 노려보는 쥬마 오빠에게서 심상치 않은 분위기가 느껴졌다. 사우라 씨가 나를 꽉 끌어안았다. 마물이라도 있는 건가?

"……별로 가깝지는 않은데 이쪽을 노리고 있어. 쓰러트리러 다녀와도 될까?"

불현듯 날카로운 시선을 풀고 평소와 같은 모습이 되어 이쪽을 돌아본 쥬마 오빠가 사우라 씨에게 허가를 구했다. 여유로운 그 모습은 나에게 안심을 주었다. 아하, 괜찮은 거구나.

"그래. 메구에게 보이지 않는 장소에서 쓰러트리고 와."

"라저!"

간단한 대화를 마친 쥬마 오빠는 바로 그 자리에서 사라졌다. 너무 빨라서 안 보였다고! 든든하긴 한데, 그 든든한 존재가 지금 근처에 없다는 건 조금 불안하기도 하다. 그런 내 마음을 알아차린 건지 사우라 씨가 등을 토닥토닥 쓰다듬어줬다.

"쥬마에게 맡겨두면 괜찮아. 다른 마물이 있다면 이 자리에서 벗어나지 않았을 테니까. 게다가 만에 하나가 일어난다고 해도 내 함정으로 발목 정도는 잡을 수 있어. 나는 생긴 게 이러니 미덥지 않을지도 모르지만."

쓴웃음을 지으며 격려해주는 사우라 씨를 향해 고개를 붕붕 저어서 대답했다. 미덥지 않다니, 천만의 말씀!

"사우라 씨가 있으니까 괜찮아! 쥬마 오빠도 믿고 있고⋯⋯. 나에게도 정령들이 있는걸!"

"어머, 메구도 든든한데! 그럼 아무런 걱정 없겠네?"

우리는 다시 마주 보며 웃었다. 역시 사우라 씨는 대단해. 몸은 작아도 존재감과 든든함이 압도적이다. 게다가 나도 이전의 나와는 다르다. 이래 봬도 꽤 성장했으니까! 아직 믿음직하진 않지만⋯⋯. 앞으로 더 많이 신뢰감을 줄 수 있는 사람이 되어야지. 쥬마 오빠가 돌아올 때까지 몇십 분 동안 나는 그런 결의를 다졌다.

"하아, 오늘은 종일 몸이 찌뿌둥하겠다 싶었는데, 마지막에 좋은 먹잇감이 나타나 줬다니까!"

돌아온 쥬마 오빠는 그 뒤로 시종 기분이 좋아 보였다. 듣자 하니 커다란 늑대형 마물이 무리를 지어 이쪽을 노리고 있었다나. 홍황의 숲에 마물이 나오는 일은 거의 없지만, 맛있어 보이는 마력을 감지하고 나온 것 같다며 쥬마 오빠가 싱글벙글 설명했다. ……맛있어 보이는 마력이라면 혹시고 뭐고 날 말하는 거겠지. 마왕의 피를 이어받았으니 마물이 꼬이기 쉽다는 건 어렴풋하게 눈치채고 있었거든. 하지만 아버지처럼 힘이 강한 건 아니니까 마물들이 경솔하게 다가온다고 한다. 시, 실력을 키워야만 한다는 걸 뼈저리게 통감하는구나. 안 그러면 마음 편히 혼자 숲으로 채집하러 가지도 못하고, 같이 가는 사람들에게 폐를 끼칠 테니까. 쥬마 오빠는 기뻐하며 같이 와 줄 것 같지만!

"그래서 몇 마리 있었어?"

사우라 씨가 올 때와 마찬가지로 배낭 위에 우아하게 앉으며 쥬마 오빠에게 물어보았다. 나는 물론 포대기에 탑승. 적당히 따뜻하고 폭 감싸주는 느낌이 졸음을 불렀다. 하지만 오늘은 끝까지 일어나 있고 싶어서 대화를 들으며 어떻게든 수마를 쫓아내고 있다.

"여섯, 일곱…… 모르겠어!"

"네게 물어본 내 잘못이지……. 뭐, 돌아간 뒤에 마물 해체업자에게 물어보는 게 가장 빠르겠네."

 쥬마 오빠는 사냥할 때 일일이 수를 세지 않는다는 걸 알게 되었다. 어지간히 즐거웠나 보다. 참고로 사냥한 마물의 용도는 마물에 따라 다르지만, 남김없이 잘 활용한다는 모양이다. 무기, 방어구, 도구는 물론이고 약으로 쓰거나 일용품을 만들기도 한다나. 우리가 평소 아무 생각 없이 사용하는 게 마물로 만든 물건인 경우도 흔하다. 마물이라고 해도 괜한 살생은 하지 않는 게 상식이니 의뢰가 있거나 공격을 받아서 어쩔 수 없을 때만 사냥이 허락된단 말이지. 이번은 후자다. 평소 날뛸 기회가 없으니 울분이 쌓이기 쉬운 쥬마 오빠에게 무척 좋은 스트레스 해소가 된 셈이다. 사우라 씨도 오랜만에 밖에서 일하며 표정이 상당히 밝아졌고, 둘 다 오늘은 좋은 기분 전환이 된 모양이라 안심이다. 물론 나도 첫 체험으로 아주 즐거운 하루였지!

 "저녁놀이 예쁘네. 홍황의 숲과 같은 색이야!"

 하늘을 올려다보며 바람에 나부끼는 머리카락을 한 손으로 누른 사우라 씨가 눈을 가늘게 떴다. 나도 포대기에서 얼굴을 빼꼼 내밀어 하늘을 올려다봤다. 와, 진짜 빨갛네. 조금 전까지 있던 숲속에서 이 하늘을 봤다면 하늘과 나무의 경계선을 알 수 없었을 것 같아.

 "곧 도착한다!"

 쥬마 오빠의 목소리에 하늘에서 전방으로 시선을 옮겼다. 익숙한 거리 풍경이 보이자 어딘가 안도했다. 역시 여기가 내 고향이 되었구나. 하이엘프 마을은 그리 기억이 없어서 할아버지

의 집이라는 느낌이었고. 실제로 그게 맞기도 하고. 하지만 일
본에 있는 그 집도 아닌 이 장소를 그렇게 느낀다는 게 왠지 신
기하다. 이런 감정 변화가 섭섭하기도 하고 기쁘기도 하다. 그
집과 오르투스, 양쪽에 있던 유일한 인물의 얼굴을 떠올리며 나
는 수납 팔찌를 살며시 문질렀다.

"돌아왔나."
오르투스에 도착하자 입구에선 기르 씨가 기다리고 있었다.
곧 돌아온다고 예상하고 여기서 기다렸던 모양이다. 마중 나와
준 게 기뻐서 무심코 점프하며 기르 씨의 품에 뛰어들었다. 안
전하게 받아준 기르 씨는 그대로 나를 안아 들었다. 하아, 치유
된다. 하지만 오늘은 먼저 가야만 하는 곳이 있다!
"사우라 씨, 다녀와도 돼?"
"물론 되지. 뒷일은 나와 쥬마 둘이서 임무 완료했다고 보고
하고 올게."
본래대로라면 채집한 재료를 매수업자에게 가져가서 의뢰를
완수했다는 절차까지 밟아야 하지만……. 지금은 빨리 이걸 주
고 싶다. 사우라 씨는 전혀 신경 쓰는 기색 없이 선뜻 허락해 주
었다. 친절함에 어리광 부려서 죄송합니다!
"억, 나도?!"
"당연하지! 마물도 해체업자에게 넘겨야 하잖아!"
"아, 맞다."
쥬마 오빠도 귀찮은 일을 떠넘겨서 미안! 두 사람에게 사과하

자, 둘 다 웃으면서 신경 쓰지 말라고 대답해줬다. 쥬마 오빠는 또 같이 숲에 가자고 권유도 해줬는데, 그거 아마 나는 마물을 불러내는 미끼 아닌가? 지적은 안 할 거지만. 묘한 기분으로 떠나는 두 사람의 등을 배웅하자 기르 씨가 어디에 가는지 물었다.

"아, 응. 아빠한테! 길드에 있어?"

"두목 말인가. ……지금은 서재에 있는 모양이군."

"일하는 중인가?"

"그럴 테지만 너라면 괜찮겠지. 가겠어?"

일하는 도중에 방해하는 건 내키지 않지만, 이런 건 타이밍이다. 돌아온 직후인 지금 주러 가는 게 제일 좋다. 폐가 되지 않도록 나중으로 미뤘다간 결국 건네주지 못하고 어영부영 시간만 날리게 된다. 사우라 씨와 쥬마 오빠에게 의뢰 완료 절차를 부탁하면서까지 가게 한 건 그런 변명으로 퇴로를 끊기 위해서이기도 하다. 고개를 끄덕이자 기르 씨는 나를 안은 채 아빠의 서재로 데려가 주었다. 직접 걸어가라고? 솔직히 오늘은 이미 녹초가 되었으니 어리광 부리기로 하겠습니다!

서재 앞으로 오자 기르 씨는 나를 내려주었다. 긴장한 채 계속 문을 노크하지 않는 나를 보고 고개를 갸웃거렸지만, 아무 말도 하지 않고 기다려 줬다. 눈치가 빠른 미남이다. 하지만 언제까지 이러고 있을 순 없지. 나는 굳게 결의하고 문을 노크했다. 안에서 아빠의 대답이 돌아온 걸 확인하고 살며시 문을 열었다.

"메구, 일은 무사히 끝냈어?"

처음부터 나라는 걸 알고 있었던 건지, 안으로 한 걸음 들어가자 아빠가 그렇게 말을 건넸다. 어딘가 딱딱한 목소리다. 아직 신경 쓰고 있는 걸까. 책상 앞에 앉은 채 움직이려 하지 않는다. 평소였다면 달려왔을 텐데. 내 미간에 주름이 푹 파이는 게 느껴졌다.

"……안아줘."

"……응?"

나는 지금 아마 화난 모양이다. 발끈했다. 아빠는 언제까지 그 태도를 이어갈 생각인 건데? 하고 싶은 말이 있다면 하라고. 그렇게 생각하자 눈물이 멋대로 뚝뚝 흘러나왔다. 그런 나를 보고 아빠는 그제야 깜짝 놀라 일어났다. 등 뒤에서 기르 씨도 당황한 게 느껴졌다.

"안아달라고, 아빠아……!"

"메, 메구……!"

흐어엉. 소리 내어 우는 나에게 아빠가 드디어 달려왔다. 그리고 그대로 나를 안아 들더니 살며시 등을 쓰다듬어주었다. 여전히 망설이는 기색인 건 변하지 않는다. 나는 코를 훌쩍이며 수납 팔찌에서 불잎의 꽃을 꺼냈다. 선명한 붉은색의 꽃을 보고 아빠와 기르 씨가 숨을 삼키는 기척이 전해졌다.

"불잎 꽃, 찾았어. 아빠에게, 선물……."

꽃을 쭉 내밀며 간신히 그 말만 전했다. 아빠는 꽃을 순순히 받더니 그걸 빤히 바라보고는 감탄한 듯 숨을 뱉었다.

"꽃을 찾았구나. 대단한데. 나도 옛날에 딱 한 번밖에 못 봤는데. 하지만 괜찮겠어? 왜 나에게……."

아빠가 끝까지 말을 마치기 전에 나는 아빠의 목에 팔을 감고 와락 안겼다. 아빠는 놀라면서도 한쪽 팔로 나를 단단히 받쳐주었다.

"아빠, 나는 어른이 되어도 아빠가 좋아. 놀리기만 하는 건 싫지만, 그래도, 언제나 아빠가 좋다는 건 변하지 않아."

하세가와 메구일 때도 기가 막히거나 화난 적은 있었지만 언제나 좋아했으니까. 그 정도는 알란 말이야. 내 아빠잖아?

"……그래, 그렇구나. 그랬지. 너는 너였어. 미안하다, 메구. 고마워."

귓가에 작게 중얼거리며 아빠도 나를 마주 껴안아 주었다. 옛날과는 모습이 달라졌고, 지금의 나는 메구이지 하세가와 메구가 아니라는 건 확실하다. 그러니 아빠는 어쩌면 불안했던 건지도 모른다. 하지만, 지금 우리는 피로 이어진 사이가 아니지만, 어엿한 부녀지간이라는 걸 믿어줘. 제대로 말로 전하지 않으면 안 되는 거였구나. 나도 불안하게 해서 미안하다고 작은 목소리로 사과했다.

"하지만 제발, 다시는 아빠 싫다 같은 말은 하지 말아주라. ……굉장히 아프거든."

힘을 꾹꾹 담아서 말하는 아빠의 말은 거기에 담긴 힘만큼이나 진심이라는 걸 알 수 있었다. 그래도 그건 그거지. 아빠만 날 너무 놀리지 않으면 그만이잖아.

"아빠에게 달렸어."

"큭, 알았어. 조심하겠습니다."

"알면 됐고!"

농담을 주고받은 우리는 서로를 보며 쿡쿡 웃었다. 그건 무척 기분 좋은 분위기였다. 제대로 화해한데다 전신에서 전해지는 아빠의 온기 때문에 한꺼번에 안심감이 밀려든 나는 그날 그대로 아빠의 품속에서 잠들어 버린 모양이다. 그걸 안 건 다음 날 아침. 첫 외부 임무라 피로도 쌓였으니까! 어쩔 수 없지! ……꼴사나워라.

참고로 그 후 아빠가 나를 놀려먹는 습관은……. 낫지 않았다. 그렇겠지! 예상했어! 하지만 괜찮아. 그때 선물한 불잎 꽃을 미콜라슈 씨에게 부탁해서 책갈피로 만들어달라고 한 뒤 고이 보관하고 있다는 건 아니까. 제대로 마음이 통한 부녀의 정은 강하다! 하지만…… 적당히 하지 않으면 또 삐질 거야. 알았지? 아빠!

후기

　여러분 안녕하세요, 다섯 번째 인사입니다. 후기에 어서 오세요! 아이 리이아입니다.

　특급 길드가 단행본이라는 형태가 된 뒤로 순식간에 1년 이상의 시간이 흘렀습니다. 처음에는 설마 1년 뒤에도 이렇게 책을 내고 있을 줄은 생각지도 못했습니다. 저에게 이 이야기는 취미에서 시작된 것이기에, 그걸 많은 분이 읽어주시고 응원해주시는 게 진심으로 기쁘고 너무나 감사합니다. 여러분의 존재가 있기에 계속 쓰고 있습니다. 정말로 감사합니다.

　자, 그럼. 이번 5권 말인데요. 읽으신 분은 눈치채셨겠죠. 상, 당, 히, 무거운 내용이 되었습니다. 여태까지 말랑말랑 평화로웠던 그 꽃밭 같은 특급 길드는 어디로?! 하는 말이 나올 만큼 묵직한 내용이 들어갔습니다.

　그렇습니다. 특급 길드의 세계는 사실 꽤 다양한 문제를 안고 있습니다. 다만 주인공인 메구 주변이 평화로울 뿐이죠. 그걸 메구가 이 사건을 통해 직접 체험하고 실감하지 않았나 합니다. 세계는 다정하기만 하지 않다는 건 어디든 마찬가지죠. 가혹한 현실입니다. 하지만 그런 와중에도 메구답게, 밝고 상냥하고 따사롭게 성장하길 바랍니다.

본편이 무거워졌으니 이번엔 추가 외전에서 말랑말랑 성분을 보완하기로 했습니다. 모처럼이니 여태까지 그랬듯 단편 2개라는 구성이 아니라 조금 긴 이야기의 형태가 된 것도 그런 이유입니다. (각 특전 SS도 훈훈한 이야기예요!) 그렇게 가면 출연시키는 인물도 더없이 낙천적인 쥬마와 활기찬 사우라가 좋으려나? 라는 경위로 두 사람에게 스포트라이트가 갔습니다. 어깨에서 힘이 빠지는 이야기가 되지 않았나 생각합니다. 즐겁게 읽어주셨으면 좋겠습니다.

마지막으로 이 이야기를 출판할 때 힘을 쏟아주신 TO북스 여러분을 비롯해 담당자님, 매번 멋진 일러스트를 그려주시는 니모시 님, 또 협력해주신 모든 분께 진심으로 감사 인사를 드립니다. 만화판을 담당해주시는 분들과 만화가 이치 코토코 님께도 너무 감사드립니다.

그리고 이 책을 읽어주신 모든 독자님께도. 늘 정말로 감사합니다.

특급 길드의 이야기가, 캐릭터들이 여러분의 마음을 치유해드릴 수 있기를.

조사를 위해 메구를 두고 와 버렸는데

이 눈으로 보지 않으면 걱정되는군.

나와 메구가 처음 만났을 때

메구는 마법을 사용하는 방법조차 몰랐다.

흐윽!?

: :

저벅

저벅

......음.

깜빡

세수 안 해도 되나?

……?

물이 없어요.

흠칫

? 만들면….

……마법을 써본 적이 없나?

이 정도로 야무진 아이라면

깍!

마법! 마법 이라니!!

간단한 생활 마법 정도는 숨 쉬듯이 사용할 텐데.

그래

없나 보군….

기억상실 에라도 걸리지 않은 한.

어, 어어…….

어쩌지.

네 이름은?

아니, 자기 이름도 모른다니 뭔데?

……

크으극

내 이름은 하세가와 메구지만 이 몸의 이름은 모르는데.

메구라는 이름을 써도 되는 건가…?

……모르는 건가?

우……, 네.

포

옹

마법은
문제없이
쓸 수 있는
모양이군.

나,
나왔다......!

사락

이거야.

네
이어커프.

여기에
'메구'라고
적혀 있다.

엘프는
아이에게
수호의 마법을
담은 특수한
이어커프를
달아주는
풍습이 있다.

엘프
특유의
뾰족한
귀.

아마 이게
네 이름
이겠지.

슈리에게
들은
이야기다.

그 이어커프는
평생 소중히
아끼며 귀에서
거의 빠지도
않는다고
한다.

길드에는
네 동족인
엘프가 있어.

!!!!

내가
잘 아는
귀의 모양보다
끝이 뾰족한
느낌이
드는데……

서,
설마.

아……
걱정하지
않아도
된다.

믿을 수 있는
보호자가
나타날 때까지
내가 너를
보호
할 테니까.

중간에
버리고 가지
않을 거다.

게다가

이 아이의 이어커프는 세공이 참 아름답다.

걸려있는 마법도 아주 강력하고.

슈리에도 심플하면서도 강력한 마법이 담긴 이어커프를 달고 있었지.

부모, 혹은 이 아이에게 이어커프를 선물한 사람이

이 아이를 무척 소중히 여긴다는 게 잘 보여.

꾸욱

......어라?

어, 어째 모양이 이상하지 않아......?

……마지막으로 하나 더 물어보마.

메구.

그런 것들을 상상하자 어찌할 수 없는 분노와 동시에 아이를 지켜야 한다는 강렬한 보호 본능이 솟아난다.

짜악

널 보호해줄 만한 어른이 있나?

없어여…

…아마.

울먹…

나 아예 인간조차 아닌 거야?!

엘프의 특징이라고도 할 수 있는 뾰족한 귀.

그걸 보이는 바람에 겁을 먹은 듯한 반응.

그럴 만도 하지.

동상이몽 두 사람

으약~

끄덕 끄덕

그렇게 몸에 새겨진 공포를 느꼈다는 가능성도 있어.

기억이 사라졌다고 해도 이전에 무언가 사건이 있었을지도 모르고

심지어 메구는 제대로 저항도 할 수 없는 어린아이.

엘프는 그 아름다운 외모 때문에 자주 노려지는 종족이다.

강력한 마법과 특수체질을 지니고 태어나기 쉽다는 축복받은 종족이기 때문에

역겹게도 인간 대륙에선 고가에 매매되지.

으아

진짜 내 귀야...

어째서 이런 상태가 된 건지는 모르지만

메구를 찾아낸 게 나라서 다행이다.

어떻게든 지키고 싶다고

그렇게 생각했다.

그럼 이만 갈까.

아무것도
알 수 없는
상황.

분명
불안해서
아슬아슬한
상태였겠지.

불쌍하게도.

……만에 하나 길드에 들어가지 못한다고 해도 내가 돌봐줄게.

그렇지 않으면 길드원이 되지도 못하지만.

길드에 있는 길드원은 대체로 믿을 수 있는 녀석들이다.

그중에서도 특히 신뢰할 수 있는 녀석에게 네 문제를 상담해보마.

딱

……너 지금 그렇게 의지해도 괜찮은 건지 걱정했지?

으으……, 그치만…….

저기.

하지만.

으이익…….

메구, 너도 길드에 데려가려고 한다.

간다니…, …어디요?

당연히 길드지.

여기 남고 싶다면 강요는 안 하지만······.

꼭 데려가 주세요!

부탁함미다!

두둥

......문?

바위산에 문?

여기가 던전이라는 것도 몰랐던 모양이군.

반대로 내가
보호하지 않으면
혼자서 어떻게
할 생각이냐고
구구절절
타이르고 싶지만

에헤헤…

이렇게
어린 주제에
사양하다니.

……타인에게
의지할 수
있는 환경이
아니었을지도
모르지.

이쯤 되면
안쓰럽다.

부탁이니
의지해주기를
바라는
수밖에.

네!

좋아,
메구.
가자.

번
쩍

쿠 구

? ?

메구를
여기에 버려둔
녀석에게
살의가
치미는군.

내가 오지
않았다면
아사했어도
이상하지
않았다.

강력한
보호
마법이
걸렸다고
해도

구 구 구

...정말이지.

ㄱ ㄱ ㄹ ㄱ ㄹ ㄹ ㄹ ㅇ

끼 이 익

움 찔

힉......!

씩

크

워

어

어

어

어

탁

대구를 위해서도
여기선, 한방에
화려하게
처치해서

안심하게
해줄까.

대구가 무서워하는 시간을 최대한 줄이기 위해

괜찮아, 금방 끝난다.

순식간에 처리해야지.

여기서 기다려.

우웅

!?

기르 씨?! 위험해요!

탕

기르 씨,
위험해!

어......?

이대로 널 데리고 던전에서 나오면 이래저래 성가셔질 것 같으니까.

그럼 돌아갈까⋯⋯. 잠시 은폐 마법을 걸도록 하지.

응폐⋯⋯?

그래.

끄덕

슥

파

으아

이 층의 보스는
쓰러트렸으니
바로 밖으로
나갈 수 있어.

던전은 아직
남아있지만
공략할 마음은
없지?

어?

기르 씨
강해!

기르 씨
대다내!!

머싯써요!!!!

공포보다
놀라움이
더 큰
모양이군.

여기
던전이었어?

평범한
바위산이
아니었구나······.

하지만 던전은
마물 같은 게
나오고 그런 거
아니야?

오빠

나

진짜 위험한
장소에
있었구나······.

어지간히 소중히 키운 공주님이라고 할 수도 있겠지만…

메구의 이어커프에 걸린 마법은 솔직히 과할 정도다.

메구의 야윈 몸이나 소박한 옷차림을 보면 그렇다고 보기 어렵다.

그런데도 이렇게까지 강력한 보호 마법이 필요하다.

그렇다면 자연스럽게 답이 보인다.

누군가가 메구를 노리고 있다.

가자.

목소리가 나오면 은폐 마법이 풀리니까.

말하면 안 돼.

내가 이 수정을 만지면 순식간에 밖으로 나간다.

알겠 씀미다!

번쩍

파

왓

꼬옥

Tokkyuu Guild he youkoso! 5 ~kanbanmusume no aisare elf ha minna no kokorowo
nagomaseru~
by Riia Ai

특급 길드에 어서 오세요! 5 ~사랑받는 마스코트 엘프는 모두의 마음을 치유한다~

2022년 11월 01일 1판 1쇄 발행

저　　　자 아이 리이아
일 러 스 트 니모시
옮 긴 이 현노을
발 행 인 유재옥
본 부 장 조병권
담 당 편 집 정지원
편 집 1 팀 김준규 김혜연 박소연
편 집 2 팀 정영길 조찬희 박치우 정지원
편 집 3 팀 오준영 곽혜민 이해빈
디 자 인 김보라 박민솔
라 이 츠 김정미 맹미영 이승희 이윤서
디 지 털 박상섭 김지연
인쇄제작처 코리아피앤피
발 행 처 (주)소미미디어
등 록 제2015-000008호
주 소 서울시 마포구 토정로 222, 403호(신수동, 한국출판콘텐츠센터)
판 매 (주)소미미디어
마 케 팅 한민지 최원석 최정연
영 업 박종욱
물 류 허석용 백철기
전 화 편집부 (070)4164-3962, 3963 기획실 (02)567-3388
　　　　 판매 및 마케팅 (070)4165-6888, Fax (02)322-7665

ISBN 979-11-384-1407-4 (04830)
ISBN 979-11-6611-270-6 (세트)